Eine Insel, zwei Herzen

Ein Liebesroman von Nina Berg

D1718551

Burgen

1. Auflage August 2024

Copyright © 2024 Nina Berg/3Burgen

Der Autor wird vertreten durch:

3Burgen c/o Wagner Medien Ltd

Tepeleniou 13

Tepelenio Court 2nd floor

8010 Paphos

Zypern

Umschlaggestaltung: Wolkenart - Marie-Katharina Becker, www.wolkenart.
com

Unter Verwendung von Bildern von: ©Shutterstock.com

Verantwortlich für den Druck: Amazon Distribution GmbH, Leipzig

ISBN: 978-9925-7928-7-0

Du möchtest mehr von Nina Berg lesen? Schick uns eine E-Mail an info@3burgen.wagnermedien.com und wir setzten dich auf unsere Newsletter-Liste.

1

Eigentlich mochte sie diese langen Spaziergänge gar nicht. Na ja, manchmal schon, im Sommer, wenn ein warmer, sanfter Wind wehte[,] dann war es wirklich schön und angenehm, hier oben auf dem Deich zwischen den vielen Schafen und den süßen Lämmern spazieren zu gehen. Dann konnte sie rechts weit über das Wasser schauen, wenn es da war, das salzige, weite Meer. Aber auch bei Ebbe, wenn das Wasser weit hinten am Horizont verschwand, liebte sie den beruhigenden Blick über das Wattenmeer. An klaren Tagen konnte man sogar die Umrisse einzelner Häuser auf der gegenüberliegenden Insel erkennen. Auch die kleine Windmühle mit dem gemütlichen Café in den typisch friesischen Farben Blau und Weiß war dann gut zu erkennen.

Auf ihren wenigen Spaziergängen war sie meist allein. Aber nicht so allein. Schaute man nach oben, sah man fast immer, vor allem aber bei Ebbe, die vielen großen Möwen, die laut kreischend ihre Runden drehten und nach Beute Ausschau hielten. Besonders angetan hatten es ihnen die vielen kleinen Tiere, die sich im Wattenmeer bewegten und versteckten. Die kulinarischen Vorlieben der meist lautstarken Luftbewohner kannte Anneke allerdings nicht so genau. Um sie herum liefen viele Schafe, die sich durch lautes Blöken bemerkbar machten. Die meisten waren weiß, oder zumindest weiß, wenn man sie sich sauber vorstellte.

Aber ab und zu konnte man auch das eine oder andere schwarze Schaf entdecken. So wie ich, dachte Anneke dann fast jedes Mal. Immer öfter fühlte sie sich wie ein kleines schwarzes Schaf, wie eine Außenseiterin in einer großen Herde. Aber sie kannte ja ihren Hang zum Selbstmitleid, gestand sie sich dann etwas verlegen ein.

Ja, wenn ein warmer Wind wehte und es nicht regnete, dann war es wirklich schön hier oben auf dem Deich und auch in ihrer kleinen Stadt, in der sie nun schon seit über neunundvierzig Jahren lebte. In ein paar Monaten würde sie, so Gott wollte, fünfzig werden. Fünfzig Jahre, ein halbes Jahrhundert, das klang so alt.

Aber noch schlimmer fand sie, dass sie seit fast fünfzig Jahren in dieser Stadt lebte und außer ein paar kurzen Urlauben nicht wirklich etwas anderes gesehen, geschweige denn erlebt hatte und wahrscheinlich auch nicht mehr erleben würde.

Meistens wehte ein kühler Wind, und außerhalb des Sommers konnte es eiskalt werden. Selbst in den sogenannten heißen Sommermonaten wie Juli und August konnte man sich nicht über Regen und einen frischen Wind beschweren, der irgendwie immer von vorne kam und einem die Haare durcheinander wehte. Sie wunderte sich jedes Mal, wie viele Touristen auch im Sommer, wenn das Wetter wirklich zu wünschen übrig ließ, einen Urlaub an der Nordsee einer Reise in den Süden vorzogen.

Die Hotels hier in der Gegend waren oft schon Monate vor den großen Ferien, den Sommerferien, ausgebucht. Am

Preis konnte es nicht liegen, denn ein Urlaub an der Nordsee war alles andere als billig. Die meisten Restaurants boten zwar sehr gute Fischgerichte an, aber oft zu einem viel zu hohen Preis. Aber Geschmäcker und damit auch Urlaubsvorlieben sind bekanntlich verschieden. Vielleicht hatte sie sich auch in den vielen Jahren hier oben am Ende Deutschlands so an die Landschaft gewöhnt, dass ihr die schönen Seiten wie die saubere, klare, jodhaltige, gesunde Luft, die raue See und die unendliche Ruhe (bis auf das Kreischen der Möwen und das Blöken der Schafe) nicht mehr als etwas Besonderes erschienen. Dass das Meer alle paar Stunden am Horizont verschwand und erst mit der Flut wieder in Richtung Deich strömte, störte sie nicht. Im Gegenteil, sie liebte diesen Wechsel der Gezeiten, besonders wenn sich die Sonne glitzernd auf dem Meer spiegelte und man bei auflaufender Flut die Möwen über den Wellen kreischen hörte. Ja, das war jedes Mal ein wunderschöner Anblick.

Oder wie oft war sie, vor allem als Kind, barfuß durch das Watt gelaufen und hatte dabei tief die frische Luft eingeatmet. Das waren immer sehr schöne Momente gewesen. Doch die meiste Zeit des Jahres war es hier oben, nahe der dänischen Grenze, eher kalt, nass und windig. Besonders die dunkle Jahreszeit machte ihr jedes Mal zu schaffen. Im Herbst und Winter waren die Nächte hier sehr lang und dunkel. Wenn es dann noch tagsüber aus einem meist wolkenverhangenen Himmel heftig regnete und der kalte

Wind einem um die Nase wehte, dann konnte sie wirklich nichts Schönes mehr an ihrer Heimat finden.

»Ach«, Anneke seufzte tief. »Wie viele würden mich beneiden und mit mir tauschen und gerne hier an der Nordsee in einem kleinen Häuschen, wie ich es habe, wohnen«, murmelte sie leise vor sich hin. Ihre Freundin Petra zum Beispiel. Petra wohnte in Frankfurt, und jedes Mal, wenn sie den Norden besuchte, was mindestens alle zwei Monate der Fall war, egal zu welcher Jahreszeit, hielt sie ihr lange Vorträge darüber, wie gut es ihr ginge und wie sehr sie sie beneide und mit ihr tauschen wolle. Meistens gab Anneke ihrer Freundin kleinlaut und mit etwas schlechtem Gewissen recht. Petra würde sofort umziehen, um in Norddeutschland zu wohnen, wenn sie eine geeignete Arbeit fände. Einen Job bekäme sie sofort, da war Anneke sich sicher, aber bei Petra lag die Betonung auf geeignet. Das hieß für sie, sie wollte eine ähnlich gut bezahlte Stelle haben, wie sie sie jetzt in Frankfurt hatte. So ganz wichtig schien ihrer Freundin ein Umzug in den Norden dann wohl doch nicht zu sein, zumindest nicht, wenn sie auf ihr geliebtes Geld und ihren Luxus, den sie in der Großstadt in vollen Zügen genoss, weitgehend verzichten müsste.

Die beiden hatten sich vor einigen Jahren bei einem Sprachkurs in Italien kennengelernt. Schon seit ihrer Jugend war es Annekes großer Wunsch gewesen, im Ausland zu leben. Irgendwo im Süden. Zumindest für eine gewisse Zeit. Italien oder Südfrankreich, das klang so schön. Das musste wirklich ein aufregendes Gefühl sein, wenn man morgens aufwachte und einem die Sonne ins Gesicht strahlte, zumindest die meiste Zeit des Jahres. Allein der Gedanke, echte Zitronen- und Orangenbäume zu sehen, im Frühling an ihren hübschen weißen Blüten zu riechen und im Winter dann frisch vom eigenen Baum diese wohlschmeckenden Früchte zu ernten. Dort zu leben und nicht nur mal kurz im Urlaub in den Süden zu fahren, dieser Gedanke hinterließ bei ihr ein Kribbeln im Bauch. Das musste schön sein. Sonne, Zitronenbäume und vielleicht noch das Meer, das Meer mit warmem Wasser.

Wie in den romantisch kitschigen Filmen, die sie in letzter Zeit so gerne sah. Aber um so einen Traum zu verwirklichen, brauchte man Zeit, Geld und vor allem Mut. Letzteres hatte sie leider so gut wie gar nicht. Das Geld wäre erstmal kein Problem, aber der Mut, etwas in ihrem Leben zu verändern und dann noch so etwas Großes, wie ein Umzug in ein fremdes Land mit einer ihr weitgehend unbekannten Sprache, fremden Menschen, einer anderen Kultur. Nein, so toll war die Idee wohl doch nicht. Diese absurden Einfälle waren etwas für ihre Tagträume, für lange, dunkle, einsame und kalte Wintermonate, wenn kein entsprechender Film im Fernsehen oder im Kino gezeigt wurde. Außerdem kam ihr sowieso immer wieder eine passende Ausrede in den Sinn, um ja nichts in ihrem Leben verändern zu müssen. Dann lieber unzufrieden seufzen und sich selbst von Zeit zu Zeit bemitleiden, ja, darin war sie gut. Und darin, einfach so weiterzumachen, wie sie es immer getan hatte.

Bis auf einen zweiwöchigen Sprachkurs in Florenz vor

dreieinhalb Jahren und drei Kurzurlauben mit ihrer besten und einzigen Freundin Petra, zwei davon natürlich in Italien und einen in Frankreich, war sie nie in anderen Ländern gewesen. Ach ja doch, sie war auch einige Male auf Mallorca gewesen, aber das war schon ewig her. Nach ihrer Ausbildung zur Steuerfachgehilfin war sie mit ihrem damaligen Freund Kai vier- oder fünfmal auf Mallorca gewesen.

Ein normaler Hotel-Urlaub. Auch diese Ferien waren jedes Mal schön gewesen, na ja, bis auf die letzte gemeinsame Reise. Jener Aufenthalt auf Malle endete leider wenig erfreulich. Schon damals mussten sie die Männer eher langweilig gefunden haben, zumindest Kai war spätestens dort, auf der von deutschen Touristen überfüllten Insel, zu dieser Erkenntnis gekommen. Die nette alleinerziehende Mutter aus Süddeutschland entsprach da schon eher seinen Wünschen, jedenfalls fast vier Monate lang. Danach kam er kleinlaut bei Anneke an, um sich unter Tränen für seinen dummen »Ausrutscher«, wie er es nannte, zu entschuldigen. Er flehte sie auf Knien an, es doch noch mal mit ihm zu versuchen. Der so genannte Ausrutscher, der immerhin einige Monate, Tage und Nächte gedauert hatte, hatte ihr dann aber doch etwas zu lange gedauert. Viele Monate später gestand Kai ihr einmal bei einer zufälligen Begegnung in der Stadt, dass die flotte Bayerin ihn wohl eher als Ausrutscher gesehen hätte. Er wäre gerne bei ihr in der Nähe der Berge wohnen geblieben. Anneke versetzte das auch nach all den Monaten der Trennung noch einen leichten Stich. Sie wurde nicht gerne belogen, beziehungsweise als Notlösung benutzt und war erleichtert, dass sie damals nicht auf Kais flehentliches Bitten eingegangen war. Kai hatte Anneke, als sie sich zufällig wieder trafen, spontan auf eine Tasse Kaffee bei der Bäckerei neben dem Supermarkt eingeladen, wo sie meistens einkaufte, und sie hatten sich sehr erwachsen, wie sie es nannten, ausgesprochen und sich dann ohne Groll wieder getrennt.

Anneke hatte damals sogar in gewisser Weise Mitleid mit ihm gehabt, Männer können ja ganz schön schwach sein und so wehleidig. Aber die Vorteile, ohne Kai weiterzuleben, überwogen und so blieb es bei der Trennung. Sie sahen sich immer seltener. Inzwischen hat Kai Karriere in Hannover gemacht, das war zumindest ihre letzte Info, die sie von einer gemeinsamen Bekannten vor nun auch schon fast acht Jahren erhalten hatte.

Jetzt fiel es ihr auf einmal ein: Als Kind war sie mit ihren Eltern schon einmal in Spanien gewesen. Sie musste elf oder so gewesen sein. Ihre Mutter erzählte Anneke immer wieder, dass sie sie kaum aus dem Wasser bekommen hätten und wie braungebrannt von der Sonne Anneke damals gewesen sei. Nicht so käsig weiß wie jetzt im Januar in Norddeutschland.

Die Freundschaft mit Petra dagegen ist geblieben. Erst hatten sie nur lockeren Kontakt, nachdem sie sich schon während des Sprachurlaubs in Florenz gut verstanden hatten. Ab und zu ein Telefonanruf, der meistens so begann: »Hey, weißt du noch in Italien?«

Bei einem dieser netten, belanglosen Gespräche hatte

Petra Anneke spontan übers Wochenende zu sich nach Frankfurt eingeladen. Petras Verlobter hatte sich in dieser Zeit gerade von ihr getrennt und sie gegen ihre beste Freundin, die Petra schon seit Kindergartenzeiten kannte, ausgetauscht. Das hatte Petra damals verständlicherweise ziemlich zu schaffen gemacht und auch heute noch war es besser, dieses Thema zu meiden, um nicht alte, kaum verheilte Wunden wieder aufzureißen. Männer können echt gemein sein, schoss es Anneke durch den Kopf, aber sogleich fiel ihr eine Kollegin ein, die ihr Büro zwei Zimmer neben ihr hatte und bei der es ein offenes Geheimnis war, dass sie sich des Öfteren nach Feierabend mit ihrem verheirateten Chef traf. Und das bestimmt nicht, um liegengebliebene Akten zu sortieren. Dafür kam sie am nächsten Tag zu gut gelaunt ins Büro und meistens viel später als ihre Kollegen. Für Anneke war es nur eine Frage der Zeit, bis die Affäre zwischen ihrem Chef und ihrer Kollegin aufflog und deren glückliches Gesicht sich wandeln würde. So etwas ist noch nie gut gegangen. Na ja, das müssen die beiden wissen, Anneke war sich sicher, dass ihre Kollegin von ihr bestimmt keine Ratschläge annehmen würde. Ihr taten vor allem die Frau ihres Chefs und seine zwei kleinen Kinder leid.

Also nicht nur Männer konnten gemein sein, auch Frauen, da sollte man schon gerecht bleiben.

Ganz gegen ihre Gewohnheit war Anneke dann also doch übers Wochenende mit dem Zug zu Petra gefahren. Es wurden zwei wunderbare Tage. Dass Petra so ganz anders war als sie selbst, viel mutiger, spontaner und nicht so negativ und ängstlich, gefiel ihr. Petra schien Annekes eher zurückhaltende, norddeutsche Art wenig zu stören. Es war also nur logisch, dass Anneke Petra zu einem Gegenbesuch in ihr kleines Häuschen an der Nordsee eingeladen hatte. Das alles musste jetzt gut zwei Jahre her sein. Seither war Petra ein regelmäßiger Gast an der Nordsee, was beiden sehr gefiel. Anneke hatte sich vor mehr als zwanzig Jahren, kurz nach Ende ihrer Ausbildung, ein Haus, oder eher ein Häuschen am Stadtrand gekauft. Für sie war es klar, dass sie nie aus ihrer Stadt wegziehen würde. Oder eher, sie dachte nicht ernsthaft darüber nach, wegzuziehen, warum auch? Hier hatte sie ja alles. Das Haus war knapp 100 Quadratmeter groß, 96 um genau zu sein. Drei kleine Zimmer, von denen sie eines als Büro nutzte und ein anderes als Schlaf- und Fernsehzimmer und ein weiteres hielt sie als Gästezimmer frei, auch wenn sie sonst so gut wie nie Besuch bekam, und ein größeres Zimmer hatte das Häuschen. Das Wohnzimmer war klasse, ein Kamin mit einer gemütlichen Kuschelecke auf der einen und ein relativ großer Esstisch mit vier schönen, hellbraunen Stühlen auf der anderen Seite. Das ganze Zimmer war im Landhausstil eingerichtet, genauso, wie Anneke es liebte. Eigentlich war der Tisch viel zu groß für sie allein, aber er passte so gut in diesen Teil des Wohnzimmers und außerdem lud sie mindestens einmal in der Woche ihre Eltern zum Essen ein, die auch im Städtchen wohnten. Sie lebte nicht weit vom Meer entfernt, was besonders Petra gefiel, die mindestens einmal am Tag, egal wie das Wetter war, ans Meer lief, wenn sie bei ihr zu Besuch war. »Ein Traum, dein Häuschen«, hatte Petra zum gefühlt hundertsten Mal bei ihrem bislang letzten Kurzurlaub im meist stürmischen Norden geschwärmt.

Besonders stolz war Anneke auf ihren Garten. Zwei Apfelbäume hatte sie nebeneinander vor eine kleine Mauer neben der Terrasse gepflanzt. Der eine war schon über drei Meter groß und bescherte ihr fast jeden Herbst viele leckere rot-grüne Vitamine. Der andere Baum war noch eher ein Bäumchen, er war erst vor drei Jahren dazugekommen. Diesen Herbst hatte sie aber schon hocherfreut die ersten zwei Äpfel ernten können, von denen Anneke großzügig einen an Petra verschenkte. Vom älteren Baum bekamen Petra und Annekes Eltern natürlich auch jedes Jahr viele leckere Äpfel ab, was ihre Mutter ihr dann mit einem noch viel leckereren Apfelkuchen dankte.

Vor dem Haus befand sich noch ein schmales Stück Rasen, auf dem zwei kleine Birnbäume tapfer versuchten, größer zu werden, und in der dunklen Jahreszeit gegen den eisigen Nordwind ankämpften.

Rechts neben ihrem Haus hatte Anneke die ziemlich große Terrasse mit mediterranen Tontöpfen dekoriert. Im Sommer waren nicht nur Blumen darin, sondern auch die verschiedensten Gemüsesorten und Kräuter. Einmal hatte sie sogar über den Sommer ein kleines Mandarinenbäumchen auf der Terrasse neben der kleinen Mauer eingepflanzt, ein Angebot aus dem hiesigen Gartencenter. Nachdem ihr aber das Bäumchen samt Topf mehrmals an stürmischen Sommerabenden umgefallen war und schon in kälteren Spätsommer-Nächten die ersten Blätter abgefallen waren, hatte sie endlich eingesehen, dass sie für ihre geliebten Mandarinen-, Zitronen- und Orangenbäume wirklich zu nördlich wohnte.

»Weißt du, Anne?« Petra kürzte ihren Namen gerne ab. »Sobald ich in Rente gehe, ziehe ich auch an die Nordsee. Vielleicht werden wir Nachbarn.«

»Na, das dauert aber noch ein paar Jährchen«, erwiderte Anneke leicht belustigt. Und mit ironischem Unterton fügte sie hinzu: »Schließlich sind wir noch ziemlich jung, noch keine Fünfzig.«

»Ja, ich weiß,« seufzte Petra sehnsüchtig, die Ironie in Annekes Stimme schien sie nicht zu bemerken. »Hätte ich doch etwas anderes gelernt, irgendetwas im Hotel oder so, dann würde ich hier oben leicht einen neuen Job finden, aber so?«

Petra arbeitete bei einer großen Versicherung in Wiesbaden, wollte aber in Frankfurt wohnen bleiben. Anneke ahnte den Grund, war doch Petras ehemaliger Verlobter mit seiner neuen Familie nach Wiesbaden gezogen. Aber das war ja ein Tabuthema. Petra hatte eine leitende Position und wollte nur ungern oder eigentlich gar nicht ihre Arbeit wechseln und auf ihr hohes Gehalt verzichten. Wichtiger als das Leben an der Nordsee war Petra ihr Luxusleben, vermutete Anneke. Sagte es aber nicht. Einen einfachen Job, bei dem Petra genug zum Leben verdienen würde, fände sie bestimmt auch hier in dieser kleinen Stadt. Aber alles konnte eben auch Petra nicht haben.

Es gäbe kein schlechtes Wetter, nur schlechte Kleidung, sagte Petra jedes Mal fröhlich, wenn sie mal wieder eine Woche Regen an der Nordsee erwischt hatte. Anneke fand den Spruch mit dem Wetter und der Kleidung ziemlich blöd. Natürlich war es etwas anderes, ob man mit Mütze, Schal und einer Regenjacke bewaffnet auf dem Deich spazieren ging, während einem der Regen von der Seite vermischt mit kaltem Wind ins Gesicht peitschte, oder ob man in den kurzen, teilweise auch wirklich sehr warmen Sommermonaten nur mit einem T-Shirt und einer leichten Hose bekleidet am Meer entlang lief. Für Anneke machte das einen großen Unterschied. Andererseits war sie immer froh über Petras Optimismus, ihre meist gute Laune und über ihre Unternehmungslust, wenn ihre Freundin ihren Urlaub nicht nur mit Anneke, sondern auch mit Wind und Regen verbringen musste. Aber sie, Anneke, war eben nicht Petra. Auch wenn sie bei jedem Treffen von Petras Temperament und ihrer positiven Lebenseinstellung profitierte, konnte sie dem schlechten Wetter wenig Schönes abgewinnen. Klar, sie hatte ihr ganzes Leben hier verbracht und war mit dem Wetter und den Menschen, die doch sehr wortkarg sein konnten, ziemlich vertraut. Aber da gab es nun schon seit mehreren Jahren eine versteckte Sehnsucht, so etwas wie Fernweh nach südlichen Ländern. Vielleicht war diese Sehnsucht, dieses nicht ganz zufrieden, nicht wirklich glücklich sein, ihr nie bewusst gewesen. Mit jedem Jahr, das sie älter wurde, stieg ihre Unruhe, etwas im Leben verpasst zu haben.

Bis auf den Sprachkurs, ihre Eltern hatten ihn ihrer Anne zum fünfundvierzigsten Geburtstag geschenkt, eingelöst hatte sie ihn erst eineinhalb Jahre später, und den Kurzurlauben mit ihrer Freundin, war das Städtchen an der Grenze zu Dänemark ihr grauer Alltag. So vergingen die Jahre. Keine schlechten Jahre, das nicht, aber eben auch keine spannenden. Geheiratet hatte sie nie, sollte irgendwie nicht sein. Vor vier Jahren hatte sie sich dann einen kleinen Hund gekauft, ihre süße Conni, um sich nicht so ganz alleine zu fühlen, wenn sie abends nach Hause kam. Besonders im Winter konnten die Abende sehr lang und einsam sein. Tagsüber war ihr Hündchen bei ihren Eltern, die anfangs nicht viel davon hielten, als Hundesitter benutzt zu werden, sich aber schnell in das neue Familienmitglied verliebten. In Ausnahmefällen, wenn ihre Eltern keine Zeit hatten, auf Annekes Hund aufzupassen, durfte sie ihn sogar mit ins Büro nehmen. Aber so süß Conni auch war, ein Hund ist eben ein Hund und kein Mensch.

Heute war Samstag, es war Mitte Januar, ein kalter, aber sehr sonniger Januartag, und Anneke ging gedankenversunken mit der kleinen Conni auf dem Deich spazieren. Die Schafe waren im Winter nicht hier draußen, sonst hätte sie ihren Hund nicht mitnehmen dürfen. Eigentlich wollte sie nur Conni zuliebe einen kleinen Pflichtspaziergang machen und sich dann gemütlich vor den Fernseher setzen. Der Regen hielt sich schon erstaunlich lange zurück, auch wenn der Himmel in den vergangenen drei Tagen ziemlich wolkenverhangen gewesen war. Seit dem späten Vormittag strahlte passend zum Wochenende die Wintersonne auf den Deich und das helle Sonnenlicht glitzerte eindrucksvoll auf den kalten Nordseewellen. Und so dehnte sie heute ihren Spaziergang aus.

Sie war alleine hier draußen. In der Ferne erkannte sie zwei Spaziergänger, aber das zählte nicht. Auch der Wind hielt sich hier, einige Meter über dem Meer, heute auf angenehme Weise zurück und so war es trotz der kalten Temperaturen sehr gut auszuhalten.

Sie dachte nach. Eigentlich könnte ich meinen Job aufgeben, mein Haus verkaufen oder zumindest vermieten und einfach wegziehen. Auswandern. Wie sich das anhörte. Anneke wiederholte das Wort leise und zog es dabei in die Länge: »Auswandern.« Auswandern, ein faszinierendes Wort. In letzter Zeit kam ihr immer öfter der Gedanke daran, alles aufzugeben und irgendwo anders ganz neu anzufangen. Aber machen werde ich es bestimmt nicht, kam es ihr dann immer wieder wehmütig in den Sinn. Wie auch? Ihre Eltern würden aus allen Wolken fallen und ihr Vorwürfe machen. Das war ihr jetzt schon klar. Sie malte sich aus, wie sie ihre erwachsene Tochter als unvernünftig bezeichnen würden. Und eigentlich hatten sie damit ja auch recht, stellte Anneke etwas beschämt fest. Hatte sie nicht alles, was man brauchte, um hier zufrieden, ja sogar glücklich leben zu können? Ein Haus, für viele wäre es zwar nicht mehr als ein Häuschen, eventuell ein Ferienhäuschen, aber für sie und Conni und ab und zu mal einen Besucher war es mehr als ausreichend. Im Übrigen war putzen sowieso nicht so ihr Ding, warum sollte sie also mehr Zimmer haben, als sie brauchte? Sie besaß nun ein fast abbezahltes kleines Haus in unmittelbarer Nähe zur Nordsee. Mit dem Fahrrad brauchte sie, wenn sie nicht so langsam radelte, wie es normalerweise ihre Gewohnheit war, nur gute fünf Minuten bis zum Deich. Dann hatte sie noch ihre Arbeit im Amt. Sicher, der Job war größtenteils mehr als langweilig. Aber wurde nicht jeder Beruf mit der Zeit eintönig und öde? Na ja, wenn man Künstler wäre, Maler, Schauspieler oder sogar Schriftsteller – das waren sicher keine langweiligen Berufe. Aber waren das überhaupt normale Berufe? Verdienten diese Leute denn genug Geld damit? Oh, wie spießig war sie doch in ihrem Denken. Insgeheim beneidete sie ja »solche Leute«. Der Mann einer Schulfreundin von ihr spielte in einer Band, als Gitarrist oder so. So genau wusste sie das nicht. Manchmal las sie etwas über deren Auftritte in der örtlichen Zeitung. Sie hatten in den vergangenen Jahren wohl gute Erfolge gehabt, das jedenfalls hatte ihr Heinke, ihre Nachbarin gesagt. Heinke wusste sogar, dass der Gitarrist mit seiner Familie nach Hamburg umgezogen war und sich dort ein kleines Reihenhaus am Stadtrand gekauft hatte. Er hatte wohl viele gut bezahlte Auftritte in Hamburg und Annekes ehemalige Schulfreundin brauchte nicht zu arbeiten. Was ihre Nachbarin so alles wusste.

Na ja, Anneke war eben nicht so mutig. Außerdem war sie

sich auch keiner Begabung bewusst. Selbst Italienisch zu lernen, fiel ihr nicht so leicht wie den meisten anderen Kursteilnehmern, die dazu auch noch gut und gerne zehn Jahre älter waren als sie selbst. Also, da behielt sie doch lieber ihren zwar langweiligen, dafür aber sicheren Job, in dem sie sich sehr gut auskannte. Schließlich hatte sie nie etwas anderes gemacht.

Und wo blieb die Romantik? Ihre »romantischen« Stunden verbrachte Anneke meist alleine oder von Zeit zu Zeit auch mit ihren Eltern bei irgendeinem seichten Liebesfilm vor dem Fernseher. Fast immer spielten diese Filme in einem ihrer Lieblingsländer Italien oder Frankreich. Diese Länder gefielen ihren Eltern, besonders Annekes Mutter, auch ganz gut. Andere Länder kannte sie auch gar nicht. Nicht, dass sie diese beiden Länder wirklich kannte, aber zumindest hatte sie einige schöne Wochen dort verbracht und viele glückliche Erinnerungen daran.

Und dann waren da eben ihre zwar immer noch sehr aktiven, aber dennoch alten Eltern. Fast täglich besuchte sie sie, um vor allem mit ihrer Mutter ein Schwätzchen zu halten. Einmal in der Woche nahm sie an einem Italienischkurs an der hiesigen Volkshochschule teil, der aber immer langweiliger wurde. Sie machte eh fast keine Fortschritte, wie sie vor kurzem enttäuscht festgestellt hatte, was natürlich an ihr liegen konnte, war sie doch hier oben im Norden wenig motiviert, für sich alleine italienische Vokabeln zu pauken. In Florenz war das ganz anders gewesen, da war sie überhaupt irgendwie ganz anders gewesen. Okay, das war ja auch Urlaub, der Alltag würde sich in Florenz auch nicht groß von ihrem an der Nordsee unterscheiden, versuchte sie sich einzureden. So richtig glauben konnte sie das allerdings nicht. Und das war es.

Schon verrückt, wie viele absurde Ausreden einem einfallen, nur, um sich vor sich selbst rechtfertigen zu können, warum man nichts im Leben ändert. Aber so weit dachte sie nicht, noch nicht. Stattdessen hatte sie andere Ausreden. Zu zweit wäre das schon etwas anderes, dann würde ich bestimmt wegziehen, aber alleine? Nein, wirklich nicht.

Sie war nun mal weder verheiratet noch geschieden, wie die meisten Frauen in ihrem Alter. Sie hatte keine Kinder und noch nicht mal einen engen Freund. Hatte sich nie wirklich ergeben.

»Warum eigentlich nicht?«, fragte Petra sie fast jedes Mal, wenn sie sich sahen.

»Und du?«, erwiderte Anneke dann immer etwas schnippisch, »du lebst ja auch allein.«

Das war ein wunder Punkt für Petra und Anneke wusste es. Petra war so lange verlobt gewesen und wurde dann auf diese unschöne Weise verlassen. Jetzt hatte Annekes Freundin große Vertrauensprobleme. Eigentlich war Petra nicht der Typ, der viel Privates erzählte, was wohl auch an dieser Verletzung lag. Aber bei einem ihrer Aufenthalte in Norddeutschland war sie nach dem zweiten Glas Rotwein doch ungewöhnlich gesprächig gewesen und hatte ihr unter Tränen die ganze Geschichte erzählt. Anneke hatte etwas unbeholfen versucht, Petra zu trösten. Sie hatte in so etwas nur wenig Übung. Am Ende weinte Anneke vor Mitleid mit Petra mit, was Petra wiederum irgendwie ganz gut tat. Dass Petra keine Lust mehr auf engere Männerbekanntschaften hatte, konnte sie nur zu gut verstehen, ging es ihr doch seit der Geschichte mit Kai ähnlich. Anneke fühlte sich geehrt, dass Petra ihr damals so viel Vertrauen entgegengebracht hatte, auch wenn der Wein bestimmt nicht ganz schuldlos an Petras Offenheit gewesen war.

Ja, und sie? Wie wollte sie in Zukunft weiterleben?

Sie bekam selten Besuch und Männerbesuch schon gar nicht. Das war eigentlich auch nicht so schlecht. Irgendwie fühlte sie sich von ihren Eltern kontrolliert und ihre Nachbarin Heinke hätte innerhalb weniger Stunden dafür gesorgt, die Neuigkeit in der ganzen Straße zu verbreiten. So oder so hätte es eines jener unangenehmen Gespräche mit ihren Eltern gegeben, bei denen sie immer dachte, sie müsse sich rechtfertigen. Sie als erwachsene Frau!

Es musste etwas passieren, aber was? Anneke musste sich schlichtweg eingestehen, dass sie eher feige und vor allem viel zu bequem war, um Konflikte auszutragen oder gar ins Ausland zu gehen.

Einmal hatte sie sich ihrer Freundin Petra anvertraut. »Das ist doch verrückt«, sagte die nur kopfschüttelnd. »Anne, wach auf, nimm endlich dein Leben in die Hand und werde erwachsen. Hörst du? Das fängt bei dir selber an.« Sie beneidete Petra, die ihr so leidenschaftlich und energisch ins Gewissen redete. Petra war mutig und cool, so ganz anders, als sie selbst. Anneke wurde schon bei dem Gedanken, eine Entscheidung gegenüber jemand anderem, zum Beispiel ihren Eltern, rechtfertigen zu müssen, ganz schwindelig.

Die Predigt von Petra hatte gewirkt. Ich muss echt was an mir ändern und zwar schnell. Petra hat recht, dachte Anneke. Aber auswandern oder einfach nur in eine andere Stadt ziehen, war das nicht auch irgendwie feige, eine Flucht vor den ganzen Problemen? Und wenn schon! Wenn ihr ein Umzug dabei helfen würde, endlich erwachsen zu werden, wäre es doch gut so. Außerdem war da ja auch noch ihre Schwester Tanja. Tanja lebte mit ihrem Mann und ihren zwei Kindern in der Nähe von Lübeck, ungefähr drei Stunden entfernt. Sie kamen nur alle paar Wochen, eher unregelmäßig zu Besuch. Insgeheim beneidete Anneke ihre drei Jahre jüngere Schwester. Tanja hatte alles, zumindest alles, was Anneke nicht hatte und gerne hätte. Einen wirklich sehr netten Mann, zwei süße Kinder, einen Jungen, Philipp wurde in drei Wochen schon vierzehn, und Laura war nun auch schon zwölf. Sie alle lebten in einem wunderschönen Haus mit Garten.

Aber das war eben das Leben ihrer Schwester. Anneke fragte sich oft, was für ein Leben sie selbst glücklich machen würde? Sie wusste es nicht. Dass romantische Filme doch nur Filme sind, war ihr zwar klar, aber dennoch, so ein bisschen Film müsste es schließlich auch im echten Leben geben oder etwa nicht?

Sie dachte schon seit einigen Monaten darüber nach,

etwas für ihre Verhältnisse wirklich Verrücktes zu machen. Auf jeden Fall kam ihr ihr geheimer Wunsch extrem unrealistisch vor.

Angefangen hatte das vor etwa drei Monaten. Sie hatte gerade mit Petra zusammen einen sonst eher langweiligen Film im Kino gesehen. Ganz vorsichtig spielte Anneke anschließend die eine Szene, die sie so aufgewühlt hatte, in ihrem Kopf durch. Ganz gelassen und souverän ging sie darin zu ihrem Chef und erklärte diesem: »Ab dem nächsten Ersten bin ich weg. Ich kündige.« Einfach so. Das wäre doch mal etwas, womit sie alle in ihrem Umfeld überraschen könnte, am meisten aber sich selbst. Ihr Chef würde sie dann natürlich mehr belustigt als verwundert anblicken. Anneke kannte das schon von ihm. Außer, dass sie ihre Arbeit gut machte, schließlich war ihr die Arbeit im Büro nach über zwanzig Jahren mehr als vertraut und so sehr zur Routine geworden, dass sie kaum noch Fehler machte, fand er bestimmt nichts Interessantes oder Überraschendes an ihr. Mit anderen Worten: Die Arbeit traute ihr Chef ihr zu, aber viel mehr eben nicht. Das ließ er sie seit Jahren auf seine arrogante und überhebliche Weise spüren. Sie hörte innerlich natürlich auch schon die Vorwürfe ihrer Eltern, wenn sie ihr vorhalten würden, wie undankbar sie doch sei und wie viele sich in ihrem Alter freuen würden, wenn sie so wie Anneke eine sichere und einigermaßen gut bezahlte Stelle hätten. In ihrem Alter. Wie uralt das klang. Aber sie hatte zumindest in Gedanken noch mehr vor. Sie malte sich genüsslich aus, wie sie erhobenen Hauptes das letzte Mal aus ihrem langweiligen Büro heraus stolzierte. Die Tür ihres öden Arbeitsplatzes, an dem sie vor einigen Jahren versucht hatte, die Wände durch zwei Kunstdrucke, den einen mit Olivenbäumen, den anderen mit zwei Zitronenbäumen vor einem wolkenlosen blauen Himmel, aufzuhübschen, würde sie dann mit einem lauten Knall für immer zuschlagen. Ach ja, die beiden Drucke nähme sie natürlich mit.

Und dann war es passiert. Aus den vorsichtigen Gedanken war eine Sehnsucht geworden und nun hatte sie den mutigen Entschluss gefasst, den größten Schritt ihres Lebens zu machen. Sie wollte weg. Wirklich weg. Ganz ohne innere Gegenwehr ging das natürlich nicht. Vielleicht sind mir meine ganzen verrückten Gedanken und Tagträumereien auch nur zu Kopf gestiegen, weil ich seit mehreren Jahren fast täglich diese wunderschönen großen Fotodrucke sehen durfte, dachte Anneke immer wieder. Oder waren doch die vielen romantischen Filme schuld?

Wie dem auch sei, Anneke wollte nun also wirklich ihren Job kündigen, dann ihr Haus verkaufen und wegziehen. Wie im Film. Jetzt im richtigen Leben, in ihrem Leben, in ihrem neuen Leben. Wohin sie allerdings ziehen würde, das war ihr noch nicht so klar. Am liebsten natürlich nach Italien, wo sie doch etwas Italienisch sprach. Und dann? Was wollte sie da machen, in Italien, in Bella Italia, wie Petra immer sagte? Eine Weile könnte sie bestimmt von dem Erlös des Hausverkaufs leben, eine große Weile sogar, wenn sie sich eine bescheidene Wohnung oder wieder ein kleines Häuschen auf dem Land mieten würde. Sie hatte in all den Jahren sogar einiges zusammengespart. Schließlich hatte sie nie viel Geld zum Leben gebraucht und ihr Haus damals wirklich noch zu einem sehr günstigen Preis bekommen. Jetzt müsste sie mindestens das Doppelte dafür erhalten, waren doch die Immobilienpreise hier oben an der See in den vergangenen Jahren enorm gestiegen. Außerdem hatte sie einige Verbesserungen vornehmen lassen. Erst im vergangenen Jahr wurden die alten Fenster gegen neue, viel modernere, ausgetauscht. Dreifach verglaste, bei dem kalten Wind und den heftigen Herbststürmen ein absolutes Muss. Allein bei dem Gedanken an die vielen kalten und windigen Tage hier in Norddeutschland fing sie an zu zittern. Und das, obwohl ihre Heizung auf Hochtouren lief.

Ein paar Jahre würde sie also, ohne arbeiten zu müssen, gut leben können. Und dann? Oder auch davor? Irgendwas muss man ja schließlich tun, sonst wird es auch in Italien langweilig. Und überhaupt, wo in Italien würde sie denn wohnen wollen? Immerhin kann es auch in Italien im Winter ziemlich kalt werden, zumindest in Norditalien. So ganz durchdacht war ihr Plan noch nicht. Und dann wurde ihr klar, dass sie noch immer voller Bedenken und von einer wirklichen Entscheidung meilenweit entfernt war. Wie sollte sie das ihren Eltern erklären? In diesen Momenten kam ihr oft das Gespräch mit Petra wieder in den Sinn, die ihr eindringlich dazu geraten hatte, ihr Leben endlich selbst in die Hand zu nehmen. Manchmal überfiel sie dann eine echte Wut. Sie zitterte vor Ärger auf ihre Eltern, auf

Petra, ihren Job, auf alles in dieser Stadt. Am wütendsten aber war sie auf sich selbst und ihre Angst, endlich eigenständig zu leben. Nicht selten überkam sie dann tiefer Frust. Sollte sie wirklich für immer in diesem langweiligen Städtchen wohnen müssen? Dann füllten sich ihre blauen großen Augen mit Tränen. Ich will hier weg, schrie sie lautlos. Und plötzlich war der Wunsch abzuhauen so stark, dass er alle Vernunft und jegliches Sicherheitsdenken überdeckte.

Was war auf einmal nur los mit ihr? Sie hatte doch immer wunderbar funktioniert.

Ja, funktioniert war das richtige Wort. Aber gelebt? Sicher hatte sie gelebt und auch einiges erlebt. Da war die Beziehung mit Thomas, Jahre nach der Trennung von Kai. Auch dieses Kapitel ihres spärlichen Liebeslebens lag schon fast zwei Jahre zurück. Anneke schüttelte sich widerwillig bei dem Gedanken an diese unglückliche Beziehung. Fast ein Jahr war sie mehr oder weniger mit Thomas zusammen gewesen oder besser gesagt, sie hatten zusammen auf dem Sofa gesessen und irgendwelche Filme, meistens jedoch die Sportschau gesehen. Anfangs machte Thomas auf sie einen wirklich romantischen Eindruck. Sie hatten sich in der kleinen Bar am Hafen kennengelernt, als Anneke mit einer Kollegin nach Feierabend ein Glas Wein getrunken hatte. Eigentlich wirkte Thomas schon bei ihrem ersten Treffen ziemlich ruhig und eher still. Sie schob es auf eine höfliche Zurückhaltung, die sie bei den ersten Treffen auch durchaus angebracht fand. Aufdringliche Männer, die nur auf einen schnellen Flirt aus waren, fand sie wirklich abstoßend. Außerdem wirkte Thomas anfangs sehr schüchtern. Das störte sie aber keineswegs, im Gegenteil.

Sie zählte sich selbst auch nicht gerade zu den mutigsten Frauen, wenn es um ein Date ging. Dass ihre neue Bekanntschaft einfach extrem langweilig war, merkte sie erst nach einigen Monaten. Petra hatte es natürlich direkt gewusst. Schon nach kurzer Zeit spürte Anneke kein Kribbeln mehr. Es war einfach wieder weg. Aber im Verdrängen von Gefühlen war Anne schon immer gut gewesen. Ihm zu sagen, dass sie ihre Beziehung beenden wolle, traute sie sich nicht. So schwiegen sie sich wochenlang mehr oder weniger an und überbrückten viele nichtssagende Abende, indem sie stundenlang in die Röhre glotzten. Thomas war nicht blöd, irgendwann merkte er dann auch, dass er nicht der Richtige für sie war und beide beendeten eher höflich und schmerzlos diese kurze Beziehung, ohne groß unter der Trennung zu leiden. So verbrachte Anneke ihren Alltag eben ohne Thomas, was diesen allerdings auch nicht spannender machte.

Noch halb in Gedanken versunken, versuchte sie etwas melancholisch, ihre Sehnsucht nach Abenteuer und Veränderung in ihrem Leben abzuschütteln und sich darauf zu konzentrieren, den seit zwei Tagen liegengebliebenen Abwasch endlich in Angriff zu nehmen, als das Telefon klingelte. Ungewöhnlich laut, so kam es ihr in dem stillen Haus zumindest vor.

»Ja, Hansen«, meldete sie sich etwas abwesend und wenig interessiert, wurde aber sogleich von der wohlbekannten

Stimme ihrer Mutter aufgeweckt.

»Annelein, komm mal bitte schnell zu uns, wir müssen etwas mit dir besprechen.«

Zumindest hat sie bitte gesagt, schoss es »Annelein« etwas genervt durch den Kopf. »Warum, ist etwas passiert?«

Sie hatte gerade so überhaupt keine Lust, ihre Eltern zu besuchen. Ihrer Mutter schien es nicht einzufallen, sie zu fragen, ob es ihr gerade passte. Wenn ihre Mutter etwas von ihr wollte, nahm sie in der Regel wenig Rücksicht auf Annekes Wünsche. Und meistens gehorchte Anneke. Dieses Mal aber wehrte sich etwas in ihr.

»Wirklich Mama, es passt mir gerade überhaupt nicht und nenn mich bitte nicht immer Annelein, sag mir doch einfach hier am Telefon, was los ist.«

»Annechen, das kann ich dir wirklich nicht so nebenbei und nur am Telefon sagen, wir müssen etwas sehr Wichtiges und Dringendes mit dir besprechen. Es könnte auch deine Zukunft betreffen«, fügte sie etwas geheimnisvoll hinzu. Als Anneke schwieg, sagte ihre Mutter etwas flehend: »Bitte nimm dir ein paar Minuten Zeit und komm schnell mal rüber.«

Ihre Stimme klang auf einmal viel ruhiger als gewöhnlich, fast sanft. Deshalb sagte Anneke schon wieder halb versöhnt, dass sie sofort kommen würde. Natürlich war sie auch neugierig geworden.

2

Sie hob gerade ihre Hand, um zu klingeln, als ihre Mutter schon an der Tür war, ihr öffnete und mit leicht geröteten Wangen aufgeregt sagte: »Komm ins Wohnzimmer, Vati ist auch da.«

»Hallo Papa, was ist los? Ihr wirkt irgendwie komisch, ist etwas passiert?«

Anneke war auf einmal etwas mulmig. Gleich darauf bemerkte sie aber, dass ihre Eltern keinesfalls beunruhigt oder gar verstört wirkten. Etwas anders als gewöhnlich vielleicht, aber eher positiv aufgeregt.

»Willst du auch ein Glas Wein haben?«, fragte ihr Vater.

»Nein danke, ich würde gerne gleich wieder gehen, ich wollte noch aufräumen, Petra kommt ja am Wochenende. Also, was gibt es denn so Dringendes?«

»Bitte, setz dich Annelein, wir haben etwas Wichtiges mit dir zu besprechen, was wir nicht mal so eben am Telefon oder zwischen Tür und Angel diskutieren wollen«, bat sie ihr Vater.

»Mann, ihr macht es aber spannend, was ist denn los? Habt ihr etwa im Lotto gewonnen«, versuchte Anneke etwas unbeholfen zu scherzen.

»Stimmt fast«, erwiderte ihre Mutter.

Jetzt wurde Anne ernsthaft neugierig. »Also was ist?«

»Erinnerst du dich noch an Tante Inge«, fragte ihre Mutter etwas zögerlich.

Tante Inge, Tante Inge? Welche Tante Inge? Ah, jetzt klingelte es langsam. Der Name Inge kam ihr im Zusammenhang mit ihren Eltern bekannt vor. Richtig, jetzt fiel es ihr wieder ein. Tante Inge war eine entfernte Verwandte ihrer Mutter, eine Großtante oder so. Sie war vor langer Zeit mal bei ihnen im Norden gewesen, aber das war mindestens fünfunddreißig oder mehr Jahre her. Diese Tante Inge musste inzwischen uralt sein, sie war schon damals nicht mehr sehr jung gewesen. Anneke selbst mochte vielleicht zehn oder elf, vielleicht auch etwas älter, gewesen sein. So richtig konnte sie sich an diese Tante Inge allerdings nicht mehr erinnern und sie interessierte sie auch nicht. Ab und zu hatten sich ihre Eltern über diese entfernte Verwandte unterhalten. Sie war wohl ein bisschen verrückt, also nicht richtig verrückt, sie war, wenn Anneke sich richtig erinnerte, vor vielen Jahren auf irgendeine Insel im Mittelmeer gezogen und hatte außer mit Annekes Mutter, den Kontakt zum Rest ihrer Familie, die Anneke nicht kannte, abgebrochen. Warum wusste sie nicht, sie hatte nie mit ihren Eltern darüber gesprochen, warum auch? Eigentlich war Anneke wenig am Leben Anderer interessiert, wie sie sich eingestehen musste.

Ihre Mutter ergriff wieder das Wort, während ihr Vater wie üblich schweigend zuhörte.

»Ja, Tante Inge war Künstlerin, Malerin. Das gefiel ihren Eltern damals überhaupt nicht. Dann hatte sie sich auch noch in einen Griechen verliebt. Das war für ihre Eltern damals ein Skandal. Als Tante Inge und Kostas, so hieß ihr

Auserwählter, auch noch Heiratspläne hatten, stellten Inges Eltern sie vor die Wahl, dieser Ausländer oder sie. Na ja, rate mal, für wen sich Tante Inge entschied? Richtig, für ihren Kostas.«

»Und dann«, fragte Anneke, doch neugierig geworden.

»Die Beiden sind weggezogen und haben ohne Tante Inges Familie geheiratet. Erst waren sie in Griechenland, bei Kostas Eltern, die mit ihr kein Problem hatten und einige Jahre später sind sie dann auf eine Insel gezogen. Viel später hatte sich Tante Inge Gott sei Dank doch noch mit ihren Eltern versöhnt. Irgendwie habe ich sie immer ein wenig für ihren Mut bewundert«, fügte ihre Mutter dem Bericht etwas nachdenklich hinzu.

Diese ganzen Details über eine gewisse Tante Inge, die Anneke vor vielen Jahren ein oder vielleicht auch zweimal gesehen hatte, waren ihr nicht bekannt gewesen. Sie wusste weder, dass ihre Mutter über all die Jahre den Kontakt zu ihrer entfernten Verwandten gehalten hatte, noch, dass sie diese unbekannte Tante anscheinend etwas beneidete oder zumindest bewunderte. Warum aber erzählte ihre Mutter ihr das alles? Dafür war sie jetzt herbeigeeilt und verzichtete auf ihren gemütlichen Fernsehabend? In diesem Moment begann es draußen heftig zu regnen und zu stürmen, was nicht ungewöhnlich war. Ja klar, und ich habe weder eine Jacke noch einen Schirm mitgenommen, dachte Anneke, während ihre Mutter weiter berichtete.

»Tante Inge fiel es damals nicht leicht, so mit ihrer Familie zu brechen und sich einem Mann anzuvertrauen, den sie selbst erst ein paar Monate vorher kennengelernt hatte. Dann noch in ein ihr unbekanntes Land zu ziehen, eine neue Sprache und eine neue Kultur kennenzulernen, das alles war nicht einfach. Außerdem war Tante Inge auch finanziell von Kostas abhängig, was ihr gar nicht gefiel. Als Künstlerin verdiente sie kaum etwas. Kostas arbeitete zunächst wieder im Restaurant seiner Eltern in Athen und Tante Inge half etwas mit. Sie hat mich oft angerufen und gefragt, ob es ein Fehler gewesen war, wegzuziehen.«

»Und? Was hast du ihr geantwortet«, fragte Anneke interessiert.

»Ich habe ihr gesagt, dass ich ihr diese Entscheidung nicht abnehmen könne und habe ihr geraten, den Versuch zu unternehmen, sich mit ihren Eltern zu versöhnen. Sie war nämlich mit Kostas sehr glücklich und fühlte sich auch in ihrer neuen griechischen Familie und der Umgebung nach und nach immer wohler. Nur der alte Streit mit ihren Eltern und die Trennung von ihnen machten ihr verständlicherweise zu schaffen. Ich habe Tante Inge in all den Jahren nur zweimal besucht, schade eigentlich. Aber sie wirkte jedes Mal sehr glücklich. Sie sagte immer, dass ich die Einzige sei, die zu ihr gehalten hätte, damals, als sie sich in Kostas verliebte.«

So tolerant kannte Anneke ihre Mutter nicht. Bis vor zwanzig Minuten wäre sie sicher gewesen, dass es einen großen Krach gegeben hätte, wenn sie selbst mit einem Ausländer durchgebrannt wäre. Das galt mindestens für ihre Mutter. Was ihr Vater gesagt hätte, war nicht so leicht vorhersehbar, der war wohl toleranter. Aber vielleicht kannte sie ihre Eltern doch nicht so gut. Hatte sie sie, besonders ihre Mutter, doch falsch eingeschätzt?

Annekes Vater hörte die ganze Zeit ruhig zu und nickte nur hin und wieder zustimmend in Richtung seiner Frau. Er schien die ganze Tante-Inge-Geschichte also zu kennen. Nur ihr war mal wieder nichts gesagt worden, dachte Anneke etwas eifersüchtig. Und warum erzählte ihre Mutter ihr gerade jetzt so viel von dieser Verwandten? Das ging sie doch alles gar nichts an.

Als habe ihre Mutter diese gedachte Frage gehört, sprudelte es nun weiter aus ihr heraus: »Ja, also warum erzähle ich dir das alles, fragst du dich bestimmt, Anne, Liebes.«

Klang es nur so oder war ihre Mutter plötzlich etwas unsicher? Anneke antwortete: »Die Lebensgeschichte von Tante Inge klingt zwar ganz interessant, aber so wichtig, dass ich deshalb zu euch herkommen musste, erscheint sie mir nun auch wieder nicht zu sein. Also, was gibt es noch?« Anneke war zwar immer noch neugierig, aber zusehends auch genervt.

»Also«, begann ihre Mutter den verlorenen Faden wieder aufzunehmen. »Tante Inge ist vor zwei Monaten gestorben. Das letzte Jahr hatte sie alleine gelebt, denn Kostas war vor zwei Jahren gestorben.«

»Oh, das tut mir leid«, sagte Anne unwillkürlich. Die Liebesgeschichte von Tante Inge und Kostas war so romantisch gewesen, da passte der Tod gar nicht dazu. »Sie war aber schon recht alt, oder?«

»92 und Kostas sogar 95«, antwortete ihre Mutter. Die Geschichte wurde zwar nicht interessanter und Anneke wusste immer noch nicht, warum sie eigentlich hier war, aber sie machte gute Miene zum bösen Spiel und fragte: »Wie lange haben die Zwei denn in Griechenland gelebt?«

Ganz überraschend schaltete sich nun ihr Vater ein: »Sie muss so in deinem Alter gewesen sein, als sie Kostas kennenlernte. Vielleicht etwas älter. Weißt du, wie alt Tante Inge war, als sie und Kostas Deutschland verlassen haben?« Er wandte sich mit einem fragenden Blick an seine Frau.

»Wenn ich mich richtig erinnere, hat sie Kostas mit knapp 52 kennengelernt und ihren 52. Geburtstag schon in Griechenland gefeiert. Es ging damals ja alles ziemlich schnell. Ich war erst Mitte Dreißig und du gerade zwölf, Anne.«

Okay, das war also Tante Inges Geschichte. Ihre Eltern wirkten nicht gerade am Boden zerstört. Es war keine große Trauer zu erkennen. Annekes Mutter und Tante Inge hatten sich aus den Augen verloren, wie man so schön sagt. Das war wohl auch der Grund dafür, dass sie erst jetzt vom Tod der alten Frau erfahren und deshalb auch die Beerdigung verpasst hatten. Trost schienen ihre Eltern also nicht zu brauchen. Also wartete Anne höflich, wenn auch innerlich wieder ungeduldiger, was als nächstes kommen würde.

»Tante Inge und Kostas haben nur einige Jahre in Griechenland gelebt und gemeinsam im Restaurant von Kostas Eltern geholfen«, fuhr ihre Mutter fort. »Aber das sagte ich ja bereits. Seine Eltern waren zu der Zeit schon ziemlich alt. Vier oder fünf Jahre später, Kostas Eltern waren kurz hintereinander gestorben, verkauften Tante Inge und Kostas das Restaurant zu einem sehr guten Preis und kauften sich von dem Geld ein eigenes Häuschen. Kostas hatte keine weiteren Geschwister, was für einen Griechen ziemlich ungewöhnlich ist. Das Haus kauften sich die Beiden aber nicht in Griechenland«, fügte ihre Mutter geheimnisvoll hinzu.

»Nicht? Ich dachte, die beiden waren in Griechenland so glücklich, oder sind sie doch wieder zurück nach Deutschland gezogen?«

»Nein, nein. Sie beschlossen, Griechenland zu verlassen und etwas Neues kennenzulernen. Kostas sprach ganz gut Deutsch, aber bei den Einheimischen in Griechenland war Tante Inge wohl immer die Deutsche, die Fremde geblieben, was für sie nicht einfach war. Nach Deutschland wollten sie aber auf keinen Fall zurück.«

Kann ich gut verstehen, dachte Anneke. Laut fragte sie: »Und wo haben die Zwei dann gelebt?«

»Sie sind nach Zypern gezogen«, sagte ihr Vater vom Sofa aus.

»Zypern? Wo liegt das denn?«

Anneke hatte den Namen schon mal irgendwo gelesen, aber wo genau Zypern lag, wusste sie nicht. Es war ihr eigentlich auch ganz egal.

»Zypern ist eine wunderschöne Insel im Mittelmeer mit herrlichen Stränden und rauen, felsigen Klippen, gutem Essen, netten Leuten und über 300 Tagen Sonne im Jahr.« Das war wieder ihre Mutter. »Man spricht auf dieser Insel nicht nur Griechisch, sondern auch Englisch. Das gefiel besonders Tante Inge sehr gut. Sie hatte auch noch nach all den Jahren Schwierigkeiten, sich auf Griechisch zu verständigen.«

»Und weshalb spricht man auf Zypern auch Englisch? Wegen der Touristen?« Anneke fragte eher aus Höflichkeit als aus echtem Interesse.

Das war eine Frage für ihren Vater: »Nein, das ist nicht der Grund. Zypern war einmal britische Kronkolonie, deshalb. Heute ist die Insel in zwei Teile geteilt. In einen türkischen und einen griechischen.«

»Aha, sehr interessant. Aber ich glaube, ich gehe jetzt mal wieder. Conni ist auch schon fast eine Stunde alleine. Ich hätte sie doch mitbringen sollen, aber Mutti sagte ja am Telefon, dass ich nur mal kurz rüberkommen sollte«, unterbrach Anneke ihren Vater etwas unhöflich. Diese unbekannte Tante Inge, ihr Kostas und diese mehrsprachige Insel waren ihr schnurzpiepegal, sie wollte es sich bei diesem ekligen Wetter einfach nur auf ihrem Sofa gemütlich machen. Ja, wenn diese Tante in Italien gelebt hätte und ihr ihre Eltern etwas von Italien erzählt hätten, wäre sie bestimmt noch länger geblieben, aber Zypern? Was interessierte sie irgendeine geteilte Mittelmeerinsel, auf der man auch Englisch sprach? Englisch war nun nicht gerade ihre Lieblingssprache, auch wenn sie sie ganz gut konnte.

»Okay, ich geh dann mal«, versuchte Anneke sich zu verabschieden.

Sie drehte sich schon in Richtung Flur, als ihre Mutter halb hinter ihr stehend einfach weitersprach: »Tante Inge hat mir ihr Haus auf Zypern vererbt und wir möchten, dass du nach Zypern fliegst und es dir mal anschaust.«

»Was?« Anneke drehte sich mit einem Ruck um und dachte, sich verhört zu haben. »Ich soll bitte was tun? Auf irgendeine Insel im Mittelmeer fliegen? Niemals.«

So langsam glaubte sie, ihre Eltern, besonders ihre Mutter, hätten den Verstand verloren. Abgesehen von ihrer Arbeit hier, gab es noch unzählige andere Argumente gegen eine solch unsinnige Reise. Da war zum Beispiel ihr kleiner Hund und überhaupt, wie sollte sie denn ganz alleine auf diese Insel kommen, von der sie so gut wie noch nie etwas gehört hatte und vor allem warum? Deshalb erwiderte sie auch etwas zu barsch:

»Fliegt doch selber, wenn ihr euch das Haus unbedingt ansehen wollt, schließlich habt ihr es geerbt und nicht ich. Ich bleibe hier.«

»Ach, du willst hier bleiben, weil du ja so zufrieden mit deiner Arbeit, mit uns und deinem Leben bist, stimmt's?«

Ihre Mutter grinste spöttisch und ihr Vater setzte noch einen oben drauf: »Oder willst du vielleicht hier bleiben, weil du Angst hast? Weil du dir nicht zutraust, alleine nach Zypern zu fliegen?«

Also, da hörte sich doch alles auf. Was fiel ihren Eltern eigentlich ein, so mit ihr zu reden? Sie wollte nicht auf diese fremde Insel und damit basta! Und warum sagten ihr ihre Eltern eigentlich schon wieder, was sie tun solle? Wie kamen die eigentlich auf die Idee, dass sie in ihrem Job unglücklich sei? Anneke hatte ihnen nie etwas davon erzählt. Es klang so gar nicht nach ihren Eltern, wenn sie sie jetzt dazu drängten wegzuziehen. Ich übertreibe mal wieder, bremste Anneke sich selbst. Von wegziehen hatten sie nun wirklich nichts gesagt. Wahrscheinlich sollte sie sich das geerbte Haus nur mal anschauen, bestimmt wollten ihre Eltern wissen, was es noch wert sei und es dann verkaufen. Sie gönnten ihrer Tochter vielleicht auch nur einfach ein paar Tage Urlaub, einen Tapetenwechsel. War doch eigentlich nett von ihnen.

»Wir finden, dass du seit längerer Zeit nicht sehr zufrieden aussiehst und dass es dir bestimmt gut tun würde, wenn du mal aus deinem langweiligen Alltagstrott rauskämst«, beschwichtigte ihre Mutter, um anschließend einen saftigen Vorwurf hinterherzuschieben, »und da du von alleine nichts in deinem Leben veränderst, dachten wir, wir helfen etwas nach. Das geerbte Haus von Tante Inge kommt da wie gerufen, findest du nicht?«

Trotz des enthaltenen Vorwurfs klang die Stimme ihrer Mutter liebevoll und sanft.

Was war hier los? Ihre Eltern drängten sie dazu, aus ihrem Alltag auszubrechen, ihr eintöniges Leben interessanter zu machen? Diese Idee war zwar noch meilenweit von ihren heimlichen Träumen entfernt und sie hatten sie nun wirklich nicht aufgefordert, den Job zu kündigen, aber das waren schon ganz neue Töne aus dem Mund ihrer Eltern. Wie hieß diese komische Insel noch gleich? Zypern? Gab es nicht immer wieder mal im Supermarkt Grapefruits und Orangen aus Zypern? Wenn die da wachsen, kann die Insel nicht so schlecht sein, dachte Anneke. Solche positiven Gedanken mussten natürlich gleich wieder mit Bedenken ausgebremst werden: Aber das Fliegen ist nicht so mein Ding. Und wenn sie sich doch in diese Blechkiste setzen würde, dann würde sie nicht länger als eine Woche auf der Insel bleiben. Länger bekäme sie bestimmt eh keinen Urlaub.

In dieser Nacht träumte Anneke von großen Zitronen und Orangen, die sie zu überrollen drohten. Dementsprechend unausgeschlafen wachte sie am frühen Morgen auf.

»Also, wir dachten, du könntest mit deinem Chef reden und dir mal so zwei oder drei Monate frei nehmen, oder vielleicht online von Zypern aus arbeiten«, schlug ihre Mutter temperamentvoll ihrer sprachlosen Tochter am Nachmittag am Telefon vor.

Wie bitte? Die wollen mich loswerden, wusste ich's doch. Ihre anfängliche Verwunderung über den Wandel ihrer Eltern schlug nun, am Tag nach dem Gespräch über das geerbte Haus von Tante Inge, in echte Empörung um.

»Nein, was fällt euch ein, euch immer in mein Leben einzumischen. Ich will hier nicht weg und schon gar nicht auf eine Insel, die ihr mir aussucht.«

Annekes Augen füllten sich nun mit Tränen vor Wut und Müdigkeit. Wie gut, dass ihre Mutter sie so nicht sah. Wortlos legte sie auf und warf sich schluchzend auf ihr graugrünes kleines Sofa. Conni kam freudig bellend aus ihrem Körbchen zu ihr gelaufen, in der Hoffnung, mit auf das Sofa zu dürfen. In Ausnahmefällen war das durchaus erlaubt. Heute war mal wieder eine der vielen Ausnahmen. Anneke grub ihren Kopf tief in das weiche, schwarze Fell der kleinen Hündin.

Nur einige Minuten später klingelte das Telefon wieder, diesmal war es nicht das Festnetz, sondern ihr Handy. Zuerst wollte sie es klingeln lassen, schaute nur kurz, welche Nummer auf dem Display stand, und erkannte sofort die wohlbekannte Nummer ihrer Eltern. War ja klar, dass sie, nachdem Anneke einfach aufgelegt hatte, wieder anrufen würden. Auf einmal schämte sich Anneke über ihr Selbstmitleid und ihre Wut, manchmal benahm sie sich doch zu kindisch. Im Grunde wollte sie keinen Streit mit ihren Eltern haben, aber sie wollte sich auch nicht immer von ihnen vorschreiben lassen, was angeblich gut für sie sei und wie sie ihrer Meinung nach zu leben habe. Sie ging also doch ans Telefon: »Mami, es tut mir leid, dass ich eben einfach aufgelegt habe, aber...«

Weiter kam sie nicht, als ihre Mutter sie schon unterbrach: »Wir wollten uns bei dir entschuldigen, wir dachten wirklich, ein Tapetenwechsel, ein Abenteuer auf dieser schönen Insel im Mittelmeer«, sie zog das Wort »Mittelmeer« extra etwas romantisch verträumt in die Länge, »würde dir guttun. Aber du hast natürlich recht, es geht uns nichts an, wie und wo du leben möchtest. Entschuldige bitte. Wir werden mit Tanja sprechen, ob sie Zeit und Lust hat, sich das Haus mal anzuschauen. Wir fühlen uns ein bisschen zu alt, um noch so weit zu fliegen. Irgendwie hatten Papa und ich wohl die Hoffnung, dass du oder deine Schwester euch über das Haus freuen würdet und es als Ferienhaus oder so nutzen wollt.

Mir tut es leid, Tante Inges Haus zu verkaufen, aber wahrscheinlich ist es doch am besten, wenn wir uns um einen Makler auf Zypern kümmern, der das Haus für uns verkauft und damit ist die Sache dann erledigt. Anne Liebes, entschuldige bitte nochmal unsere verrückte Idee, dich weg von hier auf eine entfernte Insel schicken zu wollen, da haben wir wohl etwas übertrieben.«

Ihre Mutter schien es aufrichtig zu bereuen, dass sie sich so sehr in das Leben ihrer Tochter eingemischt hatte. Als Anneke die zerknirschte alte Stimme ihrer Mutter hörte, tat sie ihr auf einmal so leid, dass sie all ihre Wut und ihren Groll gegen ihre Eltern vergaß. Plötzlich bekam sie Angst, ihr wurde schlagartig klar, dass Zypern eine riesige Chance war, endlich aus ihrem eintönigen Leben auszubrechen. Zypern ist zwar nicht Italien, aber wer weiß, vielleicht ist es dort genauso schön und Zitronen und Orangen gab es da ja auch. Außerdem, wenn sie nicht bald etwas unternahm, dann wäre sie im Alter ihrer Eltern noch hier und würde es eventuell immer bereuen, nichts gewagt zu haben. »Ich fliege«, kam es plötzlich und zur großen Verwunderung ihrer Mutter, die noch am anderen Ende der Leitung war, schrill über ihre Lippen. So, als müsse sie schnell sagen, dass sie sich entschieden habe zu fliegen, bevor ihr Mut sie wieder verlassen würde.

»Was? Woher kommt dein plötzlicher Sinneswandel?«

Anneke spürte förmlich, wie ihre Mutter die Stirn in Falten legte.

»Mama, ist doch egal, wichtig ist doch nur, dass ich fliege, oder?«, sagte sie etwas unwirsch. Ihre Mutter, weise genug, nicht näher darauf einzugehen, gab sich zufrieden.

Lange fand Anneke in dieser Nacht keinen Schlaf und begann in den frühen Morgenstunden, als sie sich unruhig in ihrer mit Rosen bedruckten Bettdecke hin und her gedreht hatte, ihre spontane Zusage zu bereuen. Sie war einfach nicht der Typ für so ein Abenteuer, noch nicht einmal, wenn es darum ging, nur eine Woche alleine in den Urlaub zu fliegen. Urlaub schon, aber alleine? Die Sprachreise damals nach Italien hatte sie schon so viel Überwindung gekostet, dass sie sie immer wieder verschoben hatte, obwohl damals alles organisiert war. Dieses Mal musste sie alles alleine machen. Schon bei dem Gedanken, ganz auf sich selbst gestellt auf einer fremden Insel, alleine in einem fremden Haus zu übernachten, brachte sie zum Schwitzen.

Irgendwann schlief Anneke dann doch ein und nach dem Aufstehen wischte sie jeden Zweifel sofort wieder weg. Dieses Mal wollte sie nur eins, mutig sein. Mutig den Sprung ins Ungewisse wagen und das nicht nur für eine Woche. Was ihre Eltern nämlich noch nicht wussten, Anneke hatte sich direkt nach dem Telefongespräch mit ihrer Mutter gestern überlegt, nicht nur für eine oder zwei Wochen nach Zypern zu fliegen, sondern gleich für drei Monate, wie ihre Eltern ja auch vorgeschlagen hatten. Wenn schon, denn schon, hatte sie sich trotzig gedacht. Jetzt zeige ich es ihnen, und vor allem mir selbst. Mein Haus kann ja schließlich mal ein paar Monate ohne mich auskommen und meine Kollegen auch. Anneke wollte unbezahlten Urlaub nehmen, in letzter Zeit war im Amt sowieso nicht viel los.

Und dann? Wenn die drei Monate vorbei waren? Dann würde sie wieder alles so machen, wie bisher. Sie würde nach diesem Abenteuer, wie sonst auch, ins Büro gehen und hätte wieder ihr Leben hier oben in ihrem Häuschen in Norddeutschland – ohne Zitronen und Orangenbäume. Aber immerhin hätte sie dann ein wirklich langes und außergewöhnliches Abenteuer hinter sich, an das sie immer denken könnte. Vor allem hätte sie aber ihre Sicherheit zurück.

Ihr war klar, dass das sehr inkonsequent war. Aber Anneke konnte nun mal nicht aus ihrer Haut heraus. Einerseits suchte sie das Abenteuer, das Unbekannte, die Veränderung, auf der anderen Seite war sie von klein auf an Sicherheit und Routine gewöhnt. Könnte es nicht irgendwie beides geben? Sicherheit vermischt mit einer guten Portion Abenteuer?

3

Etwas zaghaft klopfte Anneke ein paar Stunden später an die Tür ihres Chefs. Auf sein teilnahmsloses »Herein« atmete sie einmal tief durch und öffnete dann entschlossen und für ihre Verhältnisse sehr energisch die schwere, dunkelbraune Holztür. Herr Clausen schaute wegen des stürmischen Eintritts verwundert und mit gerunzelter Stirn von unten auf sie herab. »Ja, was gibt es?«

Sie schluckte kurz und sprudelte dann schnell heraus: »Ich möchte gerne unbezahlten Urlaub haben. Drei Monate bitte«, fügte sie noch leise und mit vor Aufregung leicht geröteten Wangen hinzu.

Nun sah ihr Chef sie schweigend an. Hallo, hatte er sich verhört? »Frau Hansen, das geht beim besten Willen nicht. Nicht jetzt, so spontan. In zwei, drei Monaten können Sie ganz normal Ihren Jahresurlaub nehmen, wenn Sie es mit Ihren Kollegen absprechen. Aber jetzt, so ohne Vorankündigung, auf keinen Fall. Was Ihnen so einfällt.« Er schüttelte verärgert den Kopf. Dann fragte er, mehr aus Anstand als aus wirklichem Interesse: »Warum wollen Sie eigentlich so lange Urlaub haben?«

»Das ist meine Sache, und wenn Sie mir den unbezahlten Urlaub nicht geben, dann kündige ich eben.« So verblüfft hatte Anneke ihren Chef noch nie gesehen. Sie drehte sich auf dem Absatz um und schlug die Bürotür etwas unsanft hinter sich zu.

Warum hatte sie das nur gesagt? Was war auf einmal mit ihr los? Hatte sie gerade ihrem Chef mit einer Kündigung gedroht? Nervös kaute Anneke auf ihrer Unterlippe, als sie unkonzentriert und ziemlich durcheinander nach Hause ging. Was sollte sie jetzt machen? Sich bei ihm entschuldigen und auf ihr Zypern-Abenteuer verzichten? Morgen ist Petra da, dachte sie, ich werde ihr alles ganz genau erzählen. Wozu hat man schließlich Freunde? Und den unbezahlten Urlaub will ich unbedingt haben, ergänzte sie trotzig in Gedanken.

Einen Tag später, Petra war kaum eine halbe Stunde bei ihr, fing sie an, ihrer Frankfurter Freundin alles haarklein zu berichten: Von dem Gespräch bei ihren Eltern, über das geerbte Haus auf Zypern, den Vorschlag ihrer Eltern, sich das Haus mal anzuschauen und ihren Entschluss, nicht nur einen kurzen Urlaub, sondern gleich ein mehrmonatiges Abenteuer zu beginnen. Petra hatte ihr die ganze Zeit schweigend und mit halb geöffnetem Mund zugehört. Das waren ja ganz neue Töne. Als Anneke ihr zu guter Letzt und nun doch etwas zerknirscht von dem kurzen Gespräch mit ihrem Chef und von ihrer Drohung zu kündigen, falls sie den langen Urlaub nicht sofort bekäme, berichtet hatte, brach Petra in schallendes Gelächter aus. Auf Annekes irritierten Blick hin sagte sie: »Na endlich, Anne, da hast du deinem Chef mal so richtig gezeigt, dass es dich wirklich gibt und du nicht nur ein unsichtbares Wesen in seinem Amt bist, das für ihn arbeitet. Jetzt wird er wohl begreifen, dass du dir nicht alles gefallen lässt. Mach dir keine Sorgen, Anne. Ich wette, der meldet sich spätestens Montagmorgen bei dir und gibt dir den unbezahlten Urlaub. Du sagtest doch auch, dass ihr sowieso zur Zeit wenig zu tun habt. Und überhaupt, Anne, so eine gute Arbeitskraft wie dich findet er so schnell nicht wieder, nicht in eurem kleinen Städtchen, glaub mir. Also abgemacht, du fliegst. Ich bin echt etwas neidisch. Wenn du willst, gucke ich gerne öfter nach deinem Haus in der Zeit, in der du nicht da bist. Ob alles okay ist und so. Natürlich nur, wenn es dir recht ist.«

Das war wieder mal typisch Petra, auch wenn sie sich für andere freute, dachte sie doch immer auch an sich. Laut sagte Anneke: »Klar, ich geb dir gerne den Schlüssel. Kannst hier so lange Urlaub machen, wie du möchtest.« Und grinsend fügte sie hinzu: »Bei Wind und Regen, während ich am Mittelmeer in der Sonne liege.«

Anneke hatte gerade mal ihren Morgenkaffee zur Hälfte ausgetrunken, wie es ihre Gewohnheit nach dem Aufstehen war, als ihr Chef sich am Montagmorgen telefonisch meldete. Petras Menschenkenntnis war nicht die schlechteste. Anneke war ihrem Boss also doch nicht so unwichtig, wie sie immer dachte.

»Okay, Frau Hansen, drei Monate, aber keinen Tag länger und danach wird für mindestens ein halbes Jahr kein Urlaub mehr genommen, haben wir uns verstanden?« Er versuchte, überlegen zu klingen. Dabei wusste Herr Clausen offensichtlich nur zu gut, dass dieser Punkt an seine Angestellte ging.

Anneke merkte das auch und erwiderte deshalb selbstbewusst: »Ach, Sie sind es, Herr Clausen, guten Morgen erstmal und vielen Dank. Bis gleich dann im Büro.« Sie grinste den ganzen Tag von einem Mundwinkel zum anderen, sodass ihre Kollegen ihr erstaunt hinterher blickten. Verraten wollte Anneke aber noch nichts.

4

Nun ging es ans Planen. War das alles aufregend. Was sollte sie überhaupt mitnehmen und wie würde sie vom Flughafen in Zypern in Tante Inges Haus kommen? Landen würde sie in Larnaka, so viel hatte sie schon herausgefunden. Mit einem Mietauto zu fahren, traute Anneke sich irgendwie nicht zu. Auf der Insel fuhr man links, das war nichts für sie. Aber das war etwas, worum sie sich später kümmern konnte. Anneke erkannte sich selbst kaum wieder. Den Flug hatte sie noch gemeinsam mit ihren Eltern gebucht, so eine Reise zu organisieren, war etwas ganz Neues für sie. Trotz steigender Aufregung fühlte sie sich aber bereits mutiger und wollte auf keinen Fall einen Rückzieher machen, sondern endlich und zwar noch vor ihrem fünfzigsten Geburtstag selbstständiger werden. Dass Anne sich jetzt erstmal etwas helfen ließ, fand sie nicht weiter schlimm, schließlich musste sie ja nicht die komplette Eigenständigkeit gleich am ersten Tag erreichen.

Was sollte sie nun alles mitnehmen? Es war jetzt Ende Januar und hier oben im Norden eiskalt, was vor allem am kalten Wind lag, der heute wieder mal besonders heftig wehte. Dass der Wetterbericht für Zypern für die kommenden Tage 16 Grad und überwiegend Sonne voraussagte, lag außerhalb ihres Vorstellungsvermögens. Wie warm würde es dann erst Anfang März auf Zypern sein, wenn ihr langer Urlaub anfing? Noch wärmer? Sie musste noch einen

Monat arbeiten, dann ging's los. Anneke war so aufgeregt, dass sie jetzt schon anfing, ihren Koffer zu packen. Mehr als einen Koffer würde sie nicht mitnehmen. Die dicken, Platz einnehmenden Wintersachen konnte sie getrost zu Hause lassen, wenn es dort jetzt schon solch frühlingshafte Temperaturen gab. Ein paar neue Sommerteile könnte sie sich dann vor Ort kaufen. Lange hatte sie überlegt, ob sie das Angebot ihrer Eltern annehmen und ihnen Conni für die drei Monate überlassen sollte. Sie fand es zwar super nett, dass ihre Eltern auf ihr kleines süßes Hündchen aufpassen wollten und vertraute ihnen in diesem Punkt ohne Vorbehalte, aber schließlich entschied sie sich dann doch dagegen. Conni wollte sie mitnehmen. Dann würde Anneke sich auch nicht ganz so fremd auf dieser unbekannten Insel fühlen. Conni war klein und leicht genug, um mit ihr gemeinsam fliegen zu dürfen. Anneke würde ihren Hund zu ihren Füßen in einer Box abstellen. Das beruhigte sie sehr, sie hätte es nur schwer übers Herz gebracht, ihre Conni im Frachtraum unterzubringen.

Die Fahrt zum Flughafen Hamburg war auch bereits organisiert. Ihre Eltern würden fahren. Auf ihren heftigen Einspruch, dass sie die Strecke ja auch gut mit dem Zug fahren könne, hatten ihre Eltern etwas beleidigt reagiert. Schließlich würde man sich eine lange Zeit nicht sehen. Am Ende hatte Anneke eingewilligt. Kurz vor der Reise wollte sie keinen Streit mit ihren Eltern haben. In dieser Hinsicht kannte sie sich ziemlich gut. Wenn sie im Streit auseinandergehen würden, würde sie sich wahrscheinlich die ganzen drei

Monate auf Zypern Vorwürfe machen, dass sie mit dem Zug gefahren sei und ihren Eltern den Wunsch, sich am Hamburger Flughafen von ihr zu verabschieden, verwehrt hatte. Im Übrigen war es ja auch sehr bequem, direkt zum Flughafen kutschiert zu werden.

Mit Conni musste sie vor der Reise noch zum Tierarzt, sie brauchte eine Impfung gegen Tollwut. Derweil gingen die anderen Planungen stetig voran. Ihre Arbeit hatte sie bereits an ihre Kollegin Ulrike übergeben, die neidisch sagte: »Anneke, wenn du uns nicht mindestens eine Karte schreibst, bin ich ernsthaft sauer auf dich.« In Wirklichkeit konnte Ulrike auf niemanden so richtig sauer sein. Die beiden Frauen verstanden sich sehr gut. Ab und zu gingen sie nach Feierabend auf ein Glas Wein und einen netten Schnack in die kleine Kneipe am Hafen.

»Mit wem gehe ich jetzt in unsere Feierabend-Kneipe«, beschwerte sie sich mehr im Spaß. »Ach Ulrike, ich hoffe, es war kein Fehler. Ich bin doch ziemlich aufgeregt«, gestand Anneke an einem ihrer letzten Arbeitstage.

»Nun mach aber mal 'nen Punkt. Wenn es dir dort nicht gefällt, buchst du einen Flug zurück und schon kannst du wieder neben mir im Büro sitzen, den ganzen Tag langweilige Arbeit verrichten und den kühlen norddeutschen Frühling genießen.«

»Nun übertreib mal nicht«, erwiderte Anneke jetzt grinsend. »So schlimm ist es hier im Frühling ja nun auch wieder nicht.«

»Ja, das sagst du jetzt. Du hast gut reden, du haust einfach ab in den Süden und lässt deine liebe Kollegin hier in den grauen Büroräumen versauern«, sagte Ulrike in gespieltem Ernst.

»Grau sind unsere Büros nun wirklich nicht und dass du den Winter viel lieber magst als ich, weißt du genau, meine liebe Ulrike. Ich lass mir von dir kein schlechtes Gewissen machen«, lachte Anneke vergnügt. Wusste sie doch zu gut, dass Ulrike sich echt für sie freute und Anneke von Herzen dieses Abenteuer gönnte. Ihre Kollegin war da so ganz anders als Anneke. Sie war wirklich mit diesem langweiligen Leben im Büro und dem kleinen Städtchen zufrieden. Ulrike lebte auch alleine, sogar ohne Haustier und fand das völlig in Ordnung. Wie gut, dass die Menschen verschieden sind, dachte Anneke, als sie sich mit einer herzlichen Umarmung am letzten Arbeitstag von ihr verabschiedete.

»Dann bis in drei Monaten, liebe Ulrike.«

»Wer weiß, vielleicht verliebst du dich in einen netten Insulaner und bleibst für immer dort«, scherzte ihre Kollegin.

»Ganz bestimmt nicht«, lachte Anneke im Rausgehen. Ich bin doch nicht Tante Inge, dachte sie noch kopfschüttelnd. Nein, es sollte ein langer Urlaub werden, ein Abenteuer. Und natürlich wollte sie auch ihren Eltern mit dem Haus helfen. Nach drei Monaten würde sie sich dann wieder auf ihr gewohntes Leben und ihre Arbeit im Büro freuen. Hoffentlich, fügte sie in Gedanken nicht ganz überzeugt hinzu.

Noch zwei Tage bis zum Abflug. Wie schnell die Zeit jetzt

verging. Anneke wurde immer nervöser und konnte sich kaum noch auf irgendetwas konzentrieren. Seit einigen Tagen war sie nicht mehr im Büro, ihr Urlaub hatte eigentlich schon begonnen. Das war auch gut so, Anneke hätte ihre Kollegen in ihrer Aufregung wohl eher gestört, als ihnen geholfen. Ihr Koffer war schon lange gepackt, mit Conni war sie vor einigen Tagen beim Tierarzt gewesen, um die notwendigen Impfungen machen zu lassen. Übermorgen in aller Frühe um halb fünf würde sie mit ihren Eltern nach Hamburg zum Flughafen fahren. Irgendwie war es ja doch ganz angenehm, sich so früh morgens zum Flughafen bringen zu lassen. Ihre Schwester Tanja hatte Anneke zwar angeboten, ein oder zwei Tage vorher noch zu ihr zu kommen und Annekes Schwager hätte sie dann nach Hamburg gefahren, aber dafür war Anneke viel zu nervös.

»Ich kann ja dann in drei Monaten auf dem Rückweg bei euch vorbeischauen und berichten«, entschuldigte sie sich bei ihrer Schwester, als diese ihr den Kurzbesuch vorschlug.

»Na, ich hoffe, dass du mich von Zypern aus anrufst und wir nicht drei Monate auf einen Bericht warten müssen«, lachte Tanja fröhlich in den Hörer. Sie war also nicht beleidigt, dass Anneke abgesagt hatte. Sehr gut.

»Klar, Schwesterlein, ich melde mich in den nächsten Tagen und schicke euch auch ein paar schöne Fotos von Orangen- und Zitronenbäumen in den kalten Norden. Die Orangen und Zitronen sind jetzt auf Zypern nämlich reif. Aber ihr wolltet euch Tante Inges Haus ja nicht anschauen und genießt lieber den kalten Wind und den Regen«, flötete Anneke nun etwas frech in den Hörer. Tanja war selten beleidigt und verstand Spaß, Gott sei Dank. Anneke wäre viel schneller beleidigt gewesen.

»Du weißt doch, ich wollte dir nur den Vortritt lassen, damit du endlich mal aus deinen vier Wänden rauskommst«, konterte Tanja geschickt, sagte dann aber gleich etwas ernster: »Anne, wir wären super gerne nach Zypern geflogen, aber die Kinder haben keine Ferien und alleine wollte ich nicht ins Flugzeug steigen. Du siehst, es hat also auch Vorteile, wenn man alleine lebt und unabhängig ist. Genieß die Zeit, wir gönnen dir deinen Urlaub von Herzen.«

»Danke, Tanja«, kam es etwas beschämt und mit einem leicht schlechten Gewissen zurück. So unabhängig fühlte sie sich gar nicht.

Dass gerade ihre Eltern ihr mit dem Vorschlag, nach Zypern zu fliegen, dabei halfen, selbständiger zu werden, hätte sie sich früher nie träumen lassen. Manchmal wäre sie gerne wie ihre Schwester. Insgeheim wünschte sie sich auch einen Mann und Kinder. Aber ihr Leben verlief eben anders als das ihrer Schwester und in gewisser Weise war das ja auch gut so.

Endlich kam der große Tag, der Tag der Abreise. Am Abend davor konnte sie vor Aufregung fast nicht einschlafen. Um halb neun war sie schon ins Bett gegangen, aber der so dringend benötigte Schlaf hatte sich zunächst nicht eingestellt. Erst gegen Mitternacht fiel sie in einen leichten, unruhigen Schlaf. Um halb vier in der Früh klingelte der

Wecker erbarmungslos und Anneke fühlte sich wie gerädert. Eine gute Stunde später saß sie im Auto vorne neben ihrem Vater. Ihre Mutter hatte mit Conni, die in ihrer Hundebox schlummerte, auf dem Rücksitz Platz genommen. Nun ging es also wirklich los. Verrückt, auf was hatte sie sich da nur eingelassen? Mit einem Mal war Anneke doch hellwach.

»Also, Annelein, du brauchst dir wirklich keine Sorgen zu machen«, fing ihre Mutter an, die hinten sitzend die Aufregung ihrer Tochter spürte. Sie war auch schwerlich zu übersehen. Anneke strich sich ständig nervös durch die Haare und ihre Eltern kannten ihre unselbständige, ängstliche Tochter nur zu gut.

»Wie besprochen wird Tony dich am Flughafen in Larnaka abholen. Und keine Angst, er spricht auch etwas Deutsch. Er scheint wirklich sehr nett zu sein. Tony fährt dich zum Haus von Tante Inge, also jetzt zu unserem Haus, und wird dir alles erklären. Du kannst ihn immer fragen, wenn du bei irgendwas Hilfe brauchst, aber du wirst bestimmt gut alleine klarkommen«, sagte ihre Mutter aufmunternd.

»Ja, ich weiß, Mami. Du hast mir bestimmt schon zehnmal gesagt, dass dieser Tony sich um mich kümmern wird. Ich bin auch echt super dankbar, dass Tante Inges und Kostas' Freund mir hilft und mich zu dem Haus fährt, aber es ist mir doch ziemlich unangenehm, mich von einem völlig Fremden auf einer mir total unbekannten Insel herumfahren zu lassen. Was rede ich denn nur mit dem?«

»Da wird euch schon etwas einfallen und außerdem hättest du dir am Flughafen ja auch einen Mietwagen nehmen können, dann hättest du dich gleich ans Linksfahren gewöhnen können«, kam es jetzt etwas schnippisch vom Fahrersitz.

»Ist schon gut, ich freue mich doch auch, dass ich gleich einen Kontakt auf der Insel habe, ich bin nur so aufgeregt«, antwortete Anneke versöhnlich.

»Das verstehen wir doch, Anne, aber du schaffst das schon.«

Endlich waren sie da. »Bitte lasst mich einfach hier raus, ich mag keine großen Abschiedsszenen, bitte. Und ich verspreche euch, ich rufe an, sobald wir gelandet sind und ich meinen Koffer bekommen habe, versprochen«, erklärte Anneke noch, bevor ihre Eltern überhaupt etwas sagen konnten. Zu Annekes Überraschung kam von ihren Eltern ausnahmsweise kein Widerspruch und ihr Vater suchte sich auch keinen Parkplatz, um seine Tochter mit in die Abflughalle begleiten zu können. Also hielt er nur kurz und holte Annes Gepäck aus dem Kofferraum. Ihre Mutter drückte Anneke die Hundebox mit Inhalt in die Hand und verdrückte geräuschvoll einige Abschiedstränen.

Etwas zitternd sagte sie zum gefühlt zwanzigsten Mal: »Annechen, Liebes, hast du alles? Deinen Ausweis, dein Ticket?«

»Ja, Mama. Du bist ja aufgeregter als ich, so kenne ich dich gar nicht«, lachte Anneke leicht vergnügt und nahm die alte Dame liebevoll in den Arm.

»Und ich«, kam es in gespielter Entrüstung von der anderen Seite.

»Na, dich umarme ich doch mindestens genauso gerne, Papa.« Sie merkte auf einmal, wie lieb sie ihre Eltern hatte, und war nun auch den Tränen nah. Warum merkt man erst bei solchen Abschieden, dass man jemanden trotz einiger Macken so richtig gerne hat?

So, nun aber los. Sie winkte noch einmal zum Abschied und verschwand dann endlich mit ihrer verschlafenen Conni durch die große Schiebetür. Ihr Hund war echt super, den brachte so leicht nichts aus der Ruhe.

Also los, feuerte sie sich in Gedanken an, wo ist der Check-in? Alles war gut ausgeschildert. Das ist gar nicht so schwierig, wie ich es mir vorgestellt hatte, dachte sie, während sie mit ihrem Koffer zum Schalter und einer ihr aufmunternd zulächelnden jungen Frau mit herrlich langen blonden Haaren zuschritt. Nachdem sie dann auch gut durch die Sicherheitskontrolle gekommen war – Conni war da doch etwas ängstlich gewesen, ihr Hund musste genau wie Anneke durch dieses riesige Durchleuchtungsgerät gehen – saß sie nun viel entspannter in der Wartehalle, als ihr Handy klingelte. Das ist bestimmt meine Mutter, dachte sie etwas genervt. Sie kann es einfach nicht lassen und ruft mich jetzt schon an, statt auf meinen Anruf nach der Landung auf Zypern zu warten.

Als sie dann aber auf das Display sah, erkannte sie sofort Petras Nummer und ging erleichtert ran: »Mensch Petra, da freu ich mich aber. Ich bin so aufgeregt, aber jetzt geht es gleich los und ich fliege echt nach Zypern. Ich kann es noch gar nicht so richtig glauben«, sprudelte Anneke, entgegen ihrer sonst eher zurückhaltenden Art, los.

Lachend erwiderte ihre Freundin: »Anne, ich erkenne dich gar nicht wieder. Du klingst schon total verändert, so fröhlich und entspannt. Geht es dir gut?« Das war eher eine rhetorische Frage, denn dass es Anneke trotz ihrer Aufregung und Nervosität sehr gut ging, merkte ihre beste Freundin natürlich sofort. Deshalb wartete Petra gar nicht erst auf ihre Antwort, sondern sagte: »Ich wollte dir nur ganz schnell einen super guten Flug und einen ganz tollen Start in dein neues Leben wünschen, bevor ich Arme mich weiter durch einen Berg von Akten quäle, um dann heute Abend ganz allein im kalten Frankfurt auf dem Sofa zu sitzen und meine beste Freundin, die einfach so abhaut, zu beneiden.«

Anneke kicherte zurück: »Nun hör bloß auf mit deinen Übertreibungen, erstens fahre ich nur in einen verlängerten Urlaub, danach werde ich wieder ganz normal, wie du auch, ins Büro gehen. Also nichts da mit neuem Leben und so. Außerdem weiß ich, wie gerne du dich durch deine Akten wühlst, und dass du mit dem deutschen Wetter keine Probleme hast, ist ja auch bekannt. Sonst wärst du nicht so gerne bei jedem Wetter bei mir im Norden. Übrigens habe ich dir mehr als einmal gesagt, dass ich es total super fände, wenn du mich mal auf Zypern besuchen würdest, bevor ich wieder in meinen gewohnten Alltag zurückfliege.«

»Ach Anne, du weißt doch, dass ich nicht so einfach

Urlaub nehmen kann. Die Verantwortung für meine Mitarbeiter ist viel zu groß und ob du wirklich nach drei Monaten wieder zurückkommst, ist ja auch noch nicht so sicher«, fügte Petra etwas geheimnisvoll hinzu.

»Wie meinst du das denn jetzt bitte?« Anneke klang verwirrt.

»Anne, stell dich nicht so an, du weißt genau, wie ich das meine. Deine entfernte Verwandte hat sich damals in einen Griechen verliebt und ist mit ihm abgehauen und du machst es eben umgekehrt. Du haust zuerst ab und verliebst dich dann auf dieser Insel in einen hübschen Griechen.«

Jetzt war Anneke echt verblüfft, meinte Petra das etwa im Ernst oder hatte sie nur zu viele Liebesfilme gesehen? »Also Petra, erstens haue ich nicht ab und schon gar nicht, um irgendeinen Mann kennenzulernen. Außerdem ist Zypern nicht Griechenland und die Einwohner dort sind Zyprer und nicht Griechen.«

»Wow, du hast dich aber gut informiert. Aber schöne Männer wird es auch unter den Zyprern geben, oder?«

Zum Glück wurde jetzt zum Boarding aufgerufen, was Anneke nur recht war. Ihr wurde das Gespräch doch langsam etwas unangenehm. Sie hatte nun mal nicht so romantische Vorstellungen wie Petra. In Filmen – okay. Aber im echten Leben wird so etwas nie passieren oder fast nie, dachte sie. Laut sagte Anneke: »Petra, ich muss jetzt einsteigen, aber ich freue mich ehrlich, dass du so romantisch bist, trotz deiner blöden Sache damals. Ehrlich.«

Petra wusste nur zu gut, dass Anne auf ihre geplatzte Verlobung anspielte, spürte aber auch, dass ihre Freundin sich wirklich für sie freute, wenn sie sich wieder vorstellen könnte, sich zu verlieben. »Hast recht Anne, irgendwann muss ich ja mal mit der Vergangenheit abschließen und ihm verzeihen, und na ja«, Petra zögerte etwas. »Natürlich auch meiner damaligen besten Freundin versuche ich zu verzeihen, auch wenn es mir noch etwas schwerfällt.« Sie schluckte hörbar, fügte dann aber wieder einigermaßen fröhlich hinzu: »Jetzt habe ich ja eine neue beste Freundin, meine liebe Anne, und vielleicht hat dein Zukünftiger, den du bestimmt auf dieser Insel kennenlernst, auch noch einen netten Bruder für deine beste Freundin aus Frankfurt.«

Nun mussten sie beide doch noch herzhaft lachen, bei so viel ausgedachtem romantischem Quatsch. Als sich Anneke und Petra fröhlich verabschiedet hatten, merkte Anneke, dass die Schlange zum Boarding doch schon merklich kürzer geworden war. Schnell setzte sie Conni, die die ganze Zeit gemütlich auf ihrem Schoß gelegen hatte, in ihre Box und eilte ans Ende der Schlange.

5

Jetzt geht es wirklich los, dachte Anneke mit einem etwas mulmigen Gefühl in der Magengegend, als sie sich tief in ihren Sitz am Fenster kuschelte. Wann war sie eigentlich das letzte Mal geflogen? Ach ja, damals zu ihrem Sprachkurs nach Florenz. Seither hatte sie kein Flugzeug mehr bestiegen. Überhaupt hatte sie wenig Erfahrung mit dem Fliegen. Urlaubsflüge waren bislang so gut wie nie vorgekommen. Damals mit Jan nach Mallorca, aber das war schon so lange her, dass es kaum zählte. Mit Petra war sie ein paarmal mit dem Zug verreist. So ein bisschen unsicher fühlte Anneke sich jetzt schon, wenn sie daran dachte, bald hoch über den Wolken und ohne festen Boden unter dem riesigen Vogel der Lufthansa zu sein. Was, wenn sie abstürzen würden? Es passierte zwar selten, war aber nicht ausgeschlossen. Sie merkte, wie ihr Kopfkino zu arbeiten begann und sie noch vor dem Start feuchte Handflächen vor aufkommender Flugangst bekam. Oh nein, bitte nicht, Anneke merkte, wie sich ihre Angst in Panik verwandeln wollte. Bitte, nur das nicht. Bis jetzt ging doch alles so gut. Sanft wurde sie in den Rücksitz gedrückt und die große Maschine begann erst langsam und dann immer schneller zu rollen.

Und dann hoben sie ab. Ist das toll, freute Anneke sich, als sie fasziniert den aus dem Fenster immer kleiner werdenden Häusern hinterher blickte. Verstohlen beobachtete sie die schlafende Person neben ihr. Es war eine ältere Dame. Vielleicht wohnt sie auf Zypern? Sie sah sehr südländisch aus und schien das Fliegen gewohnt zu sein. Nachdem Anneke eine Weile aus dem Fenster geblickt hatte und nichts mehr außer Wolken sehen konnte, merkte sie auf einmal, wie müde sie war. Schließlich war sie schon mehrere Stunden auf den Beinen. Während sie in einen leichten Schlaf fiel, dachte Anneke noch ohne Wehmut an ihre Kollegen, die einen ganz normalen Arbeitstag hatten und gleich in die Mittagspause gehen würden.

»Möchten Sie etwas trinken? Einen Kaffee oder ein Wasser?«

»Äh, wie bitte?« Anneke schüttelte sich leicht, wo war sie? Ach ja, hoch oben über den Wolken auf dem Weg nach Zypern. »Ja, einen Kaffee bitte, mit etwas Milch, danke.«

Ach, war das schön. Vor sich hin lächelnd trank Anneke genüsslich ihren Kaffee. Wie spät war es eigentlich? So lange hatte sie geschlafen? Fast zwei Stunden, stellte sie erstaunt fest. In etwas über einer Stunde würden sie schon zur Landung ansetzen, der ganze Flug dauerte nur circa vier Stunden. Ein ziemlich kurzer Flug, wenn man bedenkt, wie weit Zypern von Hamburg entfernt ist, dachte sie noch immer etwas schläfrig. Die restliche Zeit verging im wahrsten Sinne des Wortes wie im Flug und schon wurde zur Landung angesetzt. Jetzt war Anneke doch wieder etwas aufgeregt, würde sie diesen Tony überhaupt erkennen? Und, was, wenn er total unsympathisch war oder noch schlimmer, wenn er vergessen hatte, sie am Flughafen in

Larnaka abzuholen? Sie schluckte ihre aufkommenden Angstgefühle herunter und redete sich Mut zu. Bis jetzt verlief doch alles sehr gut, warum sollte es nicht so weitergehen? Der Flug war wirklich sehr angenehm gewesen und auch die Landung verlief ohne Probleme.

»Geschafft, jetzt holen wir noch den Koffer, gehen raus und suchen diesen Tony und du, meine kleine süße Conni kannst ein bisschen herumlaufen«, flüsterte Anneke ihrer kleinen vierbeinigen Flugbegleiterin in der Hundebox zu. Nicht viel später stand sie mit Conni an der Leine draußen, die Hundebox auf den Koffer gestellt und guckte sich neugierig um. Aber wo war Tony? Schon wieder wurde ihr leicht schwindelig vor Angst und Unsicherheit. Warum hatte sie sich nur auf dieses irrsinnige Abenteuer eingelassen. Sie wollte schon umdrehen und sich nach einem Rückflug erkundigen, so unsicher fühlte sie sich plötzlich. Auf einmal sehnte sie sich nach ihrem kleinen Häuschen an der Nordsee zurück, als ihr ein leiser Aufschrei entfuhr und sie sich hektisch und erschreckt umdrehte.

Irgendjemand hatte ihre Schulter berührt. »Anneke? Anneke aus Deutschland?«, fragte eine Stimme in gutem, aber nicht ganz akzentfreiem Deutsch. »Ja, das bin ich«, erwiderte sie etwas zaghaft. Ob das dieser Tony war? »Ich bin Tony, entschuldige bitte, dass ich mich etwas verspätet habe, aber meine alte Kiste ist mal wieder nicht angesprungen.« Er grinste etwas verlegen hinter seinem dicht gewachsenen, leicht ergrauten Bart. »Kein Problem«, erwiderte Anneke etwas zu hastig, war auch sie etwas unsicher, zugleich aber dennoch sehr beruhigt, nicht mehr alleine hier stehen zu müssen. Irgendwie war ihr Tony auf Anhieb sympathisch. Auch wenn er höchstens fünf Jahre älter zu sein schien als sie selbst, wirkte sein freundliches Aussehen väterlich beruhigend auf sie. Ihre Angst und Unsicherheit vor dem, was vor ihr lag, war plötzlich nicht mehr ganz so stark wie noch vor einigen Minuten. Sie freute sich zusehends auf die Zeit auf der ihr noch unbekannten Insel. Tony würde ihr helfen, da war sie sich jetzt ganz sicher.

»Ich hoffe, du oder besser ihr«, grinsend sah er auf Conni herunter, »hattet einen guten Flug.« Ohne eine Antwort abzuwarten, redete er weiter. »Es wird dir hier sehr gut gefallen, in Deutschland ist es jetzt Anfang März bestimmt noch sehr kalt, aber hier haben wir schon Tage mit 18, 19 Grad. Das Haus von Tante Inge wird dir auch sehr gefallen, da bin ich mir sicher.«

Anneke sah, wie Tonys Augen auf einmal etwas feucht wirkten. Leicht verlegen und verstohlen wischte der Engländer sich übers Gesicht, als er ihr die Tür seines klapprigen fahrbaren Untersatzes aufhielt. Er schien Tante Inge und Kostas wohl sehr gemocht zu haben, wie Anneke gerührt feststellte.

Etwas unsicher, ob man mit diesem alten Auto noch unbeschadet von einem Ort zum anderen kommen konnte, stieg Anneke ein.

»Wir haben Tante Inge alle sehr gemocht, sie war wirklich ein Schatz. Als ihr geliebter Kostas starb, dachten wir, dass sie daran zerbrechen würde. Aber nicht unsere Tante Inge! Wir alle in der Umgebung haben sie so genannt. Ich war mindestens einmal in der Woche bei ihr, um ihren guten deutschen Apfelkuchen zu genießen und etwas mit ihr zu plaudern. Sie hatte immer so viel Besuch, die Kinder aus der Nachbarschaft und ihre Nachbarn, sie alle kamen immer gerne vorbei. Man fühlte sich einfach wohl bei ihr.« Tony seufzte noch einmal tief und fragte sie dann: »Und du, Anneke? Was hast du vor? Willst du das Haus für deine Eltern verkaufen? Es wird kein Problem sein, dieses wunderbare Häuschen loszuwerden, aber ich fände es sehr schade, wenn irgendwelche Urlauber Tante Inges Haus als Feriendomizil bekämen.« Jetzt war es an ihr, etwas zu sagen, nur was?

Sie fühlte sich leicht überrumpelt, eigentlich hatte sie sich gar keine Gedanken gemacht, was mit dem Haus passieren sollte. Irgendwie hatte sie nur an ihr Abenteuer, an einen Tapetenwechsel für drei Monate gedacht, und dann? Eigentlich wollte sie natürlich wieder zurück nach Deutschland, in ihr altes Leben. Das hatte sie ja auch ihrem Chef versprochen. Das Haus von Tante Inge war ihr ziemlich egal, es konnte nach ihrem Abenteuer gerne verkauft werden. Sie kam sich plötzlich egoistisch und selbstsüchtig vor. Hier schienen so viele Menschen zu wohnen, denen Tante Inge viel bedeutet hatte, und sie dachte nur an etwas Abwechslung in ihrem eintönigen Leben. Auf einmal schämte Anneke sich vor Tony und sagte nur kleinlaut: »Ich weiß es noch nicht.«

»Das verstehe ich, Anneke, für dich ist es hier noch neu. Am besten lässt du alles erstmal auf dich wirken und machst ein paar Wochen Urlaub. Dann kannst du ja immer noch entscheiden, was geschehen soll.«

Dankbar nickte Anneke in seine Richtung. Nach einigen Startschwierigkeiten fuhr Tonys alte Kiste erstaunlich gut und ziemlich schnell. Es war schon merkwürdig, so auf der »falschen« Seite zu sitzen. Auf Zypern wurde links gefahren und der Fahrer saß rechts. Was ihr als Beifahrer den ungewohnten Sitz auf der linken Seite bescherte. Ob sie das lernen würde? Bis jetzt musste sie sich darum keine Gedanken machen, sie hatte ja gar kein Auto. Für die kurze Zeit, die sie plante, auf dieser Insel zu bleiben, würde sie sich bestimmt kein eigenes Auto kaufen, sondern sich eher ein Taxi leisten oder mit dem Bus fahren. Zum Einkaufen konnte sie bestimmt zu Fuß gehen.

Tony riss sie abrupt aus ihren Gedanken heraus, als er sagte: »Schau mal, Anneke, das Meer. Jetzt geht bald die Sonne unter.«

Als sie sich zur Seite drehte, erblickte sie das Meer in seiner vollen Schönheit, was für ein Farbenspiel von unterschiedlichsten Blautönen. Wunderbar. Sonnenstrahlen glitzerten auf der Wasseroberfläche. Was für eine Weite, was für ein Blick, wow. »Das Meer ist wunderschön, Tony. So schön habe ich es mir nicht vorgestellt, wirklich nicht«, tönte es begeistert vom Beifahrersitz.

Tony lächelte zufrieden. Er wusste genau, was für eine Wirkung das Meer und sein Farbenspiel auf Neuankömmlinge hatten. Er erzählte ihr, dass er vor fast zwanzig Jahren Urlaub auf dieser wunderbaren Insel gemacht hatte und zwei Jahre später ganz hierher gezogen sei. Als Anneke ihn etwas erstaunt und fragend ansah, kapierte Tony sofort. »Du meinst, das klingt zu einfach? Wie ich es mit meinem Beruf gemacht habe? Nun, das war kein großes Problem. Ich hatte in England schon Ferienhäuser an Touristen vermietet und hier gibt es, gerade an der Küste, viele Ferienwohnungen. Ich habe mich einfach bei einer Agentur beworben und kümmere mich nun um mehrere Ferienhäuser in der Region Paphos. Das macht mir Spaß, ich komme mit den verschiedensten Menschen zusammen und der Job ist wirklich nicht anstrengend. So habe ich vor vielen Jahren übrigens auch Tante Inge und Kostas kennengelernt.«

»Und wie?«, Anneke blickte ihn neugierig an.

»Die beiden kamen aus Griechenland hierher und mieteten für den ersten Monat eine Ferienwohnung. In dieser Zeit haben wir uns immer mal wieder getroffen, meist zufällig. Ich wohne auch in der Feriensiedlung. Tante Inge hat sich immer als Tante Inge vorgestellt und Kostas sagte auch fast immer Tante Inge zu ihr. Warum weiß ich nicht, aber sie hieß einfach Tante Inge – auch später bei ihren Nachbarn.« Und nach einer kurzen Pause forderte Tony Anneke auf:

»Nun erzähl doch mal etwas von dir, wenn du magst.«

Anneke verlor die anfängliche Scheu vor dem fremden Tony und berichtete ihm, ohne es zu wollen, fast alles: von ihrem Frust bei der Arbeit, von ihrem eintönigen Leben und auch von ihrer Angst, etwas in ihrem Leben zu verändern, bis zu dem berüchtigten Anruf ihrer Mutter. Tony nickte zustimmend hinter seinem Steuer, aber er unterbrach sie kein einziges Mal. Anneke wurde immer entspannter. Tonys herzliche und offene Art wirkte so beruhigend. Die beiden waren gerade mal zwischen Larnaka und Paphos und sie hatte das Gefühl, als würde sie ihren neuen Bekannten schon viel länger kennen, als gerade mal eine knappe Stunde.

»An was denkst du, Anneke?«, riss Tony sie abrupt aus ihren Gedanken.

»Ich glaube, ich könnte mich an das Leben hier gewöhnen, zumindest für drei Monate«, fügte sie etwas verlegen und eine Spur zu hastig hinzu.

Tony lachte laut auf. Den vielen kleinen Fältchen rund um seine Augen nach schien er ein sehr fröhlicher und entspannter Mensch zu sein, der viel zu lachen hatte. »Du bist doch gerade erst angekommen.«

»Na ja«, verteidigte sie sich, »aber nach dem ersten Eindruck habe ich eben das Gefühl, dass es hier sehr schön sein muss. Das schöne Wetter, das Meer ...«

»Nein, nein, das meine ich nicht«, unterbrach Tony.

Ihr fragender Blick ging verwundert in seine Richtung. »Was meinst du dann?«

»Ich habe gelacht, weil du drei Monate hinzugefügt hast. Wieso glaubst du, dass du nach drei Monaten nicht mehr hier leben möchtest? Das verstehe ich nicht. Aber vielleicht ist es auch typisch für euch Deutsche, dass ihr immer alles planen müsst«, grinste er.

»Aber Tony«, Anneke wollte sich verteidigen. »Ich habe schließlich mein Leben, meinen Alltag in Deutschland, nicht hier. Ich habe ein Haus, einen Job, meine Eltern und meine Kollegen.«

»So, so, und deine Kollegen. Keine Freunde? Keinen Freund? Verheiratet bist du ja nicht, wie deine Mutter mir am Telefon sagte.«

Jetzt war sie nicht nur verlegen, sondern auch etwas wütend. Und zwar sowohl auf ihre Mutter als auch auf Tony. Was fiel ihrer Mutter eigentlich ein, Tony etwas aus ihrem Privatleben zu berichten? Und was ging diesen Tony ihr Privatleben an? Schließlich kannten sie sich ja gerade mal eine knappe Stunde.

Tony beobachtete Anneke genau, soweit es ihm neben dem Blick auf die fast menschenleere Straße vor ihnen möglich war. Es bereitete ihm keine Schwierigkeiten zu erkennen, wie sich ihr eben noch entspanntes, zufriedenes Gesicht immer mehr verfinsterte und sie wie ein beleidigtes kleines Kind leicht die Unterlippe vorschob. »Anneke, entschuldige bitte. Ich war zu neugierig und unhöflich. Es tut mir leid, ehrlich. Manchmal bin ich einfach viel zu direkt. Tante Inge hat mir das auch oft vorgeworfen. Eigentlich sind wir Engländer viel reservierter und zurückhaltender, aber ich lebe nun schon so lange auf dieser Insel.«

Anneke unterbrach seinen etwas unbeholfenen Versuch, sich bei ihr zu entschuldigen. »Schon gut Tony, schon gut. Ich bin auch etwas empfindlich, gerade, wenn es um meine Eltern geht.« Er schien sie nicht zu verstehen, wie auch. Deshalb fügte sie jetzt vertrauensvoll hinzu: »Weißt du Tony, ich werde in fast drei Monaten fünfzig. Fünfzig Tony! Ich bin keine zwanzig mehr, auch wenn meine Eltern, vor allem meine Mutter, die ich wirklich sehr lieb habe, mich oft so behandelt, als wäre ich zwanzig oder noch jünger. Vielleicht liegt es auch daran, dass wir so dicht nebeneinander wohnen.«

Tony schwieg und wartete ab, was Anneke ihm noch so alles erzählen würde.

»Manchmal möchte ich einfach weg und ganz alleine, ohne sie zu fragen, ja, ohne ihnen überhaupt etwas erzählen zu müssen, nochmal ganz von vorne anfangen. Alleine oder von Freunden, netten Menschen umgeben, die ich mir aussuche.« Sie klang jetzt wirklich wie ein kleines, trotziges Mädchen.

Tony hatte ihr, ohne sie auch nur einmal zu unterbrechen, aufmerksam zugehört. Da sie immer noch fast alleine auf der Straße waren, blickte Tony kurz zu ihr herüber. Diesmal ohne zu lachen. Ein paar Sekunden verstrichen, bis er etwas zögernd antwortete: »Ich finde es völlig normal und richtig, wenn du als erwachsene Frau deine eigenen Entscheidungen triffst. Mögen sie deinen Eltern nun gefallen oder nicht. Ich weiß nicht, ob du dafür wegziehen musst, aber...« Jetzt zögerte Tony und wollte auf einmal nicht weiter reden.

»Bitte sag mir deine Meinung ganz offen und ehrlich. Ich verspreche dir auch, nicht beleidigt zu sein.« Mit Kritik hatte Anneke nun mal so ihre Probleme.

»Ich kenne weder dich, noch deine Eltern oder euer Verhältnis zueinander.« Wieder zögerte er kurz. »Aber findest du nicht auch, dass immer zwei zu einer Beziehung gehören? Ich meine, auch wenn du mit deinen Eltern in derselben kleinen Stadt lebst, musst du ihnen doch nicht alles anvertrauen oder dir alles von ihnen gefallen lassen. Manchmal gehört auch zu einem klaren Nein etwas Mut. Es kann ziemlich bequem sein, alles zu tun oder sich fast alles gefallen zu lassen, nur um Streit zu vermeiden. Damit geht man dann jedem Konflikt aus dem Weg, fühlt sich aber eben oft unglücklich.«

Nun musste sie doch etwas schlucken, da war sie wieder, die Kritik. Sie atmete tief ein, bevor sie antwortete. Sie wusste, dass Tony recht hatte. »Ich weiß, ich bin oft zu bequem und zu wenig konsequent. Deshalb habe ich mich ja auch dafür entschieden, mir nicht nur Tante Inges Haus anzusehen und den Verkauf zu regeln, sondern ein paar Monate hier zu bleiben. Ich fand mich schon ziemlich mutig, als ich meinen Chef um drei Monate unbezahlten Urlaub gebeten hatte.«

Tony grinste jetzt wieder. »Du hast es deinen Eltern zu verdanken, dass du hier bist, seltsam, oder?«

»Stimmt, da hast du wirklich recht. Im Prinzip wollen mir

meine Eltern ja auch helfen und mich glücklich und selbstständig sehen. Andererseits glaube ich, dass sie es irgendwie ganz gut finden, dass ich immer noch ihr kleines Mädchen bin.«

Beide schwiegen für einige Sekunden, bis Tony sie fragte: »Und was genau erhoffst du dir von der Zeit hier auf der Insel? Ich meine, du kannst natürlich drei wunderbare Monate hier verbringen. Jetzt fängt der Frühling an, es wird immer wärmer, aber eben auch nicht zu warm für uns, die wir die Hitze nicht so gewohnt sind. Aber wenn du nach den drei Monaten zurückkehrst in dein altes Leben und nichts änderst, wird dein Aufenthalt hier auf Zypern schnell zu einer netten Erinnerung verblassen.«

»Aber ich kann doch nicht für immer hier wohnen.«

»Das meine ich auch gar nicht. Aber, und bitte nimm es mir nicht übel Anneke, wenn du die Zeit hier nur als Abwechslung zu deinem eintönigen Leben in Norddeutschland und als Flucht vor deinen Eltern benutzt, ohne wirklich etwas in deinem Leben zu ändern oder zumindest offen für Veränderungen zu sein, wirst du schnell wieder in deinen alten Trott zurückfallen. Vielleicht wirst du sogar unglücklicher, als vorher, weil du die Chance, dein Leben zu verändern, nicht ergriffen, sondern dir nur einen schönen langen Urlaub gegönnt hast.«

Sprach Tony jetzt auch von sich selbst? Warum war er wirklich hier? Hatte er ihr nur die halbe Geschichte erzählt? Anneke wagte nicht, Tony darauf anzusprechen und es schien auch nicht so, als ob er jetzt über sich reden wollte.

Und was sie selbst betraf, wusste sie, dass er recht hatte. Dennoch kam sie sich dank ihrer Entscheidung, drei Monate aus ihrem langweiligen Leben auszubrechen, sehr mutig vor. Genügte das nicht? Wer wagte schon so ein Abenteuer, wie sie es gerade machte? Und wer bekam schon ein Haus von irgendeiner Tante Inge geerbt?

Genau genommen hatte ihre Mutter das Haus geerbt. Aber unbedingt verkaufen wollten ihre Eltern es ja nicht. Wenn Tanja und sie es als Ferienhaus nutzen würden, konnte Tante Inges Haus bestimmt im Familienbesitz bleiben. Petra jedenfalls hatte noch kurz vor Annekes Abreise gesagt, dass sie sie für echt mutig hielt und sie um ihr Abenteuer auf der Mittelmeerinsel beneide. Vielleicht würde sie am Ende der drei Monate für eine Woche zu Besuch kommen. Vorher bekam sie keinen Urlaub. Petra war immer so beschäftigt.

Aber warum sollte das Haus eigentlich im Familienbesitz bleiben? Warum sollte sie nach ihrem Abenteuer je wieder hier Urlaub machen, auch wenn der erste Eindruck von der Insel wirklich wunderschön war? Die wenigen Urlaubstage, die sie hatte, verbrachte sie lieber in Italien.

Tony hatte von grundsätzlichen Veränderungen gesprochen. Sie wusste keine Antwort, deshalb erwiderte sie kurz und wenig überzeugend: »Ich kann doch nicht einfach meinen sicheren Job aufgeben und hier in Tante Inges Haus einziehen. Und was ich in Deutschland an meinem Leben ändern sollte, wüsste ich auch nicht.«

»Ist schon gut, Anneke, sei einfach offen für das, was passiert, und hab auch den Mut, etwas zu ändern, wenn es sich ergibt. Damit meine ich nicht, dass du leichtsinnig sein sollst.« Tony hatte ein leicht schiefes Grinsen, was ihn auf eine sympathische Art drollig aussehen ließ. Anneke konnte ihm einfach nicht böse sein, dazu war er ihr schon viel zu sympathisch. Außerdem hatte er in allem recht, wie sie sich insgeheim eingestehen musste. Bevor Anneke etwas erwidern konnte, hörte sie wieder seine Stimme: »So, wir sind gleich da. Siehst du das Restaurant da vorne auf der rechten Seite? Da müssen wir vorbei.«

Die Aufregung war zurück. Das kleine Restaurant mit der großen Terrasse, auf der viele Tische und Stühle locker nebeneinander standen, war nicht zu übersehen. Besonders interessant fand sie die riesengroßen Kakteen am Eingang und eine merkwürdig aussehende Pflanze mit einer großen bunten Blüte daran. Und nun?

Wo war jetzt das Haus von Tante Inge? Sie war jetzt echt gespannt, wie ein kleines Kind an seinem Geburtstag. Irgendwie sah sie aber außer dem Restaurant oder eher der Taverne, ein paar vereinzelten Häusern und der Straße, nur riesige Bananenfelder. Die Bananenpflanzen hatte Anneke sich allerdings höher und irgendwie schöner vorgestellt. Versteckt zwischen zwei kleineren Feldern sah sie eine Wiese mit vielen Olivenbäumen. Wie hübsch! Und auf der linken Seite das weite Meer. Wahnsinn! Häuser waren allerdings nur sehr wenige zu erkennen. Bei keinem hielt Tony an. Wieder nur Natur und viele Bananenpflanzen.

»So, hinter der großen, grünen Mülltonne da vorne biegen wir rechts ab.« Ohne zu blinken und mit für Annekes Geschmack viel zu hoher Geschwindigkeit fuhren sie in einen kleinen Weg hinein und auf ein wunderschönes großes, schwarzes Eisentor zu. Tante Inge musste wohl sehr reich gewesen sein, wenn sie ein Haus mit so einem vornehmen Eingangstor besaß. Annekes Mutter hatte zwar gesagt, dass es Kostas und Tante Inge finanziell ganz gut ging, aber dass sie so reich gewesen waren, das hatten ihre Eltern bestimmt nicht gewusst.

Und wo war nun die Villa? Hinter dem Tor stand gar kein Haus, nur ein Weg mit ein paar wilden Orangenbäumen war zu sehen. Sie liebte zwar Orangenbäume, konnte ihre Enttäuschung aber kaum verbergen, als Tony kurz vor dem Tor nochmal abbog. Diesmal scharf nach links. Nur einige Meter weiter bremste er seinen alten Wagen vor dem Eingang eines relativ kleinen, aber sehr gepflegten Hauses.

»Da wären wir«, sagte er fast ein bisschen stolz, so, als ob Tante Inges Haus ihm gehörte.

»Das sieht ja ganz nett aus. Klein aber fein.« Anneke bemühte sich höflich ihre Enttäuschung zu verbergen. Was hatte sie eigentlich erwartet? Ein riesiges königliches Anwesen? Ein kleines Hotel? Sie schämte sich für ihre unverschämten Gedanken. War das nicht ein kleines Wunder, überhaupt ein Haus auf dieser wunderschönen Insel zu erben, es geschenkt zu bekommen? Außerdem hatte nicht sie, sondern ihre Eltern dieses Haus geerbt, wie sie sich zum wiederholten Male ins Gedächtnis rufen musste. Sie durfte das Haus über einen Makler verkaufen, was nicht besonders schwierig sein dürfte, zumal Tony in der Makler-Szene gut vernetzt war. Im Gegenzug konnte sie hier für drei lange Monate kostenlos wohnen. Auf einmal freute sie sich wahnsinnig auf eine schöne Zeit hier im Süden, fast direkt am Mittelmeer.

Es war jetzt März. Während sie bei kaltem, windigem Wetter in Hamburg abgeflogen war, die letzten Tage vor ihrer Abreise hatte es auch wieder angefangen zu schneien, war es hier schon sehr mild. In Norddeutschland war für die nächsten zwei Wochen ein ekliger, kalter Schneeregen angesagt. Wie ungemütlich! Für Zypern dagegen waren für die kommenden Tage, von einem Regentag abgesehen, schon frühlingshafte 17 Grad angekündigt. Super, dass das Meer nicht weit entfernt war. Jetzt war das Wasser bestimmt noch zu kalt zum Baden, aber sie würde bis Anfang Juni bleiben und vor ihrer Abreise bestimmt die Gelegenheit haben, einige Male baden zu gehen.

»Anneke, geh doch mal rechts durch den Garten ums Haus, bis zur Terrasse. Ich öffne dir dann von innen, okay?« Tonys Stimme riss sie aus ihren Träumereien. Er erwartete nicht wirklich eine Antwort, es war eher ein sanfter Befehl, durch den Garten auf die Hinterseite des Hauses zu gehen. Etwas verwundert blickte sie zu ihm hoch. Tony war fast einen Kopf größer und viel schlanker als sie. Warum sollte sie nicht mit ihm ins Haus kommen, wunderte Anneke sich, sagte aber nichts. Zum Glück schien der Mond so hell, so dass Anneke keine Probleme hatte, sich in der Dunkelheit zurechtzufinden. Tony hatte schon ihren Koffer aus dem

Auto gehoben und nickte Anneke nochmal aufmunternd zu, indem er in Richtung Garten zeigte. Also ging sie los und bemerkte am Rand des Gartens zwei große Olivenbäume. Warum hatte sie diese zwei beeindruckenden Bäume mit ihren dunkelgrünen Blättern nicht gleich gesehen? Wie schön. Dann schaute sie nach vorne und stand plötzlich wie angewurzelt und mit vor Staunen weit geöffnetem Mund da.

»Das gibt's ja nicht«, entfuhr es ihr.

Tony stand nun stolz neben ihr. »Das hättest du nicht gedacht, was?«

»Nein, wirklich nicht.«

Auf der Rückseite des Hauses, das übrigens auf einmal gar nicht mehr so klein aussah, lag ein großer Pool. Es standen sogar zwei einladende weiße Liegen mit hellblauen Auflagen neben dem rechteckigen Schwimmbad. Auf die Auflagen waren kleine gelbe Zitronen gedruckt. Die kleine Laterne neben den Liegen leuchtete sanft auf die hübschen Früchte. Das gefiel Anneke besonders gut. Auf der Terrassenseite führten breite Stufen, die in einem Halbkreis angeordnet waren, in das erfrischend aussehende Nass. Rechts neben dem einladenden Pool standen ein kleiner Tisch mit zwei Stühlen in typischem südländischem Stil, auch hier stand eine hübsche Laterne, die ein romantisches Licht ausstrahlte. Für die drei Möbelstücke war schweres schwarzes Eisen zu eleganten Schnörkeln geformt worden. Die beiden Sitzflächen sowie die kleine runde Tischplatte waren mit bunten, winzigen Mosaiksteinchen übersät. Auf

dem Tischchen stand ein kleiner Kaktus in einem mediterranen Tontopf. Oberhalb des Kaktus blühten einmal rund-
herum fast schon kitschig erscheinende wunderschöne
kleine rosa Blüten. Neben der romantischen Sitzgruppe
stand wieder in einem hübschen Terrakottatopf ein etwa
ein Meter fünfzig hohes schmales Bäumchen mit herrlich
duftenden großen weißen Blüten, ein Mandarinenbäumchen, wie sie später von Tony erfuhr. Ein Teil der riesigen
Terrasse war überdacht und dort stand ein großer recht-
eckiger Tisch mit sechs Stühlen.

Zu Annekes besonderer Freude waren gleich neben der
Terrasse ein Zitronen- und ein Orangenbaum gepflanzt
worden. Diese beiden Bäume hatten schon eine stattliche
Größe und besonders der Zitronenbaum war übersät mit
vielen weißen Knospen, von denen einige schon zu schönen großen Blüten weit geöffnet waren. Der Orangenbaum
hatte weniger Knospen, sie waren eher leicht violett. Anneke liebte Zitruspflanzen. Hier waren gleich mehrere und sie
blühten sogar schon. Wie gut, dass es über der Terrasse, an
der Hauswand eine Lampe gab, obwohl der Mond hier
ungewöhnlich hell schien, waren die Blüten durch die
Außenlampe besser zu erkennen. Bei ihrer Abreise würden
bestimmt schon kleine Früchte zu sehen sein. Zu schade,
dass sie die Ernte im Winter nicht mehr mitbekommen
würde.

Als wüsste Tony, was sie dachte, sagte er genau in diesem
Moment: »Wenn du im Herbst noch hier wärst, könntest du
die Oliven ernten. Es sind zwar nur sechs Bäume hier im

Garten, aber Tante Inge und Kostas hatten fast jedes Jahr so um die 15 Liter leckeres, reines Olivenöl. Außerdem hatte Kostas immer einen Teil der Oliven in Salz eingelegt, so wie er es von seinem Vater aus Griechenland kannte.«

Annekes Blick folgte Tonys ausgestrecktem Finger und dort sah sie noch weitere vier Olivenbäume stehen. Eigenes Olivenöl, eigene Zitronen, eigene Orangen, ihr wurde fast schwindelig.

»Tony, kneif mich mal, ich war vor einigen Stunden noch im verregneten Hamburg und stehe jetzt mit dir vor Oliven- bäumen und wir reden über eigenes Olivenöl, ich fasse es nicht.«

Er lachte laut auf und freute sich sehr, dass es ihr hier so gut gefiel. »Ich sehe schon, du wirst nach den drei Monaten bestimmt nicht weg wollen.« Tony schaute sie dabei so merkwürdig an. Anneke merkte plötzlich, dass ihr etwas zu warm wurde. Sie wurde normalerweise nicht so schnell rot, dachte sie jedenfalls, aber Tony war einfach zu nett. Conni lag entspannt zu ihren Füßen und schlief sichtlich erschöpft von der Reise mit einem leichten Schnarchen. Von ihr konnte Anneke in diesem Augenblick also auch keine Hilfe erwarten. Wie auch, ein Hund wird wohl nicht rot vor Verlegenheit, oder doch?

Mit leicht zitternder Stimme sagte sie: »Tony, ich hab doch gar keine Ahnung von der Olivenernte und wohin soll ich die Oliven überhaupt zum Pressen oder wie man das nennt bringen?«

»Das ist kein Problem«, erwiderte Tony spontan. Für ihn

gab es wohl grundsätzlich keine Probleme. »Kostas hat seine Oliven zusammen mit Jan, das ist einer der Nachbarn hinter dem großen Eisentor, zu einer Olivenpresse in den Bergen gebracht.«

Aha, wunderte sich Anneke. Hinter dem Eisentor gab es noch ein weiteres Haus? »Ich dachte, dahinter sind nur Felder und sonst nichts.«

»Auf der anderen Straßenseite gibt es ein riesiges Feld mit Olivenbäumen. Noch ein Stück weiter steht etwas versteckt hinter den Bäumen ein kleines weißes Haus. Ohne Pool, ziemlich einfach aber sehr schön. Das gehört dem Olivenbauern. Er lebt sozusagen für seine Oliven und ist ein echter Profi, wenn es um Olivenbäume und alles, was damit zu tun hat, geht. Kostas und er haben oft und lange, für Tante Inges Geschmack zu oft, über die Olivenernte und die Verarbeitung der Oliven diskutiert und philosophiert.«

»Wie kann man sich denn stundenlang über Oliven und deren Ernte unterhalten? Ich dachte, die werden geerntet, ab in die Presse und fertig.«

»So einfach ist das nicht. Und wenn jemand eine Leidenschaft für etwas hat, und dein Nachbar ist nun mal leidenschaftlicher Olivenbauer, dann kann man stundenlang darüber reden. Aber mit Oliven kenne ich mich nicht aus, ich esse sie gerne und benutze natürlich fast täglich Olivenöl, wie jeder hier auf der Insel, aber ich kaufe das alles im Laden. Du wirst deinen Nachbarn bestimmt bald kennenlernen und er kann dir dann bei der Olivenernte helfen, falls du im Herbst doch noch da sein solltest«, fügte Tony etwas schelmisch hinzu.

So langsam hatte Anneke das Gefühl, Tony wollte, dass sie auf der Insel blieb. War er denn auch wirklich nicht verheiratet? Einen Ring sah sie jedenfalls nicht an seinem Finger. Ob er eine Freundin hatte? Schon wieder stieg eine leichte Röte in ihr Gesicht und sie versuchte rasch auf andere Gedanken zu kommen, indem sie Tony fragte: »Wie soll ich denn mit meinem Nachbarn reden? Griechisch spreche ich nicht, ach ja, hier sprechen ja fast alle Englisch, oder?«

»Hatte ich dir das gar nicht gesagt? Jan ist Deutscher.« Klar, schoss es ihr verlegen durch den Kopf. Jan klingt auch wirklich nicht griechisch.

Tony fuhr fort: »Bestimmt freut er sich, mal wieder Deutsch zu sprechen. Mit Kostas hat er Englisch oder etwas Griechisch gesprochen, auch wenn Kostas' Deutsch ganz gut war. Aber mit Tante Inge hat er sich ab und zu auf Deutsch unterhalten, nur hatte Tante Inge wenig Interesse an Diskussionen über Oliven«.

Anneke schreckte auf, als ihr Handy klingelte, fast im selben Moment bellte Conni zweimal, legte sich aber gleich wieder hin, um ihr Schläfchen fortzusetzen. Anneke wies den Anruf ihrer Mutter ab.

Sie hatte ganz vergessen, ihre Eltern anzurufen. Das passte so gar nicht zu ihr. Irgendwie hatte sie, dank des netten Gesprächs mit Tony, den Pflicht-Anruf verpasst.

»Entschuldige bitte, aber ich muss dringend meine Eltern anrufen«, sagte sie etwas missmutig.

»Ich wollte mich sowieso gerade verabschieden. Nur noch kurz: Im Kühlschrank findest du einige Lebensmittel, die dürften für die ersten Tage reichen. Ansonsten hast du ja meine Nummer, wir können gerne morgen telefonieren, dann erkläre ich dir, wo du einkaufen kannst. Wo der Bus abfährt, hast du ja gesehen, als wir angekommen sind.«

Anneke nickte und war so gerührt und dankbar, als Tony ihr zum Abschied noch den vollen Kühlschrank zeigte. Sogar zwei kleine Knochen für Conni lagen darin, sodass sie nicht anders konnte, als ihn spontan zum Abschied zu umarmen.

»Vielen, vielen Dank Tony, du bist echt ein Schatz.« Sie war manchmal sehr spontan, aber wirklich nur in Ausnahmen.

Nun war es an Tony, leicht zu erröten. Etwas verlegen winkte er ihr zum Abschied zu und verschwand in der Dunkelheit.

7

Nachdem sie lange mit ihrer Mutter telefoniert, ihr ausführlich fast alles berichtet und sie beruhigt hatte, dass mit dem Flug und so wirklich alles gut gelaufen war, ging Anneke für einige Minuten mit Conni in den Garten und dann den kleinen Weg entlang, den sie vor einer guten Stunde mit Tony heraufgekommen war. Sie erschrak kurz, als sie im fast Dunkeln plötzlich laut einen Hund bellen hörte und Conni daraufhin natürlich sofort fleißig mitbellte. Morgen würde sie einen ausgedehnten Spaziergang machen und sich die nähere Umgebung ansehen. Für heute musste es reichen, dass ihr Hündchen nur kurz um die Ecke ging, um die nötigsten Geschäfte zu verrichten. Bestimmt war auch Conni müde vom Flug, der Autofahrt, den vielen neuen Eindrücken und der ganzen Aufregung.

Eine knappe halbe Stunde später, nach einem kleinen Glas Wein und bevor sie sich für die Nacht zurecht machte, rief Anneke natürlich auch bei Petra an, die ihrerseits schon dreimal versucht hatte, sie telefonisch zu erreichen. Petra platzte fast vor Neugierde und Anneke sah förmlich, wie ihrer Freundin der Mund vor Staunen offen stand, als sie Tante Inges Haus beschrieb und vom Pool, den kleinen Zitronen- und Orangenbäumen und natürlich den Oliven-bäumen berichtete. Es war typisch für Petra, dass sie zum Schluss noch fragte: »Und, wie ist er so?«

»Wer?«

»Das weißt du ganz genau, Anne.«

»Meinst du Tony?«

»Wen denn sonst? Den deutschen Olivenbauern hast du ja bis jetzt noch nicht kennengelernt«, lachte Petra am anderen Ende der Leitung.

»Ich glaube auch nicht, dass der Oliven-Freak mein Typ

sein wird, scheint ein etwas verschrobener Zeitgenosse zu sein, redet angeblich nur von seinen Oliven und wohnt auch gleich neben ihnen. Warum der wohl aus Deutschland weggezogen ist?«

»Vielleicht aus dem gleichen Grund, aus dem du wegziehen willst, liebe Anne. Aber lenk bitte nicht ab, wie ist dieser Tony denn nun?«

»Ganz nett.« Mehr wollte Anneke von ihrer neuen Bekanntschaft vorerst nicht erzählen. Warum wusste sie selbst nicht.

Petra war, ganz gegen ihre Gewohnheit, taktvoll genug und fragte nicht weiter. Sie plauderten noch eine halbe Stunde, bis Anneke fast einschlief und sich kaum mehr auf das Gespräch konzentrieren konnte. Nachdem sie aufgelegt hatte, fiel ihr auf, wie dunkel es draußen war. Im Wohnzimmer brannte nur die kleine hübsche, etwas altmodische Stehlampe neben dem Sofa. Als Anneke einen der drei Schalter neben der Terrassentür drückte, um im Wohnzimmer Licht zu machen, gingen anstatt im Wohnzimmer draußen rund um den Pool herum mehrere Lichter an. Nachdem sie sich kurz erschreckt hatte, blickte sie fasziniert durch die große Terrassentür hinaus auf die Lichter. Wie schön war das denn? An jeder Ecke des Pools standen hübsche Lampen, die nun den Pool und einen Teil des Gartens in ein romantisches, warmes Licht tauchten. Die tiefhängenden Äste der Olivenbäume neben dem kleinen Schwimmbad spiegelten sich auf der Wasseroberfläche. Es wirkte irgendwie unecht, besonders für jemanden, der vor einigen Stunden noch im regnerischen und sehr windigen Hamburg auf den Flug in den Süden gewartet hatte. Fast surreal, kam es Anneke in den Sinn. Auch wenn sie wenig von Kunst verstand, so ein bisschen war wohl doch noch aus der Schule hängen geblieben. Ach, war das lange her. Sie gab sich einen Ruck. Nun bloß nicht sentimental werden und im Selbstmitleid versinken, weil sie ihre besten Jahre vielleicht schon hinter sich hatte. Vielleicht aber auch nicht, wer weiß. Sie ging in das angrenzende kleine Esszimmer.

Da mussten die anderen beiden Lichtschalter für das Wohnzimmer sein und genauso war es auch. Anneke war begeistert und konnte trotz der Müdigkeit nicht sofort einschlafen, als sie sich nur zehn Minuten später in dem wunderschönen mit aus Eisen gebogenen, in kleine Blümchen verzierten Bett gemütlich unter die Bettdecke kuschelte. Conni durfte ausnahmsweise am Fußende des Bettes schlafen. War für sie doch auch alles neu und aufregend. Endlich schliefen beide zufrieden ein.

Als Anneke am nächsten Morgen von lautem Hundegebell, es musste der Hund von gestern Nacht sein, erwachte, brauchte sie einige Sekunden, um zu begreifen, dass sie nicht in ihrem Häuschen an der Nordsee aufgewacht war. Sofort war sie wieder aufgeregt und nervös. Wie würden wohl die kommenden Wochen sein? Wie beruhigend, dass sie jederzeit Tony anrufen konnte, wenn sie irgendwelche Fragen oder Probleme hatte.

Der Gedanke an Tony beruhigte sie zwar, aber gleichzeitig war sie auch etwas aufgeregt, als sie an ihn dachte. Schnell verscheuchte sie jegliche romantische Abschweifungen in Richtung ihres neuen Bekannten. Er war nett, sehr nett, aber mehr auch nicht. »Verlieb dich jetzt bloß nicht hier auf der Insel, Anne«, sagte sie halblaut zu sich selbst. Drei nette Monate und wieder ab nach Hause, Schluss aus. Nachdem sie ihr schönes hellblaues Kleid, das sie extra für Zypern bestellt hatte, angezogen hatte, frühstückte sie ausgiebig. Schon verrückt, im März mit einem Kleid herumzulaufen. Es zog sie nach draußen.

Conni war schon für ihr erstes Geschäft im Garten gewesen. Anneke wollte es aber nicht zur Gewohnheit werden lassen, der Garten sollte nicht zum Hundeklo verkommen. Die beiden gingen also auf Entdeckungstour. Aber in welche Richtung sollte sie gehen? Da Tante Inges Haus eines der letzten Häuser vor dem Naturschutzgebiet war, beschloss Anneke, der Hauptstraße, über die sie gestern gekommen waren, einfach weiterzugehen. Neben der Straße verlief ein sehr breiter Fußweg. Also ging sie den kleinen Weg am schwarzen Eisentor zurück in Richtung Straße.

Später kann ich mir noch die Olivenbäume hinter dem Eisentor anschauen und vielleicht ist mein Landsmann ja auch da. Es kann sicher nicht schaden, den ein oder anderen Nachbarn kennenzulernen, auch wenn der Olivenheini bestimmt ein merkwürdiger Typ ist. Ein bisschen neugierig war Anneke schon, besonders interessierte sie es, warum dieser Jan aus Deutschland hierher gezogen war. Vielleicht beneidete sie den Mut des ihr noch unbekannten Nachbarn, weil er wirklich ausgewandert war.

Aber sie wusste gar nichts über ihn. Vielleicht hatte er eine schöne Zyprerin im Urlaub kennengelernt und war aus Liebe zu der Einheimischen auf diese Insel gezogen. Aber nein, das hätte Tony ihr bestimmt erzählt. Ach, warum musste sie an jemanden denken, den sie noch nicht einmal gesehen hatte, oder an jemanden, den sie erst gestern für einige Stunden gesehen hatte? Tony ging ihr nicht aus dem Kopf.

Jetzt aber los. Nachdem die zwei eine Viertelstunde gemütlich an der fast autofreien Straße, vorbei an Bananenfeldern und Olivenhainen, spazieren gegangen waren, endete die Straße abrupt. Vor sich sah Anneke einen kleinen Sandplatz, eine Art Parkplatz. Was war da denn los? Neugierig ging sie auf den Platz und die Kirche in seiner Mitte zu. Das musste eine griechisch-orthodoxe Kirche sein. Kaum war das Gotteshaus umrundet, hatte Anneke freien Blick auf das wunderschöne Mittelmeer.

»Wie herrlich ist das denn«, entfuhr es ihr halblaut. Warum ist das Wasser hier so extrem türkisblau? Wie anders war doch die Nordsee. Sie liebte es zu vergleichen, was ja eigentlich blöd war. Und doch tat sie es immer wieder.

Beides gefiel ihr durchaus. Die Nordsee mochte sie sogar im Winter, diese Weite, die vielen Möwen, die sich kreischend bei Ebbe ihr Futter suchten. Aber hier in der warmen Frühlingsluft unter blauem Himmel auf das irgendwie unwirklich türkisblaue Meer zu blicken, war etwas ganz Besonderes für sie.

Auf einmal war Anneke überglücklich und unendlich dankbar, dass sie für drei lange Monate hier wohnen durfte. Es wird wunderbar werden. Vielleicht sollte ich Tony mal zum Essen einladen? Nein, lieber nicht, er könnte es als Annäherungsversuch auffassen. Sie wollte sich auf keinen Fall auf dieser Insel in irgendwelche Probleme verstricken. Weder in Tony noch in irgendjemand anderen würde sie sich verlieben, da war sich Anneke sicher. Womöglich nach drei Monaten total unglücklich und voller Liebeskummer wieder nach Deutschland abreisen? Bloß nicht. Allein der Gedanke, sich hier auf der Insel zu verlieben und dann enttäuscht zu werden, verdarb ihr sofort die gute Stimmung.

Conni bellte und riss sie aus ihren negativen Gedanken heraus, Gott sei Dank. Ah, ihr kleiner Hund hatte schon eine Bekanntschaft gemacht. Wie süß, sie musste unwillkürlich schmunzeln, als sie die kleine schwarze Conni mit ihren weißen Vorderpfötchen und einen anderen fast gleich großen cremefarbenen Hund schwanzwedelnd über den verlassenen Parkplatz herumtollen sah. Wem der Kleine wohl gehörte? Vielleicht wohnte er in dem Steinhäuschen hinter der Kirche? Ein Streuner schien er nicht zu sein, trug er doch ein Halsband. Anneke hatte gelesen, dass es auf Zypern, wie ja oft in südlichen Ländern, viele herrenlose Hunde gab. Sie schluckte bei dem Gedanken an die armen, verlassenen Hunde, die im Sommer kaum Wasser finden würden.

Nein, jetzt wollte sie ihren Tag genießen und sich nicht mit trübsinnigen Gedanken die Laune verderben. Sie kannte ihre schnellen Stimmungswechsel. Da Conni noch beschäftigt war, näherte sie sich den großen Steinen am Ufer und setzte sich auf eine der herumstehenden Bänke. Anneke schaute herunter, die großen Steine, oder eher kleinen Felsen vor ihr führten zwar nicht besonders steil hinab, aber für jemanden, der wie sie sein ganzes Leben auf dem flachen Land gewohnt hatte und als höchste Erhebung nur den Deich kannte, waren die paar Meter hinunter bis zum Meer doch eher ungewohnt. Annekes Blick wanderte über das unwirklich blaue Meer, über die daraus hervorragenden großen Felsen bis zum Horizont. Wie schön, diese Weite, diese Ruhe und das Beste, nicht dieser kalte Wind, den sie gewohnt war. Ja, sie liebte das Meer, aber in Kombination mit Wärme und Sonne war es nahezu perfekt. Unter ihr am Ufer entdeckte sie einen kleinen Hafen. Von hier oben wirkten die schaukelnden farbigen Boote wie kleine Spielzeuge. Richtig romantisch. Der kleine Hafen, die Boote, die Sonne, das Meer und die Ruhe. Um diese Uhrzeit und vielleicht auch wegen der frühen Jahreszeit waren noch keine Urlauber hier, die auf den etwas heruntergekommenen Bänken saßen und den Ausblick bewunderten. Nur ein älteres Paar kam aus einiger Entfernung Hand in Hand in ihre Richtung. Seufzend und etwas neidisch blickte sie verstohlen zu den beiden hinüber und erhob sich langsam, um Conni zurückzurufen und allmählich wieder in ihr neues Zuhause zu schlendern.

Obwohl der Weg von dem kleinen Parkplatz mit der Kirche bis zu Tante Inges und Kostas ehemaligem Haus wirklich nicht weit war, war sie auf einmal richtig müde. Es war gerade mal zwanzig nach elf am Vormittag, als Anneke Tante Inges oder jetzt das Haus ihrer Mutter aufschloss. Sie schlief fast im Stehen ein. Immerhin war sie gestern um diese Zeit noch nicht mal auf der Insel gewesen. Die vielen neuen Eindrücke und der Flug hatten sie doch ziemlich erschöpft. Zufrieden legte sie sich auf die gemütliche Couch im Wohnzimmer, Conni zu ihren Füßen und schlief fast sofort ein.

Einige Stunden später fuhr sie mit einem Ruck erschreckt hoch, was war das für ein Geräusch? Wie spät war es eigentlich? Verschlafen suchte sie ihr Handy. Oh, sie hatte fast drei Stunden geschlafen. Aber dieses Geräusch? Als ob da Kinder weinten. Nein, es klang doch anders. Noch leicht verschlafen kämmte sie sich, machte sich in dem kleinen Gästebad neben ihrem hellgrün gestrichenen Schlafzimmer etwas frisch und nahm sich vor, dem seltsamen Geräusch nachzugehen und einen zweiten kleinen Spaziergang an diesem Tag zu unternehmen. Diesmal jedoch in Richtung hinter dem schwarzen großen Tor. Conni war auch schon wieder putzmunter. Hell strahlte nun die südliche Sonne vom völlig wolkenlosen Himmel herab. Es waren schon knapp über zwanzig Grad, was auch für Zypern zu dieser Jahreszeit eher ungewöhnlich war. Das perfekte Wetter also für einen zweiten kleinen Spaziergang. Als Anneke hinter dem Tor war, entdeckte sie einige Meter weiter auf der linken Seite eine kleine Wiese, auf der eine Minihütte stand, und nun wurde ihr schnell klar, was das für ein Geräusch war. Auf der Wiese, die also schräg hinter ihrem Haus lag, sah sie auf Anhieb mindestens acht Katzen. Drei von ihnen fauchten und miauten auf eine Art, dass sie sich fast wie kleine Kinder anhörten. Sie kannte dieses Katzengejammer, allerdings hatte sie es in Deutschland eher nachts gehört. So viele Katzen. Jetzt erinnerte sie sich wieder an einen Artikel, in dem auf die vielen wilden Katzen auf Zypern hingewiesen wurde.

Conni bellte einmal kurz, als sie zwei weitere Katzen für ihren Geschmack etwas zu nah neben sich liegen sah, störte sich aber glücklicherweise nicht weiter an ihnen. Gut gelaunt und jetzt ausgeschlafen schlenderte Anneke weiter, Conni in der ihr noch unbekannten Gegend vorsichtshalber erstmal an der Leine.

Nur einige Meter weiter sah sie auf der rechten Seite wunderschöne Olivenbäume. Wow, wie beeindruckend. Sie näherte sich dem Olivenhain. Viele kleine Blüten hingen an den Zweigen. Ob wohl aus jeder Blüte eine Olive entstehen würde? Bestimmt nicht, die hätten ja gar nicht alle Platz, bei den vielen Blüten, die da dicht an dicht aneinander gedrängt hingen. Fasziniert strich Anneke über einen der herrlich dunkelgrünen Zweige. Wie schön es sein muss, zwischen den Bäumen spazieren zu gehen, dachte sie träumerisch.

Links vom Olivenhain, etwa hundert Meter hinten im Feld, blitzte ein kleines weißes Häuschen zwischen den eng aneinander stehenden Bäumen hindurch. Wohnte etwa jemand mitten zwischen den Olivenbäumen? Das war ja fast wie im Märchen. Außer einigen Vögeln, die schon ziemlich laut zwitscherten und zwei Autos, die hinter ihrem Rücken vorbeigefahren waren, war sie niemandem begegnet.

Es reizte Anneke ungemein, über den kleinen Zaun zu klettern und sich das Häuschen aus der Nähe anzuschauen. Natürlich würde sie nicht einfach auf ein fremdes Grundstück gehen, bestimmt war das Haus bewohnt. So genau konnte sie es auf die Entfernung nicht sehen, aber es schien sehr gepflegt zu sein. Eine kleine Terrasse mit einem Tisch und einigen Stühlen meinte sie zu erkennen.

»Hello, can I help you?« Erschreckt zuckte Anneke zusammen und drehte sich ruckartig um. Conni bellte aufgeregt. Anneke wurde gegen ihre Gewohnheit knallrot und stammelte unsicher auf Englisch: »Nein danke, ich bin neu hier und habe mir ein bisschen die Gegend angeschaut. Die Olivenbäume sind wunderschön.«

»Sie sind wohl Deutsche, was?«, erwiderte der braungebrannte, dunkelhaarige Mann ruhig und in einwandfreiem Deutsch, während er seinem großen schlanken Jagdhund beruhigend über den Rücken fuhr. Auch Conni hatte sich wieder beruhigt und lag zufrieden neben ihren Beinen. Auf einmal verstand Anneke. Wo hatte sie nur ihre Gedanken gehabt? Natürlich, wie konnte sie das nur vergessen? Der Typ da vor ihr, der sie jetzt abschätzend betrachtete, war bestimmt ihr Nachbar, der Olivenbauer aus Deutschland. Ja klar, sie war aber auch zu dumm gewesen. Tony hatte ihr doch gesagt, dass er zwischen den Olivenbäumen ganz in der Nähe von Tante Inges Haus wohnte.

»Und Sie kommen wohl auch aus Deutschland«, erwiderte Anneke nicht gerade sehr geistreich.

Prompt kam es leicht spöttisch zurück: »Wie sind Sie nur darauf gekommen? Dann scheint mein Deutsch ja nicht so schlecht zu sein.«

Wie peinlich, Anneke guckte verlegen auf Conni, die ihr natürlich nicht aus dieser unangenehmen Situation heraushelfen konnte.

»Na dann noch einen schönen Urlaub«, verabschiedete sich der Unbekannte, von dem sie immer noch nicht wusste, ob er nun der Olivenbauer war oder jemand ganz anderes.

Ist ja auch egal, dachte Anneke und sagte: »Ich wohne hier für drei Monate, in dem Haus da drüben.« Sie drehte sich, immer noch etwas rot im Gesicht, um und zeigte vage in Richtung von Tante Inges ehemaligem Haus. Warum mache ich das denn jetzt, ärgerte sie sich. Mir ist der Typ völlig egal.

»Ach, Sie sind die Deutsche, die das Haus von Inge und Kostas geerbt hat. Na dann.« Er reichte ihr eher aus Höflichkeit als aus echtem Interesse etwas lustlos die Hand. »Dann sind wir sowas wie Nachbarn, ich wohne da vorne zwischen den Olivenbäumen. Ich bin Jan«, fügte er doch noch hinzu und zeigte mit ausgestrecktem Arm auf das hübsche weiße Haus, das sie vor kurzem so bewundert hatte.

Also doch, wie peinlich. Gleich ihr erstes Treffen mit

ihrem Nachbarn, von dem Kostas und Tante Inge so viel gehalten hatten, musste unangenehm anfangen.

»Entschuldigen Sie bitte, dass ich so neugierig auf Ihr Grundstück geschaut habe, aber es muss wunderbar sein, mitten zwischen den Olivenbäumen zu wohnen. Ich bin Anneke und das Haus gehört nicht mir, sondern meiner Mutter. Ich bin hierher gekommen, um es für sie zu verkaufen.« Dass sie endlich raus wollte aus ihrem Alltag, ging diesen Typen nun wirklich nichts an. Sie schwieg und merkte, wie ihr schon wieder die Röte ins Gesicht stieg. Musste sie denn mit fast fünfzig Jahren immer noch rot werden wie ein Schulmädchen?

Er grinste jetzt versöhnlich: »Danke, ja, ich wohne auch sehr gerne hier, mitten in der Natur. Ich wollte mein Leben verändern und habe es vor sechs Jahren endlich geschafft. War gar nicht so einfach, hab's aber nicht bereut.« Er wirkte jetzt viel freundlicher als zu Beginn. Auf einmal konnte Anneke sich vorstellen, warum Kostas und Tante Inge sich gut mit ihm verstanden hatten. So unsympathisch war ihr Landsmann vielleicht doch nicht. Nicht so nett wie Tony natürlich, aber drei Monate würde sie ihren Nachbarn wohl ertragen, falls man sich mal zufällig mit den Hunden oder beim Einkaufen oder so begegnen sollte. Als Anneke an Tony dachte, lächelte sie wohl etwas zu deutlich.

»Über was freuen Sie sich denn so, über unser Treffen?«, kam es nun neckisch von ihrem Nachbarn. Nicht rot werden Anneke, nicht rot werden, sagte sie sich schnell und erwiderte vielleicht etwas zu hastig: »Nein, nein, ich musste nur an etwas denken, hatte nichts mit Ihnen zu tun.« Was ja auch der Wahrheit entsprach.

»Na dann, auf Wiedersehen.« Er zögerte kurz und sagte eher höflich, als wirklich interessiert: »Bis vielleicht mal auf ein Glas Wein oder so.«

»Klar, dann noch einen schönen Tag.« Und weg war sie. Puh, irgendwie fängt mein Zypern-Aufenthalt ja echt aufregend an. Leicht verwirrt über diese Begegnung, ging Anneke mit ihrer kleinen Conni weiter.

Zwei Minuten später blieb Anneke fasziniert stehen und bewunderte die Weite des Meeres. Dass sich Tante Inges Haus so nah am Meer befand, war ihr gestern Abend nicht bewusst gewesen. Aber klar, der kleine Hafen, zu dem sie heute Morgen gegangen war, war ja auch nicht weit weg. Ob es hier wohl eine Stelle zum Baden gab? Neugierig näherte sich Anneke den Klippen, Conni ging gerade ihre eigenen Wege. Wunderschön, die rauen Klippen, das weite Meer. So komplett anders als die Nordsee bei ihr zu Hause. Aber gleichzeitig war sie etwas enttäuscht, weil es auch ganz unten, wo das Wasser anfing, eher zu steinig zum Baden aussah. Warum nur machte sie sich da im Moment eigentlich Gedanken? Jetzt im März war das Wasser sogar hier auf Zypern noch zu kalt zum Schwimmen, zumindest für sie. Tony hatte ihr zwar auf der Fahrt gesagt, dass es einige Einheimische gebe, die das ganze oder fast das ganze Jahr über schwimmen gingen, aber sie, Anneke, war eher der Typ für warmes Wasser. Deshalb ging sie auch nur selten in der Nordsee baden, mehr als zwanzig, einundzwanzig Grad hatte das Nordseewasser fast nie. Aber so Ende Mai, kurz vor ihrer Abreise, dürfte es hier auch für sie warm genug sein, um einige Minuten ins Wasser zu gehen. Sie wollte auf keinen Fall wieder nach Deutschland fliegen, ohne mindestens einmal im Meer gebadet zu haben. Nun war sie gerade den ersten Tag im Süden und dachte schon an ihre Rückreise.

Ihr Handy, das sie in ihrer kleinen Umhängetasche mitgenommen hatte, klingelte leise, aber hörbar und riss sie aus ihren Gedanken. Leicht aufgeschreckt sah Anneke kurz auf ihr Display, aber es erschien kein Name, die Nummer war ihr unbekannt. Wer konnte das nur sein?

»Hallo«, meldete sie sich etwas zögernd.

»Hi Anneke, na, wie ist dein erster Tag in deinem neuen Haus? Und wie war die erste Nacht so ganz alleine in diesem riesigen Haus in dieser einsamen Gegend?«

Sie spürte förmlich das leichte Grinsen der ihr seit gestern vertrauten Stimme. Ganz gegen ihre sonstige Gewohnheit bei Männerbekanntschaften wurde sie auf die nächtliche Anspielung nicht verlegen.

»Tony, hey, es ist herrlich hier. Ich bin gerade am Meer und heute Vormittag war ich schon an dem kleinen Hafen«, weiter kam sie nicht, da er sie lachend unterbrach.

»Anneke, das klingt super, das freut mich sehr. Dann fängst du also schon an, dich etwas einzuleben.«

»Ja, ich habe mich sogar schon mit Jan, dem Olivenbauern unterhalten.«

Es war vielleicht eine Sekunde lang zu still am anderen

Ende der Leitung und Tonys Stimme klang eine Spur weniger fröhlich als er antwortete: »Aha, und, wie findest du ihn? Etwas merkwürdig ist dein Landsmann schon, oder? Also, ich weiß nicht, was Kostas und Tante Inge so toll an ihm fanden, na ja.«

Bildete sie sich das nur ein oder war Tony etwas eifersüchtig? Es war ja wohl ihre Entscheidung, mit wem sie sich unterhielt und mit wem nicht, außerdem waren sowohl Jan als auch Tony Fremde für sie. Ich bin Tony wirklich keine Rechenschaft schuldig, dachte sie leicht empört und antwortete deshalb nur kurz: »Ich finde ihn eigentlich ganz sympathisch.« Fand sie ihren Nachbarn wirklich sympathisch oder wollte sie Tony nur ärgern und weiter eifersüchtig machen? Wenn ja, dann war sie gerade mehr als kindisch gewesen, gestand sie sich zerknirscht und leicht beschämt ein und fügte hinzu: »Na ja, etwas komisch wirkt er schon, aber ich muss mich ja nicht so oft mit ihm unterhalten wie Kostas es getan hat.«

»Das hoffe ich«, war Tonys knappe Antwort.

Jetzt reichte es ihr aber. In Deutschland sagten ihr ihre Eltern und ihr Chef, was sie zu tun und zu lassen hatte, und kaum war sie den ersten Tag 3.000 Kilometer entfernt, kam ein ihr fast unbekannter Engländer namens Tony und schien sich auch in ihr Leben einmischen zu wollen. Oder war sie mal wieder zu empfindlich? Sie hatte jetzt keine Lust mehr, mit ihm zu telefonieren und sagte entschuldigend: »Tony, bitte sei mir nicht böse, aber ich bin müde und wollte auch noch mit meiner Freundin Petra telefonieren.«

»Ich verstehe schon Anneke, ich wollte dich nicht bevormunden. Natürlich kannst du reden, mit wem du willst. Ich mag diesen Typ einfach nicht so gerne, obwohl wir uns immer höflich begegnen. Er lädt mich sogar jedes Jahr zu seinem Geburtstag ein, den er ziemlich groß feiert. Eigentlich wollte ich dich auch nur fragen, ob ich dich heute Abend auf ein Glas Wein bei mir einladen darf. Ich würde dich gegen Acht abholen. Aber vielleicht hast du jetzt keine Lust mehr, dich mit mir zu treffen, wo du deinen Nachbarn kennengelernt hast.« Er konnte es einfach nicht lassen. Anneke seufzte leise und antwortete so höflich und neutral, wie sie konnte: »Tony, es war alles ein bisschen viel für mich und ich glaube auch für Conni. Der Flug gestern, die neue Umgebung. Ich glaube, ich möchte erstmal alleine sein und mich an das Haus und die neue Gegend hier gewöhnen, entschuldige bitte. Kommende Woche vielleicht.« Seltsam, noch heute Vormittag hätte sie jubelnd und freudig aufgeregt seine Einladung angenommen.

Wie schnell ein paar falsche Worte doch eine flüchtige Bekanntschaft gefährden können, dachte sie verwundert.

»Ich verstehe Anneke. Wenn du etwas brauchst, du hast ja meine Nummer und entschuldige bitte, falls ich dich verletzt habe. Du bist mir wirklich sehr, sehr sympathisch und ich bin manchmal echt ein Trampel.«

Das war's, er hatte aufgelegt. Man, echt, manche Männer sind aber kompliziert. Musste sie jetzt Tony gegenüber, der gestern so nett gewesen war und ihr sehr geholfen hatte, ein schlechtes Gewissen haben? Sie entschied, dass sie es nicht haben müsse. Ich bin nicht verpflichtet, mich mit Tony zu treffen und schon gar nicht am ersten Tag und noch weniger gleich in seiner Wohnung. Wer weiß, was er mit ihr vorhatte? Am Ende wollte er sie bestimmt dazu überreden, nicht nur den Abend, sondern gleich die ganze Nacht bei ihm zu verbringen. Nein, sie wollte alleine Zypern erkunden, zumindest die erste Zeit. Sollte Tony doch beleidigt sein, so viel er wollte.

Kaum zu Hause angekommen, wählte Anneke Petras Nummer. Irgendwie beruhigte es sie gerade jetzt, eine beste Freundin zu haben, eine neue Männerbekanntschaft war echt das Letzte, was sie wollte.

»Hey, du Auswanderin. Na, wie war dein erster Tag?«, erklang die fröhliche, etwas schrille Stimme aus Frankfurt. »Hey, Petra, du glaubst es nicht, ich bin gerade mal einen Tag hier und habe schon mehr erlebt, als zu Hause in zwei Monaten.«

»Erzähl, warte, ich mache es mir auf dem Sofa gemütlich. Wird ja bestimmt ein längeres Gespräch«, kam es lachend aus Deutschland.

In der Tat wurden aus einigen Minuten schnellem Bericht fast drei Stunden. Natürlich erzählte Anneke Petra alles ganz genau. Von ihrer Begegnung mit dem etwas merkwürdigen Olivenbauern von nebenan und ihrem starken Eindruck, dass Tony, den sie im Grunde ja auch kaum kannte, schon eifersüchtig war.

»Das gibt es ja nicht. Ich dachte immer, ich kenne meine

beste Freundin ziemlich gut, aber kaum lässt man dich mal 24 Stunden alleine, lernst du nicht nur zwei Männer kennen, sondern machst den einen, den du am ersten Abend noch sehr, sehr sympathisch fandest«, erinnerte Petra sie grinsend, »eifersüchtig. Anne, Anne, was soll ich nur davon halten? Ich sehe dich in einem ganz neuen Licht. Vielleicht sollte ich mich in den nächsten Flieger setzen und ein bisschen auf dich aufpassen«, lachte Petra.

»Bloß nicht«, kam es ebenso lachend aus Zypern zurück. Insgeheim dachte Anneke aber sofort bei sich, ich möchte im Moment wirklich weder Petra noch meine Eltern oder sonst jemanden hier haben. In ein paar Wochen vielleicht, aber jetzt wollte sie alleine etwas erleben, ohne dass sie kluge Tipps oder gut gemeinte Ratschläge bekam. Deshalb sagte sie dann auch: »Petra, in ein paar Wochen gerne, aber du weißt ja, ich bin auch hier, um endlich mal alleine etwas zu erleben und zu schaffen. Sei mir bitte nicht böse.«

»Mann, Anne, das war ein Scherz. Natürlich komme ich jetzt nicht. So viel Fingerspitzengefühl habe ich schon, dass das dein Ding ist. Außerdem habe ich auch gar keine Zeit. Vielleicht kann ich ja in der Woche, bevor du wieder nach Deutschland kommst, zu dir kommen. Wenn du es aber nicht willst, ist es wirklich völlig in Ordnung. Du weißt ja, Liebes, ich bin nicht so schnell beleidigt.«

Wollte sie damit sagen, »wie du, Anneke«? Ach, warum musste Anneke immer so unsicher sein und etwas Schlechtes denken? Nein, Petra war schon klasse und eine echte Freundin.

»Danke, liebe Petra, ich würde mich super freuen, wenn du mich hier abholen würdest. Du musst unbedingt Tante Inges, oder jetzt natürlich das Haus meiner Mutter sehen, bevor es verkauft ist. Es ist hinreißend, ich schicke dir später ein paar Fotos.«

»Ja, klar. Was ich aber echt nicht verstehe, ist, warum will deine Mutter das Haus denn unbedingt verkaufen? Geld haben deine Eltern doch wirklich nicht nötig. Warum behaltet ihr es nicht als Ferienhaus oder vermietet es erstmal? Wer hat schon ein eigenes Haus mit Pool und Garten auf Zypern? Also, ich meine, zusätzlich zu einem Haus in Deutschland? Das ist doch der absolute Luxus. Aber das geht mich natürlich nichts an, deine Mutter wird schon ihre Gründe haben.«

Anneke sagte Petra nicht, dass ihre Mutter genau das vorgeschlagen hatte, nämlich das Haus als Ferienhaus zu behalten. Aber würde sie nach den drei Monaten je wieder hierher kommen? Sie war nun mal in Deutschland daheim und würde wahrscheinlich bis zur Rente in ihrem Bürojob bleiben, ob es ihr gefiel oder nicht, dachte Anneke traurig.

»Also, wie ich vorhin schon sagte, würde ich diesem Tony an deiner Stelle erstmal etwas aus dem Weg gehen. Auch wenn er einen sehr netten Eindruck gemacht, dich vom Flughafen abgeholt und dir seine Hilfe angeboten hat, würde mich sein Verhalten total abschrecken. Aber du bist ja alt genug und ich will dir natürlich nicht vorschreiben, was du zu tun hast.«

»Ich bin ganz deiner Meinung und habe dich ja auch

angerufen, weil ich deinen Rat hören wollte«, beruhigte Anneke ihre Freundin. »Bei mir klingelten auch sofort die Alarmglocken, als er so eifersüchtig wirkte. Außerdem will ich hier echt nur drei Monate für mich sein, mal raus aus dem Alltag, mehr nicht.«

Petra verkniff sich eine Antwort.

Als Anneke anschließend mehr aus Pflichtgefühl heraus ihren Eltern telefonisch berichtete, wie ihr erster Tag verlaufen war, ließ sie wohlweislich mehrere Details aus. Erschöpft und seit langem mal wieder so richtig zufrieden, schlief sie nach einem kurzen Abendspaziergang mit Conni glücklich ein.

Die erste Woche verlief ziemlich ruhig, aber langweilig war es nicht ein einziges Mal. Tony meldete sich zweimal telefonisch und fragte etwas zurückhaltender als am ersten Abend, ob er ihr irgendwie helfen könne. Unfreundlich war er nicht, aber etwas reservierter. Anneke war eigentlich ganz froh darüber, wollte allerdings keinen Streit mit ihm haben. Im Grunde mochte sie ihn nach wie vor, aber ein bisschen Abstand zwischen ihnen war ihr, zumindest in den ersten Wochen ihres Aufenthaltes, mehr als angenehm. Über ihren deutschen Nachbarn verlor er kein Wort, was sie ihm hoch anrechnete. Tony hatte schnell verstanden, dass es ihrer Freundschaft, wenn man es schon Freundschaft nennen konnte, gut tat, wenn er sich etwas zurückhielt.

Die ersten zwei Wochen waren wunderbar, wenn auch nicht sonderlich aufregend. Anneke machte mit Conni ausgedehnte Spaziergänge und erkundete die nähere Umgebung. Zweimal fuhr sie mit dem Bus in den kleinen Supermarkt, den ihr Tony empfohlen hatte. Viel brauchte sie nicht, und da es ein echtes Vergnügen für sie war, mit dem Bus am Meer entlang zu fahren, konnte sie gut darauf verzichten, sich von Tony zum Supermarkt fahren zu lassen. Es klappte alles prima, selbst mit den direkten Nachbarn, einem älteren Ehepaar aus Ungarn, hatte sie schon einige Sätze in gebrochenem Englisch gesprochen. Die beiden hatten vor knapp fünf Jahren ihre kleine Firma endlich an die Kinder übergeben und sich ihren Traum, nach Zypern zu ziehen, erfüllt.

Etwas wehmütig und ein ganz kleines bisschen neidisch dachte Anneke bei sich, dass es ja irgendwie doch schön wäre, verheiratet zu sein und gemeinsam alt zu werden. Wenn man dann noch zusammen so ein tolles Abenteuer wagte und auswanderte, das musste schön sein. Ach, sie war wohl doch etwas romantisch. Ob sie sich vielleicht mal mit Tony verabreden sollte? Oder würde er es falsch verstehen und sich zu viel Hoffnung machen? Sie seufzte leise vor sich hin. Anneke wusste ja selbst gar nicht, ob sie Tony näher kennenlernen wollte. Er war ihr wirklich sehr, sehr sympathisch, aber war da noch mehr? Konnte man nicht einfach nur gut befreundet sein? Außerdem hatte sie sich in den vergangenen Tagen dabei ertappt, wie sie ihre Spaziergänge fast immer gegenüber am Olivenhain begann und wenn sie auf dem Rückweg an den Bäumen mit dem versteckten kleinen weißen Haus vorbeikam, unwillkürlich ihre Schritte verlangsamte und verstohlen durch die dichten, dunkelgrünen Blätter hindurch blinzelte. Warum nur war sie enttäuscht, dass sie ihren Nachbarn nach dem ersten und bis jetzt einzigen Gespräch nicht wiedergesehen hatte? So toll fand sie ihn nun wirklich nicht. Verwundert und etwas verärgert über sich selbst musste Anneke sich eingestehen, dass sie einige Gedanken zu viel an den ihr völlig unbekannten Landsmann verschwendete. Warum verspürte sie eine heimliche Lust, mehr über ihn zu erfahren? War es einfach nur Neugierde? Ach was, sie schüttelte diese Gedanken von sich. Eigentlich sollte sie sich so langsam mal nach einem Makler für das Haus umsehen. Ihre Eltern hatten sie zum Glück noch nicht darauf angesprochen. Außerdem wollte sie ihre verbleibenden zweieinhalb Monate auf dieser wunderbaren Insel unbedingt noch nutzen, um sich einige Städte und auch ein bisschen das Inland mit seinen kleinen romantischen Dörfern anzuschauen.

Das Nachbardorf Pegeia kannte sie schon. Es lag etwas erhöht auf einem der ersten Hügel. Mit dem Bus war es schnell zu erreichen. Anneke hatte endlich einen Brief an ihre Schwester und an Petra geschrieben, in diesen Dingen war sie irgendwie altmodisch. Die kleine Post befand sich fast neben der Bushaltestelle. Auch in der modernen Apotheke hatte sie sich schon etwas Kosmetik und eine Packung Pflaster gekauft.

Vielleicht sollte ich mir so langsam mal mehr von der Insel ansehen, dachte sie abends vor dem Einschlafen. Ich bin nun schon zwei Wochen hier und drei Monate gehen schnell vorbei. Anneke war zwar nicht langweilig, aber nachdem sie jeden Tag mehrmals mit Conni die Umgebung erkundet hatte, kam es ihr so vor, als würde sie schon Jahre hier leben. Inzwischen waren ihr die kleinen Seitenstraßen und auch der nette Hafen mit seinen gemütlichen Bänken, auf denen sie es sich ab und zu mit einem Buch gemütlich gemacht hatte, mehr als vertraut. Irgendwie bekam sie mit jedem Tag mehr Abenteuerlust und Interesse, die Insel und auch das Landesinnere zu erkunden. Sie hatte sich einige sehr schöne Videos im Internet angeschaut und die kleinen Bergdörfer in ihrer typischen Bauart mit den gemütlichen kleinen Gassen und Tavernen gefielen ihr auf Anhieb. Sie sahen so ganz anders aus als die zum Teil sehr luxuriösen Villen, die in Meeresnähe standen. Ja, in so ein gemütliches Dorf im Landesinneren würde sie gerne fahren. Ob es einen Bus dorthin gab? Sie bekam auf einmal etwas Sehnsucht nach Tony. Wie schön es doch wäre, mit ihm zusammen so einen kleinen Ausflug zu unternehmen. Er strahlte immer so viel Sicherheit und Fröhlichkeit aus. Vielleicht würden sie sogar Hand in Hand durch die engen Gassen schlendern und in einer der zahlreichen Tavernen ein Glas Rotwein trinken. Sie hatte auch von dem berühmten Halloumikäse gehört, den sie natürlich unbedingt probieren wollte.

In den vergangenen Tagen ertappte Anneke sich immer öfter dabei, dass sie an Tony dachte. Ihr merkwürdiger Nachbar, der inmitten seiner vielen Olivenbäume wohnte, verblasste etwas in ihren Gedanken, auch wenn sie aus einem ihr unerklärlichen Grund ab und zu an ihn dachte, ohne es eigentlich zu wollen.

Aber, was war das mit Tony? Waren es echte Gefühle, die sie für den Engländer empfand, oder war es nur ihre verletzte Eitelkeit, weil er seit ihrer kleinen Auseinandersetzung am ersten Tag am Telefon so zurückhaltend war? Anneke wusste es nicht. Verwirrt dachte sie darüber nach, ob sie mehr für Tony empfand als nur freundschaftliche Gefühle oder nicht. Dass sie ihren Nachbarn, den Olivenbauern, nicht so sympathisch fand, wurde ihr immer klarer. Anneke hatte ihn noch einmal von weitem gesehen, wie er seinen Hund ausführte und außer einem kurzen Winken seinerseits hatten sie sich nicht mehr gesehen. Zwar verlangsamte Anneke ihren Schritt jedes Mal unwillkürlich, wenn sie mit Conni an seinem Grundstück vorbeiging und sah verstohlen zu seinem weißen Haus hinüber, aber das war bestimmt nur reine Neugierde.

Was wäre, ging es ihr plötzlich durch den Kopf, wenn sie Tony einfach spontan anrufen würde und ihn fragte, ob er Lust auf einen kleinen Ausflug mit ihr habe? Dann würde sie sicher auch feststellen können, wie es um ihre Gefühle zu Tony stand. Dass er mehr als nur freundschaftliche Absichten ihr gegenüber hegte, war ja offensichtlich.

Oder würde er sich ausgenutzt vorkommen und das Gefühl haben, sie brauche nur einen Chauffeur? Anneke schüttelte den Gedanken sofort von sich. Schließlich hatte Tony ihr gegenüber ja mehr als einmal ausdrücklich betont, dass sie anrufen solle, wenn sie Hilfe brauche oder auch einfach nur seine Gesellschaft haben wollte.

Außerdem war es wirklich nicht zu übersehen, dass er gerne viel mehr Zeit mit ihr verbringen würde und natürlich wollte Anne ihn während des Ausflugs auf einen Kaffee oder ein Glas Wein oder ein gemütliches Abendessen einladen. Was ihr mehr Sorgen machte, war, dass Tony ihren Wunsch, einen Ausflug mit ihm zu machen, eventuell falsch verstehen und sich zu viele Hoffnungen machen könnte. Anne seufzte. Sie fand ihn ja auch mehr als nur nett, gestand sie sich ein und wer weiß, mit ein bisschen Zeit würde sich vielleicht auch mehr zwischen ihnen entwickeln. Aber sie war in diesen Dingen eben nicht so schnell und Anneke hatte den Eindruck, dass es Tony mit einer Beziehung zwischen ihnen nicht schnell genug gehen könne. Aber er war ein echter Gentleman und dass Tony nichts gegen ihren Willen tun würde, dessen war sie sich sicher. Also ok, ich werde ihn anrufen und fragen, ob er mit mir etwas unternehmen möchte. Bestimmt hatte Tony auch eine tolle Idee, wo man hinfahren könnte.

Entschlossen wählte sie seine Nummer und war ziemlich enttäuscht, als er nach dem achten Klingeln immer noch nicht ans Telefon ging. Schade, sie hatte sich schon so darauf gefreut, einen Tag mit ihm irgendwo auf der Insel zu verbringen und etwas Neues zu entdecken. Dafür war Tony genau der Richtige.

Vielleicht sollte es einfach nicht sein, dass sie sich näher kennenlernten. Dann würde sie morgen alleine einen Ausflug machen. Eine kleine Bustour mit Conni ist bestimmt auch schön, dachte sie etwas halbherzig. Sie konnte nicht anders und musste den Rest des Tages immer wieder daran denken, wie schön es doch wäre, mit Tony die Umgebung zu erkunden. Okay, ich versuche noch einmal, ihn telefonisch zu erreichen, nur noch einmal. Sie wollte ihm natürlich nicht hinterherlaufen. Das war so gar nicht ihre Art. Etwas nervös wählte Anneke also einige Stunden später wieder die ihr nun schon etwas vertraute Nummer. Nichts, noch nicht mal ein Freizeichen hörte sie, merkwürdig.

Ah, halt, so gut kannte sie seine Nummer wohl doch noch nicht. Sie hatte die zwei und die drei vertauscht. Was war nur los mit ihr? War sie doch in Tony verliebt? So, endlich, nun hörte sie das Freizeichen und dieses Mal musste sie nicht lange warten. »Hi Anne, da freu ich mich aber, dass du mich anrufst«, kam es fröhlich schon nach dem zweiten Klingeln. Anne lachte erleichtert. Er hatte ihre Nummer also eingespeichert, stellte sie geschmeichelt fest.

»Hey Tony, was machst du so am Wochenende?«

»Wieso, brauchst du einen Fahrer?«, kam es schmunzelnd zurück. Wie gut, dass er nicht sah, wie sie etwas rot vor Verlegenheit wurde.

»Ich dachte, du hast vielleicht Zeit und Lust, mir ein bisschen die Umgebung zu zeigen. Wir können auch gerne mit dem Bus fahren«, fügte sie etwas hastig hinzu.

»Nein, nein«, lachte er. »Ich habe nur Spaß gemacht, ich freue mich wirklich sehr, dich wiederzusehen. Klar, wir können gerne etwas unternehmen. Ich weiß auch schon, wo wir hinfahren.«

»Wohin denn, Tony?«

»Lass dich überraschen, es wird dir bestimmt gefallen. Ein bisschen Natur, ein kleines Städtchen mit netten Restaurants und eine Fahrt durch das Landesinnere, damit du mal etwas anderes siehst, okay?«

»Mehr als okay«, jubelte sie glücklich.

»Ich hole dich dann morgen früh gegen neun Uhr ab, dann haben wir Zeit genug, uns einen Teil der Insel anzuschauen«, antwortete auch er hocherfreut.

Um Viertel vor neun am nächsten Morgen war Anneke bereit für ihren gemeinsamen Ausflug. Wie immer, wenn sie sich auf etwas freute, war sie viel zu früh fertig. Heute war es gut so, auch Tony schien es nicht mehr abwarten zu können, sich mit ihr zu treffen. Um genau sieben Minuten vor neun klopfte er energisch an die alte Holztür. Conni fuhr erschreckt hoch und fing laut an zu bellen. Auch Anne hatte sich durch das unerwartete Klopfen leicht erschreckt, freute sich aber, dass er schon da war.

Etwas verlegen und mit leicht nach unten gesenktem Kopf hielt er ihr einen kleinen Blumenstrauß entgegen, als Anneke die Tür geöffnet hatte.

»Tony, wie lieb von dir«, sie strahlte vor Freude über die herrlich duftenden weißgelben Blümchen, zwischen denen sie auch einige kleine rosafarbene Blüten entdeckte. Begeistert steckte sie ihre Nase in den hübschen Strauß. Tony war erleichtert und beide umarmten sich freundschaftlich zur Begrüßung. Nachdem Conni in ihrer Hundebox im Kofferraum verstaut war, fuhr Tony fröhlich los.

»Wo fahren wir denn nun hin? Sagst du es mir bitte? Ich bin so gespannt«, sie sah ihn neugierig, fast wie ein kleines Kind von der Seite an.

Er grinste: »Hast du schon mal etwas von dem kleinen Städtchen Polis gehört? Es liegt auf der anderen Seite der Insel. Um diese Jahreszeit dürfte es dort noch nicht zu viele Touristen geben.«

Anneke schüttelte den Kopf. Nein, von diesem Ort hatte sie auf ihrer Suche nach netten Ausflugszielen nichts gesehen. Sie fuhren nur einige Kilometer die Hauptstraße am Meer entlang, als Tony auf einmal schwungvoll nach links abbog. Anneke wurde dabei leicht an seine rechte Schulter gedrückt.

»Entschuldige bitte, Tony«, etwas nervös und verlegen setzte sie sich wieder aufrecht in ihren Sitz.

»Och, ich fand das eigentlich ganz angenehm«, grinste Tony sie jetzt von der Seite an, wobei er ihr zärtlich seine rechte Hand auf ihr linkes Knie legte. Ihr Herz klopfte auf einmal so sehr, sie merkte, wie sich ihr Körper anspannte. War es ihr unangenehm oder angenehm? Anneke war zu verwirrt, um einen klaren Gedanken zu fassen. Zu spontan kam diese mehr als freundschaftliche Berührung für sie. Anneke war es einfach nicht gewohnt, dass ein Mann, den sie mehr als nur sympathisch fand, sie zärtlich berührte, auch wenn es nur ihr Knie war. Dennoch ließ sie es geschehen und wusste in diesem Augenblick nicht, ob sie den Ausflug bereute oder nicht. Tony war selbstbewusst genug, seine Hand nicht von ihrem Knie zu nehmen. Glücklicherweise beließ er es aber dabei und versuchte nicht mehr. Schweigend fuhren sie einige Kurven hinein in die felsigen Hügel. Ruckartig nahm Tony auf einmal seine Hand von ihrem Knie und zeigte aus dem Fenster neben ihr.

»Schau mal, Anne, von hier oben hast du einen atemberaubenden Blick über das Meer.«

Sie hatte vor Aufregung ganz vergessen, sich auf die Umgebung zu konzentrieren, durch die sie fuhren und sah fasziniert aus dem Fenster rechts neben sich.

»Tony«, ihr stockte der Atem. »Tony, es ist so unwirklich, es ist so schön hier.«

Der Blick von hier oben über das weite Meer. Anne blickte nach links. Von hier oben konnte man sehr klar die Umrisse der Insel erkennen, jedenfalls einen Teil. Ihr wurde auf einmal bewusst, dass Zypern eine relativ kleine Insel ist. Von Tante Inges Haus aus hatte sie gar nicht das Gefühl, dass sie auf einer Insel wohnte, auch wenn sie unten am Meer stand. Aber von hier oben...

»Tony, unser Ausflug hat sich jetzt schon gelohnt. Allein die Fahrt durch die Berge ist so schön. Es ist so ganz anders hier, als unten an der Küste.«

»Findest du die Fahrt nur wegen des schönen Ausblicks toll, oder ist da noch etwas anderes?«

Anneke verstand nicht gleich, was er meinte und sah deshalb fragend zu ihm hinüber. Als sie jedoch seinen verliebten Blick sah, war ihr klar, dass er auf die kleine Berührung auf ihr Knie anspielte.

Etwas unsicher erwiderte sie: »Tony, entschuldige bitte, aber mir geht das ein bisschen zu schnell. Ich muss dir wahnsinnig prüde und altmodisch vorkommen.« Sie stockte.

»Ist schon gut, meine Liebe, du brauchst mir nichts zu erklären. Ich kann warten.«

Erleichtert und dankbar nickte sie ihm zu und die weitere Fahrt berührte er ihr Knie nicht mehr. Anneke rechnete ihm seine Zurückhaltung hoch an, merkte sie doch, wie schwer es ihm fiel, sie nicht wieder anzufassen.

Sie fuhren noch einige Minuten und drei langgezogene Kurven weiter nach oben. Anneke bemerkte, wie sich die Natur um sie herum immer mehr veränderte. Sie kamen an immer weniger Häusern vorbei und die Landschaft wurde zusehends felsiger und karger. Einmal hatte sie den Eindruck, in der Ferne, etwas verdeckt durch ein paar Sträucher, einige Ziegen oder irgendwelche anderen Tiere mit Hörnern zu sehen. Als sie Toni darauf ansprach, bestätigte er lachend: »Ja, aber nicht nur hier oben, manchmal kannst du auch unten am Meer in den Felsen eine Herde Ziegen sehen. Die Insel ist überwiegend ländlich und ruhig.«

Anneke gefiel die Ruhe, vor allem jetzt, wo noch nicht so viele Touristen unterwegs waren. Einige gab es natürlich immer, was sie sehr gut verstehen konnte. Ihr wurde

Zypern immer vertrauter und irgendwie fühlte sie sich nicht mehr sehr fremd hier. Ob das auch an der netten Gesellschaft neben ihr lag? Verstohlen betrachtete Anneke Toni von der Seite. Er sah wirklich nicht schlecht aus, stellte sie etwas aufgeregt fest. Seine markanten Gesichtszüge, die von der Seite noch ausdrucksvoller wirkten, gefielen ihr extrem gut. Vielleicht war Toni für ihren Geschmack eine Spur zu dünn. Es konnte aber auch an ihrer eigenen Unsicherheit liegen, da Anneke sich eher zwei Spuren zu kräftig fühlte. Als Toni fragend zu ihr herüberblickte, schaute sie schnell wieder nach vorne durch die Windschutzscheibe auf die Straße, um ihre Verlegenheit zu verbergen. Toni sagte nichts, sie spürte aber ein leichtes Grinsen neben sich, was ihr etwas die Röte ins Gesicht steigen ließ.

Langsam fuhren sie nun auf der anderen Seite wieder hinunter. Auch wenn die Umgebung hier oben etwas eintönig wirkte, genoss Anneke die Fahrt durch die Einsamkeit mit Toni in vollen Zügen. Diese Ruhe hier oben, der klare blaue Himmel über ihnen, der Tag fing doch perfekt an. Conni schien hinten im Kofferraum eingeschlafen zu sein. Zum Glück machten ihr Autofahrten wenig aus. Langsam wurde die Umgebung auch wieder grüner und je weiter sie den Berg herunterfuhren, desto mehr Häuser sahen sie. Einige hatten besonders schöne Gärten, mit vielen Olivenbäumen und liebevoll dekorierten Hauseingängen. Zweimal fuhren sie auch durch kleine Dörfer, in denen ihr die Häuser und kleinen Sträßchen vorkamen, wie aus dem Bilderbuch entsprungen.

Eine Insel, zwei Herzen

»So, nun sind wir gleich da, Anne. Ich schlage vor, bevor wir gemütlich etwas essen und trinken, machen wir einen kleinen Spaziergang am Wasser. Das wird auch deinem Hund gefallen, denke ich.«

Wie süß, dass er nicht nur an sie, sondern auch an Conni dachte. Ungewollt zärtlich blickte Anneke ihn an und lächelte dankbar. Er strahlte erfreut zurück. Sie parkten auf einem kleinen Parkplatz, auf dem schon einige Mietautos standen. Die meisten Touristen kamen natürlich im Sommer zum Baden auf die Insel, aber auch um diese Jahreszeit sah man einige Touristen, die zum Wandern oder sogar zum Überwintern hierher flogen. Dass die Mietautos auf Zypern rote Nummernschilder hatten, fand Anneke super praktisch. So konnten die Einheimischen sich darauf einrichten, dass einige Urlauber eventuell Schwierigkeiten mit dem Linksverkehr hatten. Sie konnte sich nur schwer vorstellen, auf der »falschen« Seite zu fahren. Vor allem im Kreisverkehr und in der Stadt musste es eine Herausforderung sein. Sie würde hoffentlich in den verbleibenden Wochen nicht Auto fahren müssen, hoffte sie.

»Die Küste wirkt hier so ganz anders als auf der anderen Seite, viel lieblicher«, stellte Anne begeistert fest.

»So wie du, Liebes«, kam es verliebt von Toni.

Anne schaute leicht verwirrt zu Conni herüber. Das war ihr jetzt doch etwas zu kitschig. Musste das sein? Unwillkürlich war ihre gute Laune etwas verflogen. So sympathisch sie Toni auch fand, hoffte sie doch insgeheim, dass er mit diesen verliebten Anspielungen aufhören würde und beide einfach einen schönen, unbeschwerten Ausflug machen würden, wie zwei gute Freunde. Zu mehr war sie heute noch nicht bereit.

»Sollen wir einen kleinen Spaziergang in diese Richtung machen«, versuchte Anneke ihn abzulenken, indem sie auf eine kleine Treppe hinter dem Parkplatz zeigte.

Gemeinsam mit einigen anderen Touristen gingen beide schweigend den kleinen, wirklich sehr romantischen Weg hinter dem Parkplatz vorbei durch einen lieblichen Garten. Conni lief aufgeregt schwanzwedelnd an der langen roten Leine vor ihnen her. Anneke ließ instinktiv etwas Platz zwischen Toni und sich. Nach der kleinen Anspielung eben hielt sie es vorerst für angebracht, ihm nicht zu viel Hoffnung zu machen. Sie musste ihre Gedanken sortieren. Wollte sie Toni nur als guten Freund haben oder war sie an einer echten Beziehung mit ihm interessiert? Sie war sich nicht klar, was sie wollte, und im Moment hatte sie auch keine Lust, weiter darüber nachzudenken. Einerseits fühlte sie sich sehr zu Toni hingezogen und dachte oft an ihn, wenn sie alleine war. Andererseits schreckte es sie ein wenig ab, wenn sie sich vorstellte, eine feste Beziehung mit Toni einzugehen. Sie lebte schon so lange alleine und dass Toni am liebsten schon heute mehr wollte, als nur Händchen haltend mit ihr am Meer spazieren zu gehen, war offensichtlich. Sie selbst war ja noch nicht mal bereit, mit ihm Hand in Hand zu gehen, was war nur los mit ihr?

»So schweigsam kenne ich dich gar nicht«, er schaute sie besorgt von der Seite an.

»Entschuldige bitte, Toni, du musst mich schrecklich langweilig finden. Ich weiß ja selbst nicht, was mit mir los ist.« Hilflos zuckte sie mit den Achseln. Dass er nun freundschaftlich seine große, schwere Hand auf ihren Arm legte, störte sie keineswegs.

»Anneke, fühl dich bitte von mir nicht unter Druck gesetzt, ich weiß, dass ich etwas ungeschickt bin, wenn es um Frauen geht. Aber ich will dich natürlich zu nichts überreden, was du nicht auch möchtest.«

Dankbar nickte Anne und dachte zugleich, dass er also schon öfter verliebt gewesen war. Eifersüchtig war sie aber nicht, hoffte sie zumindest. Die leicht angespannte Stimmung löste sich und sie unterhielten sich nun über belanglose Dinge. Einige kleine und größere Felsen, die sich fast wie klitzekleine Inseln erhoben, ragten aus dem türkisblauen Meer empor. In der Ferne sah Anneke drei kleine Segelboote. Es war fast unwirklich, so schön wirkte der Blick auf das endlos erscheinende Meer. Sie gingen einen schmalen Weg entlang, links die felsigen, spärlich bewachsenen Hügel mit den unterschiedlichsten Pflanzen und rechts unter ihnen erstreckte sich weit das märchenhaft schöne Meer.

»Ich weiß nicht, wie viele Fotos ich schon gemacht habe«, lachte Anneke zu ihm hinüber. »Aber ohne diese Beweise glaubt mir zu Hause ja keiner, wie schön es hier ist.«

Tony blinzelte stolz zu ihr hinüber, fast so, als wäre es seine Insel und sein Verdienst, dass alles so schön ist. »Ich zeige dir gleich noch ein süßes kleines Städtchen. Wenn du möchtest, können wir dort etwas essen, okay?« Hoffnungsvoll blickte er sie an.

»Ja, klar, ich habe Zeit und vor allem einen riesigen Hunger«, kam es fröhlich von ihr zurück. Glücklich strahlte Tony sie an, wagte aber nicht mehr, seine Hand auf ihre Schulter zu legen. Anneke bemerkte es und war ganz froh darüber.

Keine Viertelstunde später parkte Tony, dieses Mal auf einem kleineren Parkplatz. Er hielt neben einem riesigen Orangenbaum, der rechts auf dem Parkplatz stand. Anneke kam aus dem Staunen nicht mehr heraus. Obwohl es schon etwas zu spät für Orangen war, hingen doch noch einige dieser leuchtenden Früchte verteilt an den mit dunkelgrünen Blättern übersäten Ästen. Vor allem aber lagen zu Annekes Bedauern zahlreiche Orangen, teilweise halb verschimmelt, unter und neben dem Baum.

»Wer wohl all diese wunderschönen Orangen essen wird, zumindest die, die noch am Baum hängen? Ich dachte, die Zitronen- und Orangenzeit sei vorbei, aber dieser Baum hängt ja noch ziemlich voll.«

»Ja, an einigen Bäumen hängen um diese Jahreszeit noch Orangen. Zitronen kannst du fast das ganze Jahr sehen, zumindest vereinzelt hängen sie noch gelb an den Ästen. Aber ich muss zugeben, dass dieser Baum für diese Jahreszeit wirklich ungewöhnlich viele Früchte trägt«, staunte nun sogar Tony.

Gut gelaunt überquerten sie die kleine Straße und bogen in eine der netten, engen Gassen mit verschiedenen, etwas touristisch aussehenden Geschäften ein. Die Sonne schien warm vom fast wolkenlosen Himmel. Vor einer der drei Boutiquen, die nebeneinander aufgereiht waren, wehten fröhlich einige bunte Sommerkleider.

»So, das ist Polis«, erklärte Tony. »Ein beliebtes Städtchen, nicht nur bei den Einheimischen, wie du gleich sehen wirst.«

Hinter der nächsten Kurve wusste Anneke, was Tony meinte. Vor ihnen war eine Taverne neben der anderen. Draußen standen viele Tische und das fröhliche Lachen und Plaudern gefiel Anneke auf Anhieb. Die Eingangstüren waren mit wunderschönen Blumen oder den verschiedensten Kakteen, die in großen Terrakottatöpfen standen, dekoriert. Einige Kakteen hatten große Blüten, was Anneke besonders gut gefiel und das südliche Flair in diesem Ort noch verstärkte.

»Ist das schön hier, Tony. Irgendwie wie im Film und alles so sauber und ordentlich.«

Auf den Wegen am Meer, auf denen Anneke mit Conni spazieren ging, hatte sie leider schon viel Müll gesehen, den sie manchmal einfach mitnahm und in einer der großen grünen, am Straßenrand stehenden Mülltonnen entsorgte. Aber dieser Ort hier wirkte sehr gepflegt und wie schön die Sonne sie wärmte. In Norddeutschland wäre es bei diesen Temperaturen schon wie ein schöner früher Sommertag. Einfach herrlich hier. Es war nun fast zwölf Uhr und sie setzten sich in eines der kleinen Lokale auf der rechten Seite, gleich hinter einem älteren Hotel oder eher einer

Pension, die aber noch geschlossen war. Glücklicherweise wurde gerade ein Platz im Halbschatten frei. Nicht jeder der Tische hatte über sich einen der großen Sonnenschirme und für Anneke war es in der Sonne schon fast zu warm, so kam ihnen der Tisch fast direkt neben dem Eingang gerade recht.

Anneke beobachtete neugierig die fröhlichen Gesichter und hörte gespannt dem lauten Geplapper auf Englisch oder Griechisch um sie herum zu. Wenn ich so richtig auf dieser Insel leben würde, hätte ich Lust etwas Griechisch zu lernen, aber für diese paar Wochen, die ich noch hier bin, lohnt es sich wirklich nicht, dachte sie nun etwas wehmütig.

Tony bemerkte ihre leichten Stirnfalten nicht und fragte sie unbekümmert: »Ich schlage vor, dass wir etwas typisch Zypriotisches essen, was meinst du?«

»Oh ja, das hört sich gut an, such du bitte etwas Leckeres aus, ich lass mich gerne von dir überraschen.«

Sie war froh, dass er sie unbeabsichtigt aus ihren trüben Gedanken gerissen hatte. Noch hatte sie einige Wochen Urlaub vor sich und die wollte sie auch in vollen Zügen genießen, bevor sie ihre Stunden wieder im grauen Büro verbringen würde. Dass es bei ihrer Rückkehr auch an der Nordsee fast Sommer sein würde, hatte sie vergessen.

»Wirklich? Du lässt dich gerne von mir überraschen«, zwinkerte er ihr schelmisch zu.

Anneke ging auf seine Anspielungen nicht ein. Sie wollte einfach nur den schönen Tag und das leckere Essen mit

Tony genießen. Mehr nicht. Noch nicht? War sie egoistisch? Tony schien sich so viel von ihrem gemeinsamen Ausflug erhofft zu haben. Irgendwann würde sie sich entscheiden müssen, ob sie nur eine Freundschaft oder noch mehr wollte. Ihr war klar, dass Tony so schnell nicht locker lassen würde. Aber selbst wenn sie sich auf eine Beziehung mit Tony einlassen würde, konnte es nur mit Tränen enden. Entweder, beide waren am Ende ihres Urlaubs noch immer ineinander verliebt, dann würde es ihr noch schwerer fallen, diese Insel zu verlassen. Oder aber, ihr würde bewusst werden, dass sie doch nicht so sehr in Tony verliebt war, und dann hätte sie ein schlechtes Gewissen und das Gefühl, ihn nur ausgenutzt zu haben. Anneke seufzte, sie hatte nie vorgehabt, sich auf dieser Insel in einen Mann zu verlieben und schnelle Abenteuer waren nun mal nicht ihr Ding. Aber Tony enttäuschen wollte sie auch nicht. Dass Tony vielleicht nicht mehr als ein flüchtiges Abenteuer suchte, kam ihr nicht in den Sinn.

»So schweigsam, Liebes«, klang es auch prompt neben ihr. So langsam nervte er sie mit den für ihren Geschmack zu vertrauten Anspielungen. Glücklicherweise kam gerade die Kellnerin auf sie zu. Die zwei gut gefüllten Teller mit verschiedenem Gemüse und einigen sehr appetitlich aussehenden Fleischstücken, die sie kurz darauf auf ihren Tisch stellte, sahen so gut aus, so dass Anneke schnell wieder auf andere Gedanken kam und jetzt nur noch das leckere Essen genießen wollte. Tony blickte amüsiert zu ihr hinüber, als sie sich ungeniert ein etwas zu großes Stück Fleisch in den

Mund schob. Er freute sich, dass es ihr hier so sehr gefiel und dass sie so großen Appetit hatte.

Die gute Stimmung war wiederhergestellt und Tony unterhielt sie mit einigen lustigen Geschichten aus den vergangenen Jahren, die er mit Tante Inge und Kostas erlebt hatte. Einmal dachte Anneke, dass es doch sehr schade sei, dass ihre Eltern Tante Inge nicht auf Zypern besucht hatten. Sie war bestimmt eine wunderbare Frau gewesen, fast war Anneke nun ein bisschen neidisch auf Tony, sie hätte Tante Inge auch sehr gerne gekannt. Hatte sie es doch letztlich dieser ihr unbekannten Tante zu verdanken, dass sie hier drei wunderschöne Monate verbringen durfte.

Das gute Essen und das fast randvoll gefüllte Gläschen trockener Rotwein waren wohl nicht ganz unschuldig daran, dass Anneke auf einmal Tonys Hand nahm und händchenhaltend mit ihm zurück durch die gemütlichen Gassen schlenderte.

Nun war es an Tony, etwas verlegen zu sein. Kannte er seine neue Bekanntschaft doch viel zurückhaltender, wenn es um körperliche Berührungen ging. Anneke plauderte fröhlich, wie gut er es doch habe, auf dieser wunderbaren Insel wohnen zu dürfen und wie sie ihn um das schöne Wetter und alles hier beneide. Begeistert hörte er ihr zu und freute sich sehr, dass sie endlich lockerer wurde.

Als beide wieder auf dem kleinen Parkplatz vor dem Orangenbaum standen, zog er sie auf einmal zärtlich in seine Arme und hauchte ihr sanft einen Kuss auf ihre hellrot geschminkten Lippen.

»Anne, Liebes, bleib hier, du kannst bei mir wohnen.«

Weiter kam er nicht. Ruckartig riss Anne sich von ihm los und war schlagartig wieder nüchtern. Was war nur in sie gefahren, Tony solche Hoffnungen zu machen? Reichte schon ein kleines Glas Rotwein, dass sie sich so gehen ließ? Ihr war auf einmal zum Heulen zumute.

»Tony**,** entschuldige bitte, aber ich weiß nicht, was ich will. Du musst mich schrecklich finden**«****.** Sie sah ihn flehend an. »Bitte bring mich nach Hause«, flüsterte sie, während ihr nun wirklich einige Tränen aus den großen blauen Augen kullerten. Tony nickte etwas verwirrt und entfernte sich instinktiv einen halben Meter von ihr.

Schweigend fuhren beide keine drei Minuten später wieder auf die andere Seite der Insel Richtung Pegeia, um kurz danach rechts abzubiegen und dann ein Stück weiter, das Meer zu ihrer Linken, zurück zu Tante Inges Haus zu fahren. Anneke murmelte verlegen eine Entschuldigung zum Abschied und verschwand dann schnell und ohne eine Antwort abzuwarten, in Tränen aufgelöst im Haus.

»Petra, ich bin's, Anne. Kann ich ein paar Tage zu dir nach Frankfurt kommen? Ich will hier weg. Ich werde morgen einen Flug buchen.«

Es dauerte lange, bis Petra überhaupt verstand, was eigentlich los war. Anneke war immer noch so aufgelöst und musste mehrmals wiederholen, was in Polis auf dem Parkplatz passiert war. Es dauerte dann nochmal eine gute Stunde und ebenso eine gute Tafel Schokolade, bis Petra ihr einigermaßen klar gemacht hatte, dass der kleine Vorfall, wie sie ihn nannte, nun wirklich kein Grund war, den Traumurlaub, der für Anne im Moment eher ein Albtraum war, frühzeitig abzubrechen.

»Anne, meine liebste und beste Freundin, werd jetzt endlich mal erwachsen und renn nicht wieder weg. Entschuldige dich bei diesem Tony, wenn du meinst, dass du etwas falsch gemacht hast, und werde dir endlich klar darüber, was du für diesen Typ empfindest. Aber er könnte sich ja genauso bei dir entschuldigen, wenn du findest, dass er dir auf dem Parkplatz zu nahe gekommen ist. Also, meiner Meinung nach seid ihr irgendwie quitt«, lachte Petra jetzt in den Hörer.

Das war wieder typisch, für Petra war Annekes Fehltritt keine große Sache. Vielleicht hatte ihre Frankfurter Freundin ja recht. Außerdem wollte sie ja auch gar nicht wieder nach Hause, jedenfalls jetzt noch nicht.

»Okay, ich bleibe, aber Tony werde ich erst mal aus dem Weg gehen!«

»Mach, was du willst«, seufzte Petra, fügte dann aber noch lachend hinzu, »es gibt ja auch noch den Olivenbauern. Vielleicht solltest du mit ihm auch mal einen Ausflug machen und ein Gläschen Wein trinken, wäre bestimmt ganz interessant.«

»Ganz bestimmt nicht«, grinste Anneke jetzt wieder einigermaßen fröhlich zurück.

Die nächsten Tage verbrachten Anne und Conni viel am Meer. Anneke entdeckte immer neue Wege und hatte auf einem ihrer ausgedehnten Spaziergänge ein sehr sympathisches älteres Ehepaar aus Deutschland kennengelernt, das hier seit mehreren Jahren überwinterte. Am Mittwoch hatte es heftig geregnet und mehrere Stunden gewittert. Tony hatte ihr schon damals auf der Fahrt vom Flughafen zu Tante Inges Haus von den heftigen Gewittern berichtet, die normalerweise zwischen Dezember und März tobten. Jetzt war es April und bis auf diesen einen Tag Regen schien jeden Tag hell die Sonne vom meist wolkenlosen Himmel herab. Die Temperaturen erreichten teilweise schon um die 20 Grad, fast wie ein norddeutscher Sommer, freute sich Anneke. Bei dem Gedanken an Tony bekam sie kurz ein schlechtes Gewissen. Sie hatte ihn immer noch nicht angerufen, ihr gemeinsamer Ausflug war fast eine Woche her. Auch Tony hatte sich nicht wieder bei ihr gemeldet. Ach was, schob sie schnell die aufkommenden trüben Gedanken beiseite und ging langsam, Conni an der roten langen Leine, zurück zu Tante Inges Haus.

»Morgen ist Sonntag, vielleicht sollte ich da mal mit dem Bus nach Paphos fahren und mir die Königsgräber und den Hafen ansehen und ein bisschen am Wasser spazieren gehen. Bestimmt gibt es dort auch nette Cafés. Mal sehen, wie am Sonntag so die Busse fahren«, murmelte sie in

Gedanken versunken, etwas mehr als halblaut vor sich hin. Zum Glück waren außer ihr keine anderen Spaziergänger zu sehen. Anneke hatte die Angewohnheit, Selbstgespräche zu führen oder mit ihrem Hund zu reden, während sie spazieren ging oder mit der Hausarbeit beschäftigt war. Das lag wohl am vielen Alleinsein hier. »Sie können morgen Vormittag mit mir nach Paphos fahren, wenn Sie nicht zu lange schlafen.« Anneke zuckte erschreckt zusammen und drehte sich ruckartig um. »Huch, Sie?« Ihr Mund war halb geöffnet vor Schreck. »So schlimm bin ich nun auch wieder nicht.« Jan grinste wie ein kleiner Schuljunge.

So ein Mist, sie wurde wieder rot, knallrot. Wie peinlich war das denn jetzt? Warum hatte sie nicht gemerkt, dass sie doch nicht allein war. »Schleichen Sie sich immer von hinten an fremde Frauen heran?« Anneke versuchte, ihre Unsicherheit zu überspielen.

Er erwiderte nur unbeeindruckt: »Klar, ist mein Hobby. Vor allem schleiche ich mich an schöne Touristinnen heran, lade sie in mein Haus ein, wo sie keiner mehr findet. Also Vorsicht, ich bin ziemlich gefährlich.« Seine Miene war gespielt ernst.

Nun konnte sie sich ein Lächeln nicht verkneifen und sagte deshalb etwas ironisch: »Ich hätte nicht gedacht, dass Sie Humor haben und dann noch so viel.«

»Humor? Was ist das? Es war alles ernst gemeint. Na, jetzt trauen Sie sich bestimmt nicht mehr, mit mir morgen nach Paphos zu fahren, oder?«

Dieser Kerl! So eine dreiste Anmache hatte sie noch nie

erlebt. Gut, so oft wurde sie in ihrem Leben auch noch nicht von Männern angemacht, zumindest nicht von Typen, die ihr gefielen. Halt, gefiel ihr dieser Olivenheini etwa doch? Laut sagte sie, noch immer etwas rosa vor Verlegenheit, aber gleichzeitig mit bemüht kecker Stimme: »Okay, aber was wollen Sie so früh am Sonntagmorgen in Paphos? Mich zum Frühstück einladen?«, fügte sie noch mutig hinzu.

»Sie können ja richtig witzig sein. Ich lade Sie auch gerne zum Frühstück ein, wenn Ihnen die kostenlose Mitfahrgelegenheit nicht reicht und Sie so gerne Zeit mit mir verbringen wollen.«

Autsch, er war einfach zu schlagfertig für sie. Wie peinlich, wo war das nächste Mauseloch, in dem sie sich schnell verstecken konnte? Kein Mauseloch in Sicht, war ja klar. Aber die gute Conni half ihr unerwartet aus der scheinbar ausweglosen Situation. Sie zog, ganz gegen ihre Gewohnheit, auf einmal bellend an der Leine. Die graue große Katze war doch etwas zu nah an ihr vorbeigelaufen oder war es vielleicht ein Kater? Anneke konnte wieder einigermaßen klar denken und entschuldigte sich kleinlaut: »Entschuldigen Sie bitte, ich glaube, ich wollte witzig sein. Ist mir wohl nicht gelungen.«

»Ist schon gut, mein Humor ist auch nicht immer gerade taktvoll. Und ich lade Sie gerne zum Frühstück ein, ich kenne ein sehr nettes kleines Café in Hafennähe. Nach dem klassischen Konzert gehen wir gemeinsam frühstücken, okay?«

Wie bitte? Hatte sie sich verhört? Hatte er gerade etwas

von einem Konzert gesagt? Nicht mal im Traum hätte Anneke gedacht, dass dieser etwas verwegen aussehende Typ in klassische Konzerte ging. Wirkte er doch eher wie ein einsamer Wolf, der vielleicht, außer damals mit Kostas, wenig Kontakt zu Menschen suchte. Wie man sich täuschen kann.

Sie guckte ihn verwundert an und bevor Anneke antworten konnte, sagte er schon:

»Sie können gerne mitkommen, es ist nur ein kleines Konzert, aber es wird bestimmt gut. Oder falls klassische Musik nicht so Ihr Ding ist, gehen Sie eine Stunde spazieren und wir treffen uns danach vor dem Konzertsaal, wie Sie wollen.«

Jan wirkte jetzt eher etwas ernster und auf einmal gar nicht mehr wie ein Schuljunge. Er konnte also auch richtig nett und normal sein, dieser Wechsel gefiel ihr. Scheint doch ein ganz sympathischer Typ zu sein, nicht so langweilig wie Thomas damals. Obwohl, sie kannte ihren Nachbarn kaum und tat Thomas, der bestimmt ein sehr guter Mensch ist, mit ihrem Vergleich unrecht. Vergleiche sind eigentlich immer ungerecht und blöd.

»Ich hätte irgendwie nicht gedacht, dass Sie in klassische Konzerte gehen«, gestand sie ihm dann auch spontan.

Er lachte, ein herzhaftes, lautes Lachen, das seine schönen weißen Zähne zeigte und viele kleine lustige Lachfältchen um seine Augen herum erscheinen ließ. Warum waren ihr seine fröhlichen Augen nicht schon vorher aufgefallen, wunderte sie sich. Ein fröhlicher Mann mit Humor, dass es so etwas noch gab? Bin schon gespannt auf seine negativen Seiten, dachte sie sofort etwas pessimistisch. Anne, reiß dich zusammen.

»Und warum nicht, wenn ich fragen darf«, hörte sie seine tiefe, fröhliche Stimme.

»Ich, äh, ich weiß nicht, Sie sehen nicht so aus, wie jemand, der sich Bach und Chopin anhört«, stammelte sie unsicher. Sie kam sich sofort albern und ziemlich dämlich vor, was für Vorurteile sie doch hatte. Jemanden so nach seinem Aussehen zu beurteilen. Typisch ich, dachte sie beschämt.

Zum Glück nahm er es ihr kein bisschen übel und sagte genauso fröhlich wie zuvor: »Wir treffen uns also morgen Früh um halb zehn hier vor dem Olivenhain, in Ordnung? Wenn Sie mit ins Konzert gehen möchten, müssten Sie allerdings Ihren Hund zu Hause oder währenddessen im Auto lassen. Noch ist es nicht zu warm und ich kenne einen guten Platz im Schatten, wo ich parken kann.«

»Ich komme gerne mit nach Paphos, ob ich mit ins Konzert komme, kann ich mir ja noch überlegen.« Sie wollte sich nicht festlegen.

»Klar, ganz wie Sie wollen. Wir sind hier in der Gegend übrigens sehr schnell mit dem Du, liegt vielleicht auch daran, dass hier viele Engländer wohnen.« Zum ersten Mal wirkte er nun etwas verlegen.

»Klar, ich bin Anneke, aber das weißt du ja, dann bis morgen. Ich freue mich«, rutschte es ihr noch leise heraus.

»Ich mich auch«, erwiderte Jan zu ihrer Überraschung.

»Na sowas«, Petra kam aus dem Staunen nicht heraus. Anneke hatte, kaum zu Hause angekommen, natürlich sofort ihre beste Freundin angerufen und ihr immer noch aufgeregt von ihrer Begegnung mit Jan und der morgigen Fahrt nach Paphos erzählt. »Mensch Anne, ich erkenne dich ja kaum wieder, der scheint dir also doch ganz gut zu gefallen, dieser Jan, oder? Und was ist mit Tony? Ich erinnere mich, dass du den eigentlich auch ziemlich gut fandest, oder hast du seit eurem Ausflug deine Meinung geändert? Meine Anne, kaum lässt man dich mal allein, verliebst du dich in die ersten beiden Typen, die du kennenlernst, gibt's denn sowas?« In Petras Stimme war außer einer Spur Ironie auch volle Bewunderung. So kannte sie ihre Anne, ihre schüchterne, gutmütige und etwas langweilige Anne gar nicht.

»Nur kein Neid, Petra. Und ich bin weder in Tony noch in Jan verliebt, keine Angst. Und bevor irgendein blöder Spruch von dir kommt, ja, in acht Wochen bin ich wieder in Deutschland, in meinem Haus, im Büro und du kommst wieder an den Wochenenden zu mir. Es hat sich nichts geändert, ich bin nur mal eben für ein paar Wochen raus aus meinem alten Leben.« Anneke wollte Petra zuvorkommen und ihrer temperamentvollen Freundin den Wind aus den Segeln nehmen.

Dennoch konnte sich ihre engste Vertraute ein »wer's glaubt« nicht verkneifen. »Petra!«

»Ja, ja, schon gut meine Liebe. Aber mal im Ernst Anne, was wäre denn so schlimm daran, wenn du dich in einen der beiden verlieben würdest? Müssen ja nicht gleich beide sein«, grinste sie. »Und komm mir jetzt bitte nicht mit 'Zypern ist doch so weit weg von Deutschland und wie soll das dann klappen'.«

»Aber Petra, wenn ich mit einem der beiden zusammenkommen würde, dann wären doch die Probleme und somit die Tränen vorprogrammiert. Ich will mich nicht mehr unglücklich verlieben, das müsstest du mit deiner Erfahrung doch am besten verstehen.« Sie bereute sofort, dass sie das Tabuthema angesprochen hatte und entschuldigte sich deshalb sofort. »Tut mir ehrlich leid Petra, ich wollte dich nicht verletzen.«

»Schon gut. Im Grunde hast du ja recht. Ich komme mit guten Ratschlägen und schaffe es selbst nach so vielen Jahren nicht, die alte Geschichte zu den Akten zu legen.«

Anneke war erstaunt und hielt es für ein gutes Zeichen, dass Petra das Thema anschnitt und erwiderte deshalb leise und sehr vorsichtig: »Vielleicht solltest du deinem Ex-Verlobten verzeihen, dann können auch deine Wunden verheilen.«

Keiner der beiden nannte Petras Ex beim Namen. »Nun klingst du aber sehr psychologisch.« Petra zögerte und fügte dann hinzu: »Aber ich weiß, dass du recht hast, Anne. Verzeihen ist wichtig, aber nicht so leicht. Ich arbeite dran, versprochen.« Und um die leicht gedrückte Stimmung aufzuheitern, sagte Petra dann etwas gewollt fröhlich: »Pass auf, sonst komme ich nach Zypern und schnappe mir einen der Beiden.«

»Na, wenn du den nimmst, den ich nicht will, ist ja alles okay«, kam es prompt von Anneke zurück. Nun mussten beide lachen. Herrlich, so vertraut mit der besten Freundin quatschen zu können und nur gut, dass weder Tony noch Jan etwas von diesem Frauengespräch wussten.

»Hoffen wir nur, dass sich derjenige, den du toll findest, dann auch in dich verliebt und nicht der andere.«

»Petra, ich verliebe mich in keinen der Beiden, das war ein Scherz.«

»Versprochen Anne?« Warum zögerte Anneke jetzt mit der Antwort?

»Anne, versprich nichts, was du nicht halten kannst.«

Noch leicht beschwingt vom lustigen Telefongespräch mit Petra und bestimmt auch wegen des leckeren Glases zyprischen Rotweins, kuschelte sich Anneke zehn Minuten später gähnend in die frische hellgrüne Bettdecke. Bevor sie das Licht ausmachte, stellte sie überflüssigerweise den Wecker. Conni weckte sie normalerweise immer früh, aber Anneke wollte ganz sicher sein, dass sie auf keinen Fall zu spät zu ihrer Verabredung am Olivenhain kam. Außerdem müsste sie vorher ja noch ihren Morgenspaziergang mit Conni machen. Sie würde ihren Hund wohl doch zu Hause lassen und dann spontan während der Fahrt entscheiden, ob sie mit ins Konzert käme. Irgendwie war sie schon neugierig darauf, herauszufinden, was für klassische Musik Jan so mochte. Aber der große Klassikfan war sie nicht und ihr letztes Konzert lag schon Ewigkeiten zurück.

Jan schien regelmäßig in Konzerte zu gehen. Und wenn er

eine Freundin hätte, würde sie ja bestimmt mit ihm mitkommen oder zumindest hätte er Anne nicht eingeladen, mit ihm gemeinsam ins Konzert zu gehen. Was sie sich wieder für Gedanken machte. Es dauerte noch etwas, aber dann schlief Anneke endlich ein.

10

Natürlich wachte sie am kommenden Morgen lange vor dem ersten Klingeln auf. Viel zu früh war sie von ihrem Spaziergang mit Conni wieder zurück. Es war erst fünf nach acht. Gleich beim Aufwachen hatte Anneke ein leichtes Kribbeln in der Magengegend gespürt, das sich mit jedem Blick auf ihre weiße Armbanduhr, die sie sich damals in Florenz gegönnt hatte, verstärkte. Ich bin nervös, gestand sie sich auf dem kurzen Weg zum Olivenhain ein. Das gibt es doch nicht, ich will nichts von diesem Typen, dann schon eher von Tony. Nein, auch nicht von Tony. Was war nur los mit ihr? Vielleicht lebte sie einfach schon zu lange alleine und die Sehnsucht nach Zweisamkeit hatte keinen Platz für einen klaren Gedanken. Anne, reiß dich jetzt endlich zusammen. Du machst dir einen netten Vormittag mit deinem nicht komplett unsympathischen Nachbarn, lernst ein bisschen Paphos kennen und nichts weiter. Man kann doch mal einfach so mit seinem Nachbarn frühstücken gehen und warum nicht auch mal wieder in ein Konzert? Wenn sie das später Petra erzählen würde!

Anneke hatte sich beim Zähneputzen spontan entschlossen, mit ihrer neuen Bekanntschaft gemeinsam ins Klavierkonzert zu gehen und sich nicht alleine eine Stunde in der ihr noch unbekannten Stadt die Zeit zu vertreiben. Sie war echt gespannt auf die vor ihr liegenden Stunden.

»Hallo Frau Nachbarin, alles okay?« Nun verschlug es ihr echt die Sprache, was nicht so oft vorkam. War das wirklich derselbe Typ, der gestern noch in ausgetretenen alten, staubigen Schuhen, kurzer, leicht zerschlissener Hose und ausgeleiertem T-Shirt vor ihr stand?

»Mach den Mund zu Anneke. Auch ein einfacher Olivenbauer kann sich am Sonntagmorgen mal etwas anders anziehen, als während der Woche. Wo ich doch heute so eine nette Begleitung habe«, fügte er verschmitzt hinzu.

So langsam bekam sie den Eindruck, dass er Gefallen daran gefunden hatte, sie in Verlegenheit und zum Erröten zu bringen. Jan schien ihre Gedanken erraten zu haben und beruhigend sagte er: »Ich trage im Konzert immer einen Anzug, manchmal sogar einen Frack.«

»Sie, äh, du siehst schick aus. Ich habe nicht damit gerechnet. Soll ich lieber auch etwas anderes anziehen?« Plötzlich fühlte sie sich nicht gut genug angezogen neben ihrem Nachbarn. Dabei hatte Anneke zuerst ihr dunkelrotes Kleid, welches sie für etwas bessere Anlässe, man weiß ja nie, extra noch einige Tage vor ihrer Abreise gekauft hatte, anziehen wollen. Aber sie wäre sich mit dem roten

Outfit neben ihrem Nachbarn, wie sie ihn von gestern noch in Erinnerung hatte, viel zu gestylt vorgekommen. Mist. Jetzt hatte sie nur eine weiße Hose, Pumps und ein rot gestreiftes Oberteil an, was auch nicht schlecht aussah.

»Du siehst hinreißend aus.« So langsam ging ihr seine ironische Art auf die Nerven. »Kannst du bitte auch mal ernst sein?«

»Ganz im Ernst, mir gefällst du so, wie du bist, und die weiße Hose steht dir wirklich gut. Ehrlich. Außerdem ist es am Wichtigsten, dass du dich in deinen Klamotten wohlfühlst.«

Na, ging doch, er klang jetzt richtig nett. »Ja, alles klar, wir können losfahren.«

Die dreißig Minuten Fahrt nach Paphos, immer geradeaus, rechts von ihnen das türkisblaue Meer, waren sehr kurzweilig. Jan erzählte ihr von ein paar lustigen Abenden, die er mit Tante Inge, Kostas und einigen Nachbarn auf der Terrasse vor seinem Haus verbracht hatte, und sie plauderte ein bisschen aus ihrem Leben und warum ihre Mutter das Haus von Tante Inge und Kostas geerbt hatte. Zu gerne hätte Anneke erfahren, warum er nicht mehr in Deutschland lebte, aber da Jan kein Wort darüber verlor, war sie taktvoll genug und fragte ihn nicht.

»Wow, das ist echt ein Konzerthaus? Sieht eher aus wie eine große Höhle oder so. Und was sind das für Ausgrabungen daneben?« Sie waren fast vor der Eingangstür. Jan hatte sich sichtlich gefreut, als Anneke ihm mitteilte, dass sie ihn ins Konzert begleiten würde.

»Super, und wenn es dir nicht gefällt, kannst du jederzeit wieder rausgehen und draußen auf mich warten.«

»Na, so schlimm wird es wohl nicht werden, oder? Schließlich höre ich mir nicht zum ersten Mal klassische Musik an«, verteidigte sie sich. Und dieser Mosaikboden.

»Ah, Jan, heute in Begleitung?«

»Jim, guten Morgen. Darf ich dir meine Nachbarin vorstellen?«

Herzlich schüttelte der Mann ihre Hand. Wie nett, dass jemand vor der Tür stand und die Konzertbesucher persönlich begrüßte. Jan und dieser Jim schienen sich sehr gut zu kennen. Anneke war er auch sofort sympathisch. So fröhlich und unkompliziert waren die Konzertveranstalter in ihrer Heimatstadt nicht. Die bekam man im Zweifelsfall gar nicht erst zu sehen. Sie gingen hinein. Neugierig schaute sich Anneke die alten, leicht brüchigen Steinwände an. Jan hatte ihr erzählt, dass das Konzerthaus Teil eines archäologischen Parks mit Ausgrabungen aus der Zeit der Antike sei. Wofür die alten Griechen das Gebäude damals genutzt hatten, wusste Jan nicht.

»Anneke, du kannst dich gleich hier vorne in die erste Reihe setzen, okay? Es dauert noch zehn Minuten, bis das Konzert beginnt, und normalerweise ist es immer ziemlich voll, also sicher dir den Platz.«

Etwas aufgeregt setzte sich Anneke, während Jan, ohne ein weiteres Wort zu sagen, im Nebenraum verschwand. Langsam füllte sich der kleine alte Raum. Einige Besucher saßen schweigend auf ihren Plätzen, andere tuschelten miteinander. Jan aber war verschwunden. Wo blieb der Kerl nur? Der Platz neben ihr war immer noch frei und so setzte sich eine ältere Frau darauf.

»Entschuldigen Sie bitte, aber hier sitzt eigent...«

Auf der kleinen Bühne hatte ein Mann vor dem schwarzen, auf Hochglanz polierten Konzertflügel Platz genommen. Nein, nicht irgendein Mann, wie sie wütend feststellte. Ihr Nachbar war der Pianist. Na super, und warum hatte er ihr das nicht gesagt? Der Typ wollte sich wohl interessant machen, aber nicht mit ihr. Dem werde ich was erzählen, mich hier einfach so abzusetzen. Sie riss sich zusammen, schließlich war sie hier nicht alleine. Da sollte sie ihren wütenden Gedanken lieber nicht allzu viel Aufmerksamkeit geben.

Und dann begann er zu spielen. Aber wie? Der konnte ja wirklich Klavier spielen. Ihr Olivenbauer war also auch ein guter Musiker. Und was für einer! Jan wirkte sehr konzentriert. Obwohl sie immer noch ziemlich wütend auf ihn war, konnte Anneke nicht anders als immer wieder verstohlen zu ihm hinüberzuschielen. Er würde es sowieso nicht merken, so konzentriert, wie er abwechselnd auf die vor ihm liegenden Noten und auf die Tasten schaute. Von wegen, plötzlich und für sie völlig unerwartet schaute Jan in ihre Richtung und zwinkerte ihr mit einem kleinen, etwas schiefen Grinsen vertraulich zu. Ob sie wollte oder nicht, ihre Wut war auf einmal wie weggeblasen und Anneke beruhigte sich. War ja auch besser so. Sie versuchte sich auf das Konzert zu konzentrieren. Er spielte wunderbar. Sie ertappte sich auf einmal, dass sie mit halb geschlossenen Augen in die schönen Klänge versank. Warum ging sie zu Hause nie ins Konzert? Sie beschloss spontan, einiges in ihrem Leben zu ändern, sobald sie wieder in ihrer Heimat war. Regelmäßige Konzertbesuche sollten auf jeden Fall dazu gehören, wenn auch leider ohne ihren netten Nachbarn, den Klavier spielenden Olivenbauern.

»Und, bist du mir noch böse?«, fragte er sie auf dem Weg zum Hafen. Woher wusste er, dass sie so wütend auf ihn gewesen war? Sie blickte ihn leicht irritiert an. Er verstand: »Du bist kein so guter Schauspieler, glaube ich. Was ich aber sehr gut finde«, fügte er schnell hinzu. »Ich habe förmlich gespürt, wie sauer du auf mich warst. Sorry, ich glaube, ich wollte mich irgendwie spannend machen. War wohl blöd von mir, dich alleine zu lassen und dir nicht vorher zu sagen, dass ich nicht neben dir sitzen würde, was?«

Sie konnte nicht anders und sagte lachend: »Nein, nein, alles in Ordnung. Du spielst wirklich super und beeindruckt hast du mich auch. Ich wusste aber gar nicht, dass du vorhattest, mich zu beeindrucken.« Mutig schaute sie ihm dabei in seine blaugrauen Augen. Das erste Mal, seit sie sich begegnet waren, hatte Anneke den Eindruck, dass er es nun war, der leicht errötete. Oder bildete sie sich das nur ein? Auf jeden Fall hatte er schnell seine Selbstsicherheit wieder gefunden und sie sprachen nun über banale, alltägliche Dinge. Nachdem beide fast zwei Stunden im Café gesessen hatten, wurde Anneke etwas unruhig, da ihre kleine Conni nun schon ziemlich lang alleine war.

»Ist es dein Hund eigentlich gewohnt, so lange allein zu bleiben?«, fragte sie ihn deshalb.

Er zog leicht seine dichten Augenbrauen hoch und schien dann zu verstehen. »Ach, natürlich, dein Hund. Daran hatte ich nicht mehr gedacht. Ja, meine Perla ist fast immer draußen, sie ist es gewohnt, alleine oder mit mir zusammen zwischen den Olivenbäumen herumzulaufen. Aber meistens liegt sie faul auf der Terrasse. Sie ist nicht mehr die Jüngste.«

»Perla, was für ein schöner Name. Hast du sie aus Deutschland mitgebracht?«, versuchte Anneke vorsichtig, etwas über seine Vergangenheit herauszufinden.

Jan wich ihr etwas aus: »Nein, Perla habe ich hier aus dem Tierheim geholt, als ich gerade zwei Monate auf der Insel war. Mit ihr fühle ich mich weniger alleine«, fügte er leise und wie gegen seinen Willen hinzu. Anneke war schlau genug, nicht nachzufragen.

Auf der Fahrt nach Hause erzählte Jan ihr noch ein bisschen etwas über seine geliebten Olivenbäume und sagte scherzend: »Schade, dass du im November nicht mehr auf Zypern bist, sonst könntest du mir gerne bei der Olivenernte helfen.«

Fast bedauerte Anneke es, im November schon wieder daheim in Deutschland zu sein und ihrem gewohnten Leben nachzugehen. Im November würde sie schon wieder fünf Monate ihrem Alltag nachgehen und sich nach dem nächsten Frühjahr sehnen. Schnell verscheuchte sie die aufkommende Wehmut. Bis November verging noch jede

Menge Zeit und außerdem war sogar der November in Norddeutschland teilweise ziemlich sonnig.

Er wollte sie unbedingt bis vor die Haustür fahren. »Das ist echt nicht nötig, wir wohnen doch fast nebenan«, wehrte sie lachend ab.

»Aber bedenken Sie, was so alles an einem sonnigen Sonntag passieren kann, Frau Nachbarin. Nein, ich kann nicht verantworten, dass du ganze drei Minuten allein nach Hause gehst«, grinste er sie charmant an. »Ja, da hast du natürlich recht, dann lasse ich mich sehr gerne von dir direkt bis vor die Tür fahren.«

Sie war relativ locker und hatte entsprechend gute Laune. Der Vormittag war sehr schön gewesen und Jan hatte im Gegensatz zu Tony keine Anstalten gemacht, ihr irgendwie körperlich zu nahe zu kommen. Fast bedauerte sie es etwas.

Ob sie ihren Nachbarn auf eine Tasse Kaffee einladen sollte? Nein, das könnte aufdringlich wirken, schließlich war es nur ihr Nachbar, schoss es Anneke durch den Kopf. Er bog inzwischen vor dem schwarzen großen Tor links ab und sah als Erster den großen wunderschönen Blumenstrauß vor ihrer Tür liegen.

Prompt sagte er: »Wow, du scheinst schon einen großen Verehrer hier zu haben.«

Nervös blickte Anneke auf den üppigen Strauß verschiedener Frühlingsblumen. Sie brauchte nur zwei Sekunden und dann war ihr klar, von wem die Blumen waren. Tony, schoss es ihr durch den Kopf. Wie süß, aber auch gleichzeitig wie peinlich, dass Jan den Strauß auch sah. Was musste er von ihr denken? Kaum war sie auf die Insel gekommen, schon bekam sie von dem einen Mann Blumen und mit dem Anderen ging sie aus. Ach Unsinn, Jan war nur ihr Nachbar und es ging ihn nichts an, von wem sie Blumen bekam und wen sie hier noch so kannte.

Dennoch konnte Anneke eine leichte Enttäuschung darüber nicht leugnen, dass Jan von nur einem Verehrer gesprochen hatte. Sich selbst zählte er also nicht zu dieser Kategorie. Wahrscheinlich sieht er in mir wirklich nur die Nachbarin aus Deutschland und weil ich jetzt in Tante Inges und Kostas Haus wohne, wollte er höflich sein und hat mich deshalb mit nach Paphos mitgenommen. Warum bin ich deswegen enttäuscht? Ich will doch nichts von ihm, oder etwa doch?

»Na, so richtig freust du dich aber nicht über die Blumen«, sagte er jetzt. Und dann recht nüchtern: »Anne, es war ein sehr netter Vormittag mit dir, ich wünsche dir und Conni noch einen schönen Sonntag und einen guten Start in die Woche. Mach's gut.«

Er winkte ihr zum Abschied freundlich zu und weg war er. »Ja, du auch und danke nochmal, dass du mich zum Frühstück eingeladen hast.«

Ihre gute Laune war auf einmal wie weggeblasen, da half es auch nicht, dass Conni sie so fröhlich begrüßte. Worüber ärgerte sie sich eigentlich? Lag es an dem für ihren Geschmack etwas zu übertrieben großen Blumenstrauß von Tony? Oder doch an der Karte, die halb versteckt zwischen zwei gelben Rosen lag und auf der stand, dass er sie am kommenden Samstag in die kleine, gemütliche Taverne gleich in der Nähe ihres Hauses einladen wollte? »Damit du, wenn es dir nicht gefällt, schnell nach Hause laufen kannst, können wir gleich bei dir um die Ecke essen gehen«, schrieb er scherzhaft. Tony hatte wohl gemerkt, dass sie sich in gewohnter Umgebung sicherer und freier fühlen würde. Das war sehr nett und aufmerksam von ihm. Oder war es ihr wirklich so peinlich, dass Jan nun wusste, dass sich jemand für sie interessierte? Er schien ja außer freundschaftlichen Gefühlen nichts weiter für sie zu empfinden, jedenfalls wirkte er kein bisschen eifersüchtig, sondern eher belustigt, als er den schönen Strauß vor Tante Inges ehemaligem Haus entdeckt hatte.

11

»Jetzt mal im Ernst, Anneke. Zuerst beschwerst du dich darüber, dass Tony eifersüchtig reagiert, wenn du dich so nett mit deinem Nachbarn unterhältst. Dann wolltest du unbedingt einen Ausflug mit diesem Engländer machen, der sich dann etwas mehr von dir erhoffte, was dir nicht so ganz passte. Jetzt bist du enttäuscht, dass dieser Nachbar nicht eifersüchtig reagiert, wenn er die schönen Blumen sieht, sagst mir aber, dass du absolut nichts von deinem Nachbarn willst, als nur ein gutes nachbarschaftliches Verhältnis. Also, entweder bist du einfach nur in deiner Eitelkeit verletzt oder du bist in diesen Oliventyp ernsthaft verliebt.«

Schweigen.

Zuerst hatte Anneke Petra nichts Genaues von dem schönen Vormittag, den sie mit Jan verbracht hatte, erzählen wollen. Aber nach der Sache mit den Blumen und ihrem Stimmungswandel musste sie einfach alles mit jemandem durchdiskutieren. Die Einzige, der sie alles anvertrauen konnte und die ihr immer mit klaren und ehrlichen Ratschlägen zur Seite stand, war Petra. Eine andere so enge Freundin hatte sie nun mal nicht. Petra war sehr direkt. Auch wenn es manchmal etwas weh tat, war Anneke diese direkte und ehrliche Art lieber, als wenn Petra ihr nur das sagen würde, was sie gerne hörte.

Endlich antwortete Anneke: »Ja, ich weiß Petra, ich bin schrecklich. Am liebsten würde ich nach Deutschland zurückfliegen. Hier ist alles so kompliziert, dabei wollte ich wirklich keinen Mann kennenlernen. Und nun habe ich in den ersten vier Wochen gleich zwei kennengelernt und zwei ausgesprochen nette dazu.« Anneke seufzte.

Lachend antwortete Petra: »So ein Quatsch, natürlich willst du nicht zurück in dein altes Leben, jetzt nicht und vielleicht noch nicht mal in ein paar Wochen. Aber es wäre schon gut, wenn du jetzt nicht jede Woche einen neuen Mann kennenlerntest, das wären dann am Ende deines Urlaubs, warte mal, zehn. Zehn Männer Anne, das sind neun zu viel.« Nun mussten sie beide lachen.

»Also«, fing Petra wieder an, »was willst du machen? Mit Tony essen gehen, oder nicht?«

»Klar, warum eigentlich nicht? Schließlich heiraten wir ja nicht zum Nachtisch.«

»Anne, Anne, so langsam erkenne ich dich nicht wieder. Du bist viel lockerer geworden und auch ziemlich abenteuerlustig. Gefällt mir.«

»Du hast ja recht, Petra, ist auch alles ganz schön spannend. Ausruhen kann ich mich dann ja im Juni wieder, wenn ich meine Stunden im Büro absitze und mir diese Zeit hier bestimmt nur wie ein langer Traum vorkommt.«

»Wart's ab Anne, es kommt immer anders, als man denkt.«

»Wie weise.«

Beide plauderten noch ein bisschen über Petras neuen, äußerst attraktiven Chef, der leider seit mehr als zwanzig Jahren mit einer ebenso netten, wie gutaussehenden Frau verheiratet war und Anneke war glücklich, dass sich ihre Freundin so allmählich wieder für das andere Geschlecht zu interessieren begann. Es musste ja nicht gerade ihr verheirateter Chef sein.

Anneke hatte Tony für kommenden Samstag zugesagt, und er konnte seine Freude, sich mit ihr zu treffen, kaum verbergen. Er war schon süß, der Tony. Ihren Ausrutscher auf dem Parkplatz erwähnte keiner mehr, und das war auch besser so. Im Gegensatz zu Jan schien er auch viel offener zu sein und mehr von sich zu erzählen. Und dass Anneke ihm gefiel, war seit spätestens letzter Woche mehr als klar. Auch wenn sich Anneke ihrer Gefühle Tony gegenüber immer noch nicht im Klaren war, freute sie sich jetzt richtig darauf, ihn wiederzusehen. Aber der höfliche, ironische und etwas zurückhaltende Jan war eben auch ziemlich interessant. Warum er ihr nichts über seine Vergangenheit aus Deutschland erzählt hatte? Man kommt doch nicht so mir nichts, dir nichts für immer von Deutschland nach Zypern, kauft sich einen Olivenhain und wird Olivenbauer. So ganz alleine. War das nicht auch ein Beruf, den man erlernen musste? Oder hatte Jan Leute, die alles für ihn erledigten? Nein, das konnte sie sich nicht vorstellen. Er war eher der Typ, der gerne mit seinen Händen arbeitete. Sie mochte seine großen, kräftigen Hände.

Tony war, wie gesagt, offener, leichter zu durchschauen. Tony war super lieb und bestimmt ein ganz ehrlicher und treuer Mann, und das gefiel ihr.

Die Tage bis zum Wochenende verliefen ziemlich ruhig, und es war schon angenehm warm. Es regnete noch einmal für einige Stunden am Freitagnachmittag so stark, dass sogar etwas Wasser durch eines der Wohnzimmerfenster auf den schönen Steinboden lief. So gut ihr das Haus auch gefiel, die Bauweise und auch die Fenster waren in keinster Weise mit ihrem gegen Wind und Wetter geschützten Haus an der Nordsee zu vergleichen, was bis auf einige etwas regnerische Wochen im Jahr natürlich auch nicht nötig war.

Jan sah sie die ganze Woche nicht, auch wenn ihr Spaziergang mit Conni sie »zufälligerweise« mindestens dreimal am Tag an seinem Haus vorbeiführte.

Am Freitagabend sah sie, dass ein dunkelblauer BMW vor seinem Grundstück parkte. Das Auto war ihr vorher nicht aufgefallen, es stand wohl, seit sie hier wohnte, zum ersten Mal da. Ob das das Auto seiner Freundin war? Oder gehörte es einem Kunden, der sich mit Olivenöl eindecken wollte? Neugierig spähte sie vom Bürgersteig aus zwischen den Bäumen hindurch in Richtung Haus, entdeckte aber weder Jan noch irgendjemand anderen. Egal, geht mich nichts an. Vielleicht macht er es sich gerade mit seiner schönen jungen zyprischen Freundin gemütlich. Ist mir echt egal, dachte sie leicht verstimmt. So egal war es ihr wohl doch nicht, stellte sie wütend fest. Bloß jetzt kein Kopfkino.

Was sollte sie nur anziehen? Nicht zu schick, sonst käme Tony noch auf dumme Gedanken, aber zu normal wollte Anneke auch nicht aussehen. Irgendwie hatte sie Lust, endlich ihr eher ein wenig zu elegantes rotes Kleid, das sie sich für besondere Gelegenheiten gekauft hatte, anzuziehen. Dann war sie eben zu schick, und sollte Tony doch denken, was er wollte, dachte sie trotzig. Etwas unsicher schminkte sie sich in dem kleinen Gästebad im Erdgeschoss, gleich neben der Eingangstür. Nachdem Anneke drei verschiedene Lippenstifte ausprobiert hatte, entschied sie sich endlich für einen hellroten, den sie noch kurz vor ihrem Abflug gekauft hatte, aber heute das erste Mal ausprobierte. Da das Kleid schon auffällig genug war, wollte sie sich nicht zu stark schminken. Zu viel Schminke war ihr sowieso zuwider. Ob Jan wohl mein Kleid gefallen würde? Auf einmal bereute Anneke es, dass sie sich am vergangenen Sonntag nicht für dieses Kleid entschieden hatte. Sie hätten bestimmt ein tolles Paar abgegeben, Jan in seinem vornehmen dunkelblauen Anzug und sie in dem neuen, auffällig roten Kleid. Anne wurde etwas rot, als sie so an Jan dachte. Schnell versuchte sie, sich gedanklich abzulenken, was ihr nicht so richtig gelang, als sie plötzlich zusammenzuckte. Es hatte zweimal hintereinander an der Tür geklingelt, dazu hörte sie ein fröhliches Rufen von draußen: »Na schöne Frau, startklar?«

Tony kam fünf Minuten zu früh. Vorbei war der schöne Tagtraum. War wohl auch besser so. Auf einmal kam sie sich so dämlich vor, das schöne, elegante Kleid in einer, wenn auch super gemütlichen, aber dennoch eher schlichten Taverne anzuziehen. Sie rief etwas hektisch Richtung Haustür: »Tony, warte bitte kurz, ich bin gleich fertig.«

»Nur kein Stress, wir sind ja nicht auf der Flucht«, kam es lachend von draußen zurück.

Eigentlich war Anneke fertig gestylt, aber nachdem sie noch schnell in den Spiegel geschaut hatte und Tony die Tür öffnen wollte, fehlte ihr auf einmal der Mut für das rote, elegante lange Kleid. Das weiße Sommerkleid mit den kleinen aufgedruckten Rosen passte viel besser zu einem lauen Frühlingsabend im Süden. Schnell huschte sie zum Kleiderschrank und wechselte das elegante Kleid mit dem sehr hübschen, aber etwas schlichteren Sommerkleid. Ja, so gefiel sie sich, glücklich nickte sie kurz ihrem Spiegelbild zu und öffnete endlich dem wartenden Tony.

Die Bestätigung ließ auch nicht lange auf sich warten.

Tony lobte ausführlich ihren guten Geschmack. Er war schon klasse, mit ihm war es so leicht, sich zu unterhalten. Egal, ob es sich um einen bedeutungslosen Smalltalk handelte oder um ein tiefgreifendes Gespräch, er war immer ein guter und verständnisvoller Zuhörer. Genau genommen kannte Anneke ihn ja erst seit ein paar Wochen, aber schon damals, auf der Fahrt vom Flughafen zu Tante Inges Haus, hatte sie schnell das Gefühl gehabt, ihm fast alles anvertrauen zu können.

Glücklicherweise fanden beide noch einen freien Tisch draußen auf der ziemlich großen Terrasse. Der schöne, milde Frühlingsabend hatte viele hungrige Urlauber und Einheimische angezogen. Das lebhafte Durcheinander der verschiedenen Stimmen und der unterschiedlichen Sprachen gefiel ihr. Am meisten hörte sie Englisch, aber am Eingang saßen zwei ältere Männer, die sich wohl auf Griechisch unterhielten. Ganz sicher war sie sich nicht.

Mit einem herzlichen »Kalispera« wurden beide begrüßt und an den Tisch geführt. Sie saßen kaum, da brachte Tony sie auch schon herzhaft zum Lachen, indem er ihr einige Anekdoten aus seinem Alltag mit den Kunden und der Vermietung der Ferienwohnungen erzählte. Vielleicht übertrieb er etwas, aber das war ihr egal. Anneke amüsierte sich köstlich. Lange hatte sie nicht mehr so unbeschwert gelacht. »Und du, was hast du die letzten Tage so gemacht?« Anneke überlegte kurz und erzählte einige belanglose Erlebnisse von ihren Spaziergängen mit Conni.

Von ihrem Ausflug mit Jan erzählte sie ihm allerdings

nichts, dafür fing sie irgendwann an, Tony von ihrer besten Freundin Petra zu erzählen.

Neugierig hörte er ihr zu. Anneke wurde immer lockerer, sie berichtete, wie die beiden sich in Florenz kennengelernt hatten und auch von Petras Ex-Verlobten erzählte sie ihm. Wie gut, dass Petra nicht dabei war, sie hätte es bestimmt nicht so gut gefunden, dass Anneke einem ihr Unbekannten so persönliche Sachen anvertraute. Eigentlich wollte sie gar nicht so viel Privates erzählen, aber nach fast zwei Gläsern Wein wurde ihre Zunge ganz von alleine immer lockerer. Tony war ein aufmerksamer Zuhörer.

»Das tut mir echt leid für deine Freundin. Sie kann froh sein, dass sie dich hat«, sagte er ernst. Er war so liebenswürdig und zuvorkommend, das tat gut. Aber auch Tony vertraute ihr einiges an. Seine Gutmütigkeit hatte seine große Liebe vor zehn Jahren ausgenutzt, emotional wie finanziell. Aber Tony schien es ganz gut verkraftet zu haben.

»Weißt du, Anne, es gibt nicht nur fiese Männer, auch Frauen können manchmal ganz schön verletzen. Aber schließlich gehören auch immer zwei dazu, wenn eine Beziehung nicht klappt, und ich war auch wirklich viel zu naiv damals. Vielleicht bin ich es immer noch«, lächelte er. »Aber wegen dieser negativen Erfahrung, auch wenn sie damals sehr schmerzhaft für mich war, möchte ich nicht alle Frauen verurteilen und nur noch misstrauisch durchs Leben gehen. Da würde ich den meisten Frauen«, nun schaute er ihr tief in die Augen, »unrecht tun.« Ganz leise und zart hatte er den Satz vollendet.

Anneke wurde etwas schwindelig. War es sein Blick, der ihr eine Spur zu nah kam, oder doch der Wein?

»Ich hoffe sehr, dass deine Freundin irgendwann auch merkt, dass wir nicht alle schlecht sind.« Er lehnte sich jetzt wieder etwas zurück.

Anneke wollte gerade erwidern, dass sie ihm in allem recht gab und dass Petra auf dem besten Weg war, wieder offen für eine neue Bekanntschaft zu werden, als sie mit einem Schlag nüchtern wurde. Aus dem Augenwinkel, einige Meter hinter Tonys Rücken, sah Anneke die Beiden. Jan und eine Frau. Tony merkte zum Glück nichts. Er sah ihr immer noch verträumt und glücklich in die Augen. Anneke versuchte, sich schnell zusammenzureißen, was ihr kaum gelang. Während Tony leise zu ihr sagte, wie ausgesprochen gut sie besonders heute Abend aussähe, schielte Anneke über Tonys Schulter und lächelte ihn dabei gequält an. Er sollte sich jetzt bloß nicht umdrehen. Ihr war etwas übel. Hinter Tony bemerkte sie, wie Jan, locker den Arm um die Schulter einer Frau gelegt, einen der hinteren Tische ansteuerte. Oh nein, nur das nicht. Wollten die beiden sich etwa auch hier auf die Terrasse setzen? Wer war nur die Frau an seiner Seite? Er hatte also doch eine Freundin oder war sie gar seine Frau? Wie konnte sie nur so dumm sein und sich einbilden, dass dieser gut aussehende Mann noch solo war? Stopp, war sie etwa in Jan verliebt? Anneke duckte sich etwas, hoffentlich sah er sie nicht.

»Alles okay, Anne?«, fragte Tony besorgt.

»Ja, ja, ich glaube, ich habe zu viel Wein getrunken, ich bin das nicht mehr gewohnt«, stammelte sie verlegen und sah hinunter auf den fast leeren Teller vor ihr.

Jan und die Andere saßen nur einige Meter hinter ihnen. Die fremde Frau an seiner Seite sah nicht aus wie eine südländische Schönheit. Im Gegenteil, mit ihren dunkelblonden, halblangen Haaren wirkte Jans Begleitung eher wie eine Deutsche. Sie schien auch ein paar Jahre älter als er zu sein, aber so genau hatte Anneke das auf die Schnelle nicht sehen können. Warum war sie nicht mit Tony in ein anderes Restaurant, weiter entfernt von Tante Inges Haus, gefahren? Die ganze Woche hatte sie Jan nicht gesehen und ausgerechnet jetzt, wo sie mit Tony draußen auf der romantischen, mit exotischen Pflanzen dekorierten Terrasse der Taverne saß, musste ihr Nachbar hier auftauchen. Ihre gute Stimmung war mal wieder verflogen. Mussten eigentlich die Tage mit Tony immer so negativ enden? Sie war aber auch zu blöd gewesen! Natürlich konnte es gut sein, dass ihr fescher Nachbar am Samstagabend hier vorbeiging. Aber warum störte sie das überhaupt? Und warum reagierte sie eifersüchtig auf seine Begleitung? Sie war jetzt mit Tony hier. So sehr Anneke auch versuchte, sich zusammenzureißen und ihre Gedanken auf ihr Gegenüber zu konzentrieren, es gelang ihr nicht. Die Versuchung, immer wieder leicht über Tonys Schulter in Jans Richtung zu schauen, war zu groß.

»Tony, ich glaube, mir geht es nicht so gut. Entschuldige bitte, aber ich möchte nach Hause«, sagte sie etwas weinerlich.

Tony sah sie leicht irritiert an. Dann kam es etwas enttäuscht: »Kein Problem, ich bringe dich nach Hause. Lass mich nur noch schnell bezahlen.« Ehe sie etwas erwidern konnte, winkte er den netten älteren Herrn heran, um zu bezahlen. Als Anneke aufstand, versuchte sie unbeachtet und schnell von der Terrasse zu verschwinden, um ja nicht von Jan entdeckt zu werden. Tony kam verwirrt und etwas unsicher hinterher und fragte sie besorgt: »Dir geht es echt nicht gut, oder? Ich meine, weil du es so eilig hast, von hier zu verschwinden?«

Sie hasste es, ihn anzulügen, und murmelte nur: »Geht so.«

Schweigend entfernten sich die zwei von der kleinen Taverne. So schlecht es ihr auch ging, sie war echt erleichtert, dass Tony die beiden nicht gesehen hatte. Auch wenn er und Jan nicht beste Freunde waren, wer weiß, vielleicht wäre Tony noch zu den Beiden hingegangen und hätte sich mit ihm und seiner Begleitung unterhalten. Und Anneke hätte wohl oder übel mitgehen müssen und gute Miene machen müssen. Außerdem wollte sie auf keinen Fall, dass Jan sie sah, er könnte denken, dass sie jetzt mit Tony zusammen sei. Auch wenn Jan eine Freundin hatte, wollte Anneke ihm nicht das Gefühl geben, sie sei vergeben, warum wusste sie selbst nicht so genau. Vielleicht hoffte sie ja insgeheim, dass diese Fremde an seiner Seite doch nicht seine Freundin, sondern nur eine Bekannte oder eine Kundin war. Das war natürlich absurd. Einer Kundin legt man doch nicht den Arm auf die Schulter oder hier auf Zypern vielleicht doch? Sie konnte nicht anders, als sie und Tony sich schon einige Meter von der Terrasse entfernt hatten, drehte Anneke sich um und schielte zu den beiden hinüber. Das war ein Fehler. Genau in diesem Moment sah Jan zu ihr hinüber und winkte ihr grinsend zu. Und als ob das nicht genug Peinlichkeit wäre, legte Tony, der den kurzen Blickkontakt zwischen ihr und dem Olivenbauern zum Glück nicht mitbekam, schützend seinen Arm um ihre Hüften. Jan musste es gesehen haben. Instinktiv befreite sich Anneke aus Tonys Arm.

»Anneke, entschuldige bitte, wenn ich dir zu nahe gekommen bin.« Sie waren jetzt fast vor ihrer Haustür. Weg aus Jans Blickwinkel. »Aber ich wollte dir nur helfen. Ich hatte den Eindruck, dass dir etwas schwindelig ist und außerdem weißt du ja, dass du mir nicht ganz egal bist«, fügte er etwas verlegen hinzu. »Soll ich noch mit reinkommen, Anne?«, fragte er nun etwas schüchtern.

Anneke überlegte fieberhaft, was sie machen sollte, sie wollte Tony nicht verletzen, aber sie konnte ihm auch keine weiteren Hoffnungen mehr machen. Ihr war in den vergangenen Minuten klar geworden, dass sie Tony wirklich sehr, sehr gerne mochte, aber nur als guten Freund, nicht mehr. Und Jan, sie war sich nicht sicher, aber da schienen doch noch andere Gefühle zu sein, als nur freundschaftliche.

Sie würde Tony die Wahrheit sagen, jetzt, auch wenn sie ihn damit verletzte.

Aber ihm weiter Hoffnung auf eine ernsthafte Beziehung zu machen, würde letztlich beiden schaden.

»Tony«, fing Anneke deshalb zögernd an.

»Ja?« Er sah sie hoffnungsvoll an.

»Tony, ich weiß es sehr zu schätzen, dass du mich so sehr magst und ich finde dich auch super nett, aber...« Nun musste sie schlucken.

»Aber eben nur als guten Freund, richtig?«, vollendete er den Satz. Nun schluckte auch Tony.

»Ja, Tony. Es tut mir leid, echt. Und ich wollte nicht nach Hause, weil ich zu viel Wein getrunken hatte.« Jetzt atmete Anneke etwas zu schnell und nahm ihren ganzen Mut zusammen: »Ich wollte weg, weil ein paar Tische hinter uns mein Nachbar Jan mit einer Frau saß.« Sie konnte Tony nicht in die Augen sehen und starrte verlegen auf ihre neuen schwarzen Schuhe.

Tony verstand ziemlich schnell. »Du magst ihn, stimmt's?« Diesmal klang Tony eher etwas traurig als eifersüchtig.

»Ich weiß nicht Tony, ich kenne ihn ja kaum. Ich will ihn auch gar nicht näher kennenlernen.« Jetzt stotterte Anne etwas verlegen und vermied es, Tony in die Augen zu sehen.

Dieser hatte sich etwas gefangen und sagte mit leicht zitternder Stimme: »Ich glaube, er ist sehr nett, auch wenn wir uns nicht so gut verstehen. Aber Streit hatten wir nie, wir sind nur sehr verschieden. Ich war mal bei ihm zu einer kleinen Geburtstagsfeier eingeladen, ich glaube, ich habe es dir schon erzählt. Das muss im Juni vor vier Jahren gewesen sein. Tante Inge und Kostas hatten mich mitgenommen. Er war ein sehr guter Gastgeber. Er macht Musik, weißt du?«

Sie wusste es.

»Dein Nachbar hatte mir damals sogar eine Flasche Olivenöl geschenkt. Ich glaube, er fühlt sich sehr wohl hier auf der Insel, in Deutschland hatte er einen kleinen Laden.« Tony hatte sichtlich Schwierigkeiten, seine Enttäuschung zu verbergen und nichts Schlechtes über Jan zu erzählen. Anneke rechnete es ihm hoch an. Tony war einfach klasse. Jeder andere Mann hätte versucht, seinen Rivalen schlecht zu reden, davon war sie überzeugt. Tony hatte echt Größe. Aber sie war vielleicht doch ein bisschen in Jan verliebt, gestand Anneke sich nun ein. Jan dagegen schien nur freundschaftliche Gefühle für sie zu empfinden. Schade.

Bei Tony und ihr war es genau umgekehrt. Sie sah in Tony eher so etwas wie ihren großen Bruder oder einen besten Freund, dem sie einfach alles anvertrauen konnte, aber das war's. Dass Tony mehr als nur freundschaftliche Gefühle für Anneke empfand, war offensichtlich. Er versuchte auch nicht, seine Gefühle ihr gegenüber zu verstecken, was sie eigentlich gut fand. Keine Spielchen. Aber konnte es nicht umgekehrt sein? Konnte nicht Jan mehr für sie empfinden und Tony nur Freundschaft? Warum musste alles so kompliziert sein?

»Tony, ich fliege nächste Woche zurück nach Deutschland. Bitte, kannst du mit einem Makler sprechen und das Haus für meine Mutter verkaufen? Sie gibt dir bestimmt eine ordentliche Provision. Aber ich muss so schnell wie möglich weg von dieser Insel. Ich hätte nie hierher kommen dürfen. In Deutschland weiß ich, was ich habe. Lieber ein langweiliges als so ein aufregendes Leben. Das kann nur mit Enttäuschungen enden.« Zwei Tränen kullerten ihr über die leicht erhitzte Wange. Freundschaftlich wischte Tony sie mit seinem unbenutzten Taschentuch, das er schnell aus seiner Hosentasche zog, weg. Diese leichte Berührung störte sie nicht. Er war bestimmt der Bessere, aber...

»Anne, wenn du jetzt wegläufst, wirst du es vielleicht dein Leben lang bereuen. Und außerdem«, er zögerte kurz, bevor er etwas angespannt weitersprach, »und außerdem weißt du doch gar nicht, ob er nicht vielleicht doch mehr als nur Freundschaft empfindet.«

»Tony, bitte hör auf! Es tut mir so leid, du bist so ein Schatz und ich tue dir gerade ziemlich weh. Ich kenne meinen Nachbarn doch kaum und vielleicht wäre ich nach kurzer Zeit schon total genervt von ihm. Du bist irgendwie wie ein Bruder für mich. Ich mag dich so gerne und vielleicht bin ich auch etwas verliebt in dich gewesen, ich dachte es zumindest am Anfang.«

»Anneke, du musst dich nicht entschuldigen. Vielleicht hast du gerade erst gemerkt, dass dir dein Nachbar mehr bedeutet als ich.« Tonys Stimme zitterte leicht.

»Tony, du bedeutest mir sehr, sehr viel und ich habe dir viel, viel mehr anvertraut als dem da.« Sie nickte leicht in Richtung Taverne, die von ihrer Haustür aus glücklicherweise nicht zu sehen war. »Ach Tony, warum muss nur alles so kompliziert sein?« Nun war sie es, die liebevoll seine Hände in die ihren legte. Sie wollte Tony irgendwie trösten, musste dabei aber an ihren gutaussehenden Nachbarn aus dem Olivenhain denken.

12

Die nächsten Tage telefonierte Anneke nur dreimal kurz mit Tony. Zweimal davon war Anneke es, die ihn anrief. Einmal, um sich doch noch mal dafür zu entschuldigen, dass sie ihm den Abend verdorben hatte, und gleichzeitig wollte sie sich für sein Taktgefühl bedanken.

Er wehrte jedes Mal ab und sagte wenig überzeugend, dass der Abend trotz allem sehr schön gewesen sei. Ein anderes Mal fragte sie ihn, wenn auch etwas lustlos, ob er ihr ein oder zwei gute Makler empfehlen könne, und das dritte Mal rief er sie an, um ihr einen seiner Meinung nach guten und vertrauenswürdigen Makler zu empfehlen. Tony hatte nun verstanden, dass er bei ihr mit einer gewissen Zurückhaltung viel mehr erreichen würde, als wenn er sie jeden Tag anriefe oder gar eifersüchtig reagierte. Vielleicht, dachte Anneke, war sie ja gar nicht in Jan verliebt, sondern fand seine zurückhaltende und etwas geheimnisvolle Art nur reizvoll und spannend. Seit der peinlichen Begegnung in der Taverne nebenan waren neun Tage vergangen und, sooft sie sich, mit Conni als Vorwand, auch an seinem Grundstück vorbei schlich, sie hatte ihn nur zweimal von

Weitem zwischen seinen Olivenbäumen gesehen. Einmal schien er sie nicht zu bemerken, das andere Mal sah er in ihre Richtung, als sie schon fast vorbeigegangen war, sich aber doch noch mal kurz umblickte und er winkte ihr aus der Ferne zu. Dass das schon reichte, um ihr wieder leicht die Röte ins Gesicht steigen zu lassen, passte Anneke so gar nicht. Natürlich konnte Jan es auf die Entfernung nicht sehen, was sie sehr erleichterte, aber sie wollte ihre Gefühle wieder im Griff haben.

Jetzt war sie schon über sechs Wochen auf der Insel, inzwischen war es fast Ende April. An der Nordsee ist das Wetter um diese Jahreszeit meistens ein Mix aus Wind, kaltem Wind, Regen, Wind, Regen, Wind – nein, manchmal schien auch im April die Sonne schon schön warm. Hier dagegen waren es, bis auf einige kurze, etwas kühle Regenschauer, fast jeden Tag schon angenehme sonnige zweiundzwanzig, dreiundzwanzig Grad. Das war ihr Wetter. In den vergangenen Tagen hatte sie draußen auf der Terrasse am Pool gefrühstückt und dabei gemütlich ein Buch gelesen, natürlich einen Liebesroman mit einem Happy End. So herrlich unrealistisch, wie es natürlich nie im echten Leben passieren würde. Zumindest nicht in meinem Leben, dachte Anne etwas sehnsüchtig. Es war wunderbar, in der wärmenden Frühlingssonne neben den paar Olivenbäumen zu sitzen. Irgendwie unwirklich. Sollten ihre Kollegen doch ohne sie klarkommen. Wenn es nach ihr ginge, würde sie am liebsten gar nicht mehr in ihren alten Beruf zurückkehren, und nach Deutschland? Halt Anneke, drei Monate, keinen Tag länger, sagte sie sich schnell. Irgendwann müsste sie ja auch mal wieder arbeiten gehen und Geld verdienen. Aber vielleicht sollte sie die Firma, ja sogar den Beruf wechseln? Nur, sie konnte nichts anderes, und na ja, da war ja noch die Sache mit dem fehlenden Mut. Nein, genieß die letzten Wochen noch, die du hier bist und dann ab zurück nach Deutschland. Sie seufzte, viel zu schnell hatte sie sich, trotz oder gerade wegen ihres Nachbarn und natürlich dank Tonys anfänglicher Hilfe an die wunderbare Insel gewöhnt. Auch die kurzen Gespräche mit ihrer Nachbarin und den netten beiden Frauen im kleinen Supermarkt machten Anneke großen Spaß. Dass ihr Englisch alles andere als perfekt war, störte sie nun nicht mehr. Auch die beiden zyprischen dunkelhaarigen Verkäuferinnen konnten nicht viel mehr als ein bisschen Schulenglisch. Na und? Sie war echt lockerer und entspannter geworden. Das schien auch ihren Eltern und sogar ihrer Schwester Tanja aufzufallen, wenn sie, meist am Wochenende, Neuigkeiten austauschten. Ihren Eltern, besonders Annekes Mutter, schien die neue, lockere, selbstbewusste Tochter gut zu gefallen, wie Anne erstaunt feststellte. Hatte sie ihre Mutter vielleicht falsch eingeschätzt? Merkwürdigerweise hatten ihre Eltern sie bis jetzt nicht ein einziges Mal danach gefragt, ob sie sich schon um den Hausverkauf gekümmert hatte. Das war ihr sehr recht. Irgendwie gewöhnte sich Anneke täglich mehr an das süße kleine Tante-Inge-Häuschen, wie sie es in Gedanken liebevoll nannte. Sie hatte einmal versucht, den Makler, den Tony ihr empfohlen hatte, zu erreichen. Als am

anderen Ende das Besetztzeichen ertönte, war sie irgendwie erleichtert. Auch wenn sie wahrscheinlich nie wieder
nach Zypern kommen würde, das Haus mit all den Erinnerungen an Tante Inge und Kostas an einen Fremden zu verkaufen, kam ihr inzwischen total falsch vor. Dass Tante Inge
und erst recht Kostas auch Fremde für sie waren, kam ihr
dabei nicht mehr in den Sinn.

13

Die folgenden Tage vergingen wie im Flug. Dass sie nicht
ganz entspannt war, merkte Anneke immer dann besonders, wenn sie an den jetzt blühenden Olivenbäumen ihres
Nachbarn vorüberging. Eigentlich war sie meistens gut
gelaunt und genoss die Ruhe und Stille. Tante Inges Haus
war eines der letzten vor dem großen Naturschutzgebiet.
Seit einigen Tagen fuhren viele Touristen nach Akamas, in
das nahegelegene Naturschutzgebiet. Sie wollte unbedingt
vor ihrer Abreise auch einmal dorthin, nur wie? Es fuhr kein
Bus durch das einsame Gebiet. Sie seufzte. So sehr Anneke
die Stille und auch das Alleinsein mochte, insgeheim
wünschte sie sich in letzter Zeit immer mehr einen Partner
an ihrer Seite und stellte sich vor, wie schön es doch wäre,
die Insel zu zweit zu entdecken. Mit Tony wollte sie keine
weiteren Ausflüge machen und sich alleine ein Auto mie-

ten und auf der für sie immer noch falschen Seite fahren? Nein!

Außerdem merkte Anne, dass sie so ganz unbeschwert eben doch nicht war. Sie fühlte sich irgendwie verwirrt, viel zu oft musste sie an ihren interessanten Nachbarn denken. Warum begegnete sie ihm nicht mehr? Fast kam es ihr so vor, als ginge er ihr aus dem Weg. Das fremde Auto hatte noch einmal vor seinem Grundstück gestanden, wie sie bei einem ihrer Spaziergänge eifersüchtig bemerkte und, obwohl sie es nicht wollte, durch die dunkelgrünen Blätter versuchte, einen Blick auf seine Terrasse zu erhaschen. Was hatte sie erwartet? Dass er mit seiner Freundin oder sogar Frau vor seinem kleinen Häuschen sitzt? Anneke bemerkte, wie sie verstohlen durch die Olivenbäume zu ihm hinübersah, und dass er sich in diesem Moment bewusst wurde, dass er eigentlich nur sie, Anne, wollte? Er würde natürlich sofort seine Freundin mit dem tollen schwarzen Auto verlassen, um den Rest des Lebens nur noch an Annekes Seite glücklich in Tante Inges Haus zu verbringen. Okay, so viel Kitsch war selbst für sie zu viel. Anne schüttelte die unwirklichen Gedanken und ihre unerreichbaren Wünsche ab, jedenfalls versuchte sie es und zwang sich, den Tatsachen nüchtern ins Auge zu blicken. So ganz gelang es ihr natürlich nicht.

Schnell ging sie nun an dem inzwischen vertrauten Olivenfeld vorbei und fragte sich wütend, was sie überhaupt so toll an diesem undurchsichtigen Typ fand? Schluss jetzt, riss sie sich zusammen. Ich werde mir für einen Tag ein

Auto mieten und alleine durch das Naturschutzgebiet fahren, dachte sie jetzt trotzig. Im Grunde musste sie doch fast nur geradeaus fahren, wie sie auf der Karte und den Bildern im Internet bemerkt hatte. Dass eigentlich keine richtige Straße, sondern nur ein steiniger Sandweg, mit vielen Kurven und einigem Auf und Ab durch die Einsamkeit führte, wollte Anneke gar nicht so genau wissen. Es war auch bestimmt kein Zufall, dass es nur wenige Busminuten entfernt einen kleinen Laden gab, der Autos vermietete, versuchte sie sich selbst Mut zu machen. Außerdem muss ich irgendwas Verrücktes machen, für meine Verhältnisse Verrücktes, überredete sie sich nun innerlich immer mehr. Morgen werde ich mir ein Auto mieten und nun Schluss mit den ängstlichen Gedanken, sagte sie streng zu sich selbst.

Anneke nahm am nächsten Tag, einem Dienstag, ihren ganzen Mut zusammen und fuhr die drei Haltestellen, die sie auch gut hätte laufen können, zu der nahegelegenen kleinen Autovermietung. Mutig öffnete sie die Tür und wollte gerade etwas unsicher anfangen, auf Englisch nach einem kleinen Mietauto zu fragen, als sie sah, dass der junge Mann hinter dem Schreibtisch telefonierte. Artig wartete Anneke in der Nähe der Tür. Er sah sie kurz an und nickte auffordernd auf den hellbraunen Stuhl vor seinem Schreibtisch. Zögernd nahm sie Platz und merkte zu ihrer Überraschung, dass das Telefonat des Mannes auf Deutsch war, er hatte einen starken Akzent, aber sie hörte eindeutig Deutsch. Erleichtert lehnte Anneke sich in dem bequemen, für ihren Geschmack etwas zu weichen oder eher zu durchgesessenen Stuhl zurück, und fühlte sich augenblicklich etwas entspannter als noch vor zwei Minuten. Ihr Gegenüber schien absolut keine Eile zu haben, das Gespräch schnell zu beenden, weder schien es ihm etwas auszumachen, dass eine Fremde alles mithören konnte. Vielleicht rechnete er auch nicht damit, dass eine Deutsche vor ihm saß, waren die meisten Zugereisten in dieser Gegend doch Engländer, wie Tony ihr mal erklärt hatte.

»Nein Liebes, ich war gestern alleine mit den Jungs. Keiner hatte seine Freundin dabei, nicht mal Pedros. Du weißt, er schleppt seinen Schatz überall mit hin. Aber Männerabend ist nun mal Männerabend.« Schweigen. Dann sah Anneke, wie der gutaussehende Südländer leicht genervt die Augen rollte und sichtlich versuchte, ruhig zu bleiben. »Glaub mir, ich liebe nur dich.«

Bei dem »Ich liebe nur dich« fuchtelte er dramatisch mit der freien Hand in der Luft herum, so, als könne sein »Liebes« die Handbewegung sehen. Dass er dabei wieder etwas genervt die Augen verdrehte und sich leicht auf die Unterlippe biss, entging Anne nicht. Fasziniert lauschte sie den Überredungskünsten des Zyprers, wie er versuchte, seine Liebe und absolute Treue der ihr unbekannten, eifersüchtigen Fremden darzulegen. Anne musste etwas grinsen, irgendwie tat es ihr gut zu wissen, dass es noch eine Frau außer ihr gab, die gerade eifersüchtig war. Sie fühlte sich direkt verbunden mit der Unbekannten. Was man alles so erleben kann, wenn man einfach nur ein Auto mieten möchte, schüttelte sie leicht verwundert den Kopf. Das muss ich unbedingt Petra erzählen, dachte sie noch, als sie leicht erschreckt aus ihren Gedanken gerissen wurde.

»Diese Frauen. Da bin ich einen Abend in der Woche mit meinen Jungs Karten spielen, keiner nimmt seine Freundin mit. Das ist unser Männerabend, alle machen das so und schon meint Lisa, ich würde sie betrügen.« Etwas hilfesuchend sah er nun zu ihr hinüber. Sein Englisch war sehr gut. Sie hatte alles verstanden. Klar, er wusste ja nicht, dass sie keine Engländerin war, wie peinlich. Anneke schluckte leicht vor Verlegenheit und versuchte, innerlich gegen die aufkommende Röte anzukämpfen. Dann räusperte sie sich kurz, straffte ihre Schultern und antwortete etwas heiser auf Deutsch.

»Entschuldigen Sie bitte, aber ich bin Deutsche und ich habe das meiste, also alles, von Ihrem Gespräch mitgehört.« Nun wurde sie doch rot. Ihr Gegenüber schien das keineswegs zu stören, wie sie an seiner nun lachenden Antwort schnell merkte.

»Sie sprechen Deutsch? Super, dann sprechen wir auf Deutsch weiter, ja? Ich freue mich über jede Gelegenheit, bei der ich Ihre schöne Sprache üben kann. Sind Sie auch eine von den eher eifersüchtigen Frauen, wie meine Lisa?«

Anneke war leicht schockiert über so eine direkte Frage, merkte aber an seinem Gesichtsausdruck, dass der Zyprer nicht wirklich eine Antwort erwartete.

»Also, ich möchte Sie wirklich nicht länger mit meinen privaten Sorgen stören. Wie kann ich Ihnen helfen?«, fragte er jetzt eher geschäftsmäßig freundlich. Schade eigentlich, dachte Anneke etwas enttäuscht. Sie fand es gerade ganz spannend, etwas aus dem Liebesleben des gutaussehenden jungen Mannes zu erfahren. Etwas Tratsch und Ablenkung von ihren eigenen kleinen Problemen mit Jan und Tony taten ihr gerade ganz gut. Außerdem hätte sie dann wieder etwas Neues, was sie Petra erzählen konnte.

»Also«, riss er sie nun leicht ungeduldig und mit hochgezogenen Augenbrauen aus ihren Gedanken.

»Ah, ja, entschuldigen Sie bitte. Ich möchte gerne ein kleines Auto mieten, für morgen«, erwiderte sie etwas hastig.

»Tut mir leid, aber bis nächste Woche Dienstag habe ich kein Auto zur Verfügung. Einen Transporter kann ich Ihnen anbieten, aber das ist wohl nicht das, was Sie suchen«, fügte er lächelnd hinzu.

»Was? Kein freies Auto? Wie kommt das denn?« Sie war jetzt wirklich enttäuscht. Nun hatte sie endlich den Mut gehabt, ein Auto mieten zu wollen, und jetzt das.

»Tut mir leid, aber die Osterferien haben angefangen und ich habe nur eine kleine Autovermietung. Vielleicht versuchen Sie es in Paphos oder eben nächste Woche, wenn Sie dann noch hier sind.«

Anneke hatte Mühe, ihre Enttäuschung zu verbergen. Jetzt war sie endlich so mutig gewesen, ein Auto zu mieten, und nun das. Der sympathische Mann schien ihr ihre Enttäuschung anzusehen, er fragte sie behutsam: »Darf ich fragen, warum Sie unbedingt ein Auto brauchen? Ich meine, wenn Sie Ausflüge machen wollen, dann kann ich Ihnen wunderbare Bustouren empfehlen. Ist bestimmt viel bequemer und außerdem bekommen Sie auf einer geführten Tour auch Insiderinformationen, die Sie in keinem Reiseführer finden«, fügte er noch etwas geheimnisvoll hinzu. »Wenn Sie allerdings die Insel auf eigene Faust entdecken wollen und auch mal abseits der Straßen die Gegend erkunden möchten, dann ist es wirklich sinnvoller, wenn Sie sich ein Auto mieten, aber...« Er vollendete seinen Satz nicht und schwieg nun etwas verlegen.

Sie hatte schon verstanden, in seinen Augen wirkte sie nicht gerade abenteuerlich und so, als sei sie der Typ, der alleine durch unwegsame Gebiete führe. Sie gab sich nur zwei Sekunden, um beleidigt zu sein. Der Unbekannte hatte ja recht, sie war wirklich nicht die mutige Abenteurerin, nur, dass man es ihr so schnell ansah, das ärgerte sie doch ein wenig. Wahrscheinlich wirkte sie einfach nur entsetzlich langweilig auf diesen temperamentvollen, etwas zu gut aussehenden Verkäufer. Ihr war es echt egal, was dieser Typ von ihr hielt, aber, wenn Jan in ihr auch nur das langweilige norddeutsche Mauerblümchen sah, dann war ihr das alles andere als egal.

Etwas ungeduldig blickte der Zypriote sie nun an. »Okay«, erwiderte sie endlich. »Ich möchte durchs Naturschutzgebiet fahren und mir Akamas anschauen. Können Sie mir da etwas empfehlen?«

Er grinste: »Mein Bruder bietet zufällig Tagestouren an, ich gebe Ihnen mal einen Flyer.« Schnell holte er einen bunten, etwas altmodisch gestalteten kleinen Prospekt aus der Schublade. Anne hatte schon gehört, dass man sich auf der Insel untereinander kannte oder eben verwandt miteinander war. So ganz selbstlos war die Empfehlung mit der geführten Tagestour also nicht. Bestimmt bekommt er eine saftige Provision von seinem Bruder, wenn er Touristen an sein Busunternehmen empfiehlt. Anne war das egal.

Er blickte auf den Zettel und sagte: »Am Samstagmorgen um neun Uhr geht es los, Treffpunkt ist hier vor meinem Geschäft. Eine Tagestour inklusive Imbiss für nur 68 Euro.« Fragend sah er sie an.

Nur 68 Euro? Sie fand das für ein bisschen Busfahren und einen Imbiss ziemlich überteuert, traute sich aber nichts zu sagen. »Wenn Sie wollen, können Sie direkt bei mir das Ticket kaufen«, kam es nun geschäftsmäßig. Sie zögerte etwas, gab dann aber klein bei: »Okay, okay, warum eigentlich nicht? Dann bin ich also am kommenden Samstag so kurz vor Neun hier.«

Als sie gute zwanzig Minuten später wieder draußen vor der Autovermietung stand, ärgerte Anne sich doch ein wenig, dass sie sich so leicht zu dieser, nach ihrem Geschmack überteuerten, Tour hatte überreden lassen. Etwas frustriert beendete sie den Tag mit einem kurzen Spaziergang mit Conni und einem etwas größeren Glas Weißwein. Nachdem Anneke dreimal versucht hatte, Petra zu erreichen, um sich etwas von ihrer besten Freundin aufheitern zu lassen, musste sie zu ihrer Enttäuschung feststellen, dass Petra nicht zu Hause war oder einfach keine Lust zum Telefonieren hatte, was höchst selten vorkam.

14

An besagtem Samstagmorgen fiel es Anneke, ganz gegen ihre Gewohnheit, etwas schwer aufzustehen. Am liebsten wäre sie liegen geblieben und hätte sich einen faulen Tag im Garten gemacht. Es sollte ein relativ warmer, aber ziemlich bewölkter Tag werden. Sie ärgerte sich immer noch etwas darüber, dass sie so schnell in das überteuerte Angebot in der Autovermietung eingewilligt hatte. Außerdem hatte sie bei ihrer spontanen Zusage ganz vergessen, dass sie ihren Hund natürlich nicht mit auf den Ausflug nehmen konnte. Ihre netten Nachbarn waren nicht zu erreichen, sie hätten bestimmt auf ihre Conni aufgepasst. Aber wie gut, dass Anneke während ihrer Spaziergänge doch schon den ein oder anderen Kontakt geknüpft hatte. Etwas weiter die Straße entlang, an der Ecke einer kleinen Nebenstraße mit einigen neuen, etwas langweiligen Häusern, wohnte ein sehr nettes, älteres Ehepaar aus England. Das Paar war vor über zehn Jahren auf diese Insel gekommen und der Mann sprach sogar etwas Deutsch, da er früher beruflich viel in Hamburg zu tun gehabt hatte. Die beiden hatten zwei Straßenhunde aus einem kleinen Tierheim in der Nähe übernommen, wie sie ihr bei einem ihrer zufälligen Treffen an dem kleinen Hafen erzählt hatten.

»Eigentlich wollten wir keinen Hund haben, da wir es lieben, unabhängig zu sein und verreisen zu können, wann wir wollen. Mit einem Hund ist das nicht immer einfach.

Unser Vorsatz, ohne Hund auf der Insel zu leben, hat genau zehn Wochen gedauert, dann haben wir uns für Tessa entschieden.« Liebevoll streichelte die nette Nachbarin ihre Hündin.

»Na ja«, fügte ihr Mann grinsend hinzu, »und da war unsere Hundeliebe und unser Mitleid für die vielen Straßenhunde geweckt. Nur einen Monat später suchten wir dann die kleine Donna im Tierheim aus. Jetzt können wir uns ein Leben ohne Hund und die gemeinsamen Spaziergänge nicht mehr vorstellen.« Beide willigten sofort freudig ein, als Anneke etwas schüchtern bei ihnen klingelte und sie fragte, ob sie Conni für einen Tag nehmen könnten. Also stand dem Ausflug nichts mehr im Weg.

Etwas schwerfällig ging Anneke, nachdem sie schnell gefrühstückt und Conni nach einem kurzen Spaziergang ihren netten Nachbarn überbracht hatte, zu der Bushaltestelle schräg gegenüber der Taverne. Es war erst zehn Minuten nach acht, aber da man hier nie sicher war, wann und ob der Bus kommt, hatte sie sich entschlossen, lieber etwas länger auf den Bus zu warten.

Wie gut, dass ich so früh an der Haltestelle war, dachte sie noch erleichtert, als der Bus mit ihr und außer dem Busfahrer nur noch fünf Personen um vier Minuten vor neun vor der Autovermietung hielt. Natürlich musste Anneke noch fast eine halbe Stunde auf den Bus warten. Obwohl sie einerseits ganz froh gewesen wäre, wenn sie den kleinen hellblauen, nicht mehr ganz neu aussehenden Reisebus, der jetzt vor der Autovermietung stand, verpasst hätte, war sie doch etwas ins Schwitzen gekommen, als die Minuten verstrichen waren, während sie genervt auf ihren Bus gewartet hatte. Natürlich hätte sie die paar Stationen auch laufen können. Etwas unsicher wechselte sie nun von dem einen Bus in den anderen. Der kleine Blaue sollte sie in einigen Minuten ins Naturschutzgebiet bringen. Den Autoverkäufer sah sie nicht, erkannte im Busfahrer aber gleich den Bruder des Verkäufers. Die Ähnlichkeit war unverkennbar. Etwas verlegen suchte Anneke, nachdem sie ihr Ticket vorgezeigt hatte, einen freien Platz im hinteren Teil des kleinen, für ihren Geschmack viel zu klapprigen Busses. Als sie an den fröhlichen und erwartungsvollen Gesichtern vorbeiging, die sie teilweise angrinsten und ein nettes »Good morning« zuriefen, besserte sich ihre Laune. Wenn so viele Leute nach Akamas fahren wollten, musste es ja ein sehr schönes Ausflugsziel sein. Auf der vorletzten Bank saß eine Frau in ihrem Alter. Mit ihrem hellblonden Kurzhaarschnitt wirkte sie sehr norddeutsch. Als Anneke höflich auf Englisch fragte, ob der Platz noch frei sei, antwortete die Blonde grinsend in gebrochenem Deutsch: »Kommen Sie aus Deutschland?«

Etwas enttäuscht darüber, dass ihr starker Akzent sie verraten hatte, nickte Anneke und sagte freundlich: »Ich habe auch gerade gedacht, dass Sie sehr norddeutsch wirken.«

Lachend erwiderte die sympathisch wirkende Frau: »Ja, und das Blond ist echt. Ich komme aus Dänemark, bin aber beruflich oft in Flensburg.«

»In Flensburg? Na so ein Zufall, ich fahre manchmal zum

Shoppen nach Flensburg. Und jetzt sind Sie vor dem schlechten norddeutschen Wetter in die Sonne geflüchtet«, riet Anneke etwas neugierig.

»Nicht ganz, eigentlich mag ich das stürmische Wetter ganz gerne, aber«, ihre neue Bekannte zögerte nun etwas, »aber mein Freund hat sich vor zwei Wochen von mir getrennt.« Sie schluckte und kämpfte auf einmal sichtlich mit den Tränen. Oh, schon wieder eine unglückliche Beziehung, ging es Anneke durch den Kopf. Sie nickte mitfühlend und wartete, ob ihre neue Bekannte ihr noch mehr verraten wollte. Sie wollte. Fast schien es so, als ob Hannah, so hatte sich die nette Dänin nun vorgestellt, sogar sehr erleichtert war, endlich ihre Geschichte erzählen zu können. Es war das Übliche. Die beiden waren seit fast zehn Jahren zusammen, hatten sogar locker über eine Hochzeit gesprochen, als Hannahs Liebstem dann doch einfiel, dass seine Gefühle für sie vielleicht für ein ganzes Leben nicht stark genug waren.

Bestimmt war eine andere Frau im Spiel, dachte Anneke insgeheim, und sagte deshalb »diese Männer«, als sie tröstend ihren Arm um die Schulter der nun leise weinenden Hannah legte.

»Nein, nein, Anneke, das verstehst du ganz falsch, Frederik ist ein wunderbarer Mann, der beste Mann, den du dir nur vorstellen kannst.«

Außer Jan, schoss es Anneke durch den Kopf. Bei dem Gedanken an ihren attraktiven Olivenbauern stieg ihr sofort leichte Hitze ins Gesicht. Hannah bemerkte es glücklicherweise nicht. Leicht schluchzend fuhr sie fort: »Ich habe einen riesigen Fehler gemacht, ich kann Frederik echt überhaupt keine Vorwürfe machen.«

Nun wurde es spannend. Dass der Bus inzwischen schon einige Minuten durch das wunderschöne, bis auf die unwegsame Straße, die doch eher ein breiter Sandweg war, unberührte Naturschutzgebiet vorbei am endlos wirkenden Meer gefahren war, bekamen die beiden neuen Freundinnen kaum mit.

»Was war denn los, wenn ich fragen darf«, versuchte Anneke ihr vorsichtig eine Antwort zu entlocken. Hannah ließ sich nicht lange bitten, sie schien so froh zu sein, sich endlich jemandem anvertrauen zu können. Ihre Lippen zitterten leicht, als sie leise sagte: »Ich habe den größten Fehler meines Lebens gemacht, Anneke. Ich, ich habe Frederik mit seinem Arbeitskollegen betrogen.«

Nun flossen ihr die Tränen vor Reue hemmungslos über ihre blassen Wangen.

»Du hast was? Ja, aber warum denn? Ich denke, dein Frederik ist so super. Was hast du denn mit dem Kollegen so gemacht?« Sofort bereute Anneke ihre Taktlosigkeit.

Hannah schien die sehr persönliche Frage nicht zu stören. »Ich weiß auch nicht, was an diesem Abend in mich gefahren ist. Frederiks Firma hatte 30-jähriges Jubiläum. Es gab eine mega große Party im Vereinshaus des Fußballclubs von Frederiks Chef. Es wurde viel getanzt und leider, ganz gegen meine Gewohnheit, habe ich viel zu viel Alkohol getrunken. Normalerweise trinken wir in Dänemark ziemlich viel Alkohol, aber ich habe mir nie viel daraus gemacht und fand es immer schrecklich, wenn ich meine Freunde betrunken auf einer Party sah. Aber an diesem Abend war die Stimmung so ausgelassen und gegen ein Uhr morgens wollte Frederik nach Hause. Als er aber mein enttäuschtes Gesicht sah, schlug er mir sofort vor, dass ich ja noch bleiben könne. Ich solle mir ein Taxi nehmen und die Party genießen. Ich bin noch nie länger als mein Freund auf einer Party gewesen. Wenn wir abends ausgegangen sind, sind wir natürlich immer zusammen nach Hause gekommen. Aber Frederik hat mir total vertraut und wollte mir den Spaß nicht verderben, er ist ja so süß und ich habe sein Vertrauen so schäbig missbraucht. Ich weiß echt nicht, was mit mir los war Anneke, aber als dann Olav, Frederiks Arbeitskollege, mir immer wieder Wein nachschenkte, ließ ich mich verführen und wir küssten uns ziemlich leidenschaftlich vor allen Leuten. Anneke, es war so peinlich, als plötzlich Freya, Frederiks Sekretärin, vor mir stand und mich entsetzt anschaute und rief: 'Das sage ich deinem Freund', war ich mit einem Schlag nüchtern und bin heulend aus dem Raum gerannt.«

»Ach so, das war alles?« Anneke war fast schon enttäuscht. Klar, sie hatten sich leidenschaftlich vor den Kollegen ihres Freundes geküsst. Das war ein großer Mist, aber...

»Ich weiß schon, was du denkst, du hast gedacht, da wäre noch viel mehr zwischen mir und Olav gewesen? Nein, war es nicht. Aber es war so peinlich. Ich habe Frederik noch in derselben Nacht alles gestanden. Mir war klar, dass mich seine Sekretärin und der ein oder andere Kollege am nächsten Morgen sowieso verpetzt hätten. Weißt du, Frederik und ich haben uns immer vertraut und nun habe ich meinen Freund auch noch in seiner Firma blamiert. Du kannst dir nicht vorstellen, was er sich die nächsten Tage alles anhören musste. Ich weiß das von einer anderen Mitarbeiterin, die zwar nicht auf der Party war, aber die ich aus unserem Tennisverein kenne. Frederik war tapfer, er hatte mir verziehen, er versuchte es zumindest und sagte fast nie etwas über die blöden Sprüche seiner Kollegen. Aber ich sah ihm an, wie sehr ich ihn verletzt hatte und vor zwei Wochen gestand mir Frederik schweren Herzens, dass es ihm nicht möglich wäre, mit mir weiter zusammen zu sein. Ich habe dann spontan zwei Wochen Urlaub auf Zypern gebucht. Ich wollte nur noch weg, weg aus Dänemark, weg von Frederik und weg vom Regen auch irgendwie, obwohl mich das Wetter normalerweise wenig stört. Nun bin ich zwar körperlich hier, aber meine Gedanken sind, du weißt, bei wem.« Erneut kullerten einige Tränen über ihr blasses, sehr sympathisches Gesicht.

Schweigend legte Anneke ihren Arm um die Schulter ihrer neuen Freundin. Langsam beruhigte sich diese und so konnte Anne noch etwas die atemberaubende Aussicht genießen. Zum Glück fuhren sie noch einige Minuten, es war so schön hier. Bei allem Mitleid für ihre Begleitung wollte Anneke doch auch diesen Ausflug genießen und nicht nur als psychologische Beraterin herhalten. Plötzlich fiel ihr ein, dass Hannah ihr wahrscheinlich gar nicht so viel

anvertraut hätte, wenn Anne sie nicht so neugierig ausge-
fragt hätte.

Zu ihrer linken Seite gab es einige kleinere, noch grüne
Bäume, ein paar unebene Felder und dann das weite, tiefblaue Meer. In ein oder zwei Monaten würde die Hitze das
noch satte Grün des Frühlings in ein dunkles verwelktes
Grün verwandelt haben. Auf der rechten Seite erstreckte
sich das wilde braune, leicht mit Staub überzogene Land,
mit seinen vielen knorrigen Olivenbäumen und anderen
Baumarten, die Anneke nicht kannte. Dazwischen war
immer wieder die für Zypern berühmte fruchtbare rotbrau-
ne Erde zu sehen. In unterschiedlichsten Formen lagen
kleinere und größere Felsbrocken in beigen und rötlichen
Tönungen wild durcheinander und dann waren etwas weiter hinten auch schon die Hügel und das Bergland mit der
staubigen Erde und einzelnen dunkelgrünen Pflanzen zu
sehen. Über ihnen waren bis auf einige kleine fast alle Wolken verschwunden und das sommerliche Blau des Himmels
sah umwerfend aus.

Nach knapp zehn Minuten Fahrt auf einem sehr uneben-
en, mit teils ziemlich tiefen Schlaglöchern bestückten
Sandweg, bog der alte, klapprige Bus links ab, auf einen
ebenso holprigen Weg hinunter ans Meer. Zweimal stießen
Anneke und Hannah etwas unsanft zusammen, als der Fahrer unelegant versuchte, zwei zu tief geratenen Löchern
auszuweichen. Es blieb wohl eher bei dem Versuch. Ein
leichter Aufschrei durchlief den Bus, vor allem die älteren
Teilnehmer waren so eine rasante, unsanfte Fahrt wohl

nicht gewohnt. Aber ein bisschen Abenteuer gehörte dazu. Hannah grinste nun schon wieder etwas schief und wischte sich die letzten Tränen tapfer aus ihrem Gesicht. »Klasse, dass wir zusammen hier sind Anneke, jetzt musst du mir aber auch erzählen, warum du so ganz alleine hier Urlaub machst, oder hatte dein Mann einfach keine Lust auf den Ausflug?« Erwartungsvoll sah ihre nordische Bekanntschaft sie an.

Anne seufzte etwas, eigentlich hatte sie keine Lust, von Tante Inges Haus, der Erbschaft und vor allem von Jan zu erzählen. Aber ihr war klar, dass das ziemlich unhöflich wäre und dass sie jetzt an der Reihe war, etwas von sich zu erzählen. Ihre Gefühle für Jan wollte sie aber eher für sich behalten.

»Also«, begann sie etwas zögernd, als die kleine Reisegruppe, nachdem sie ausgestiegen waren, langsam dem Bruder des Autovermieters, der auch als Reiseführer arbeitete, hinunter an den Strand hinterher schlenderten.

»Wow, ist das schön hier«, entfuhr es Hannah plötzlich mit weit aufgerissenen Augen und wirklich, sie näherten sich einer wunderschönen, einsam gelegenen Bucht. Vor ihnen glitzerte das tiefblaue Meer und bis auf zwei Spaziergänger etwas weiter entfernt schienen sie die einzigen in der Bucht zu sein. Wie gut, dann scheint es Hannah doch nicht so wichtig zu sein, warum ich auf Zypern bin, dachte Anneke noch, als ein älterer Mann Hannah in perfektem Deutsch ansprach. »Wie schön, dass Sie wieder lachen. Ich hatte mir während der Fahrt etwas Sorgen um Sie gemacht, wenn ich das unbekannterweise so sagen darf.« Etwas verwirrt und überrascht blickte Hannah ihn an.

»Wie bitte? Darf ich fragen, was Sie damit meinen«, kam es eine Spur zu unhöflich über ihre Lippen.

»Oh, natürlich, entschuldigen Sie bitte, wenn ich zu aufdringlich war.« Der ältere, sehr gepflegt wirkende Herr verbeugte sich leicht, schien aber keineswegs schüchtern zu sein. »Ich habe im Bus vor Ihnen gesessen und Ihr kleines Gespräch leider mitbekommen. Tut mir leid, aber die Sitze sind nun mal sehr eng nebeneinander.«

Er versuchte schuldbewusst auszusehen, was ihm aber nicht gelang. Anneke hatte stark den Verdacht, dass der ältere Herr, der auch alleine im Urlaub zu sein schien, entweder zu neugierig war oder sogar die Gelegenheit nutzen wollte, die attraktive Dänin näher kennenzulernen. Schon wieder verdüsterte sich in Gedanken ihr Männerbild.

»Schatz, hast du die Sonnencreme mitgenommen?«

Entschuldigend blickte der Unbekannte zu Anneke und Hannah hinüber: »Meine Frau, sie bekommt sehr leicht einen Sonnenbrand.« Damit verschwand er kurz zu seiner Frau und ließ Anneke, beschämt über ihre Vorurteile, zurück.

»Uff, das ging ja noch mal gut«, seufzte Hannah. »Ich habe echt keine Lust, dass der halbe Bus mein Privatleben kennt.«

»So, da bin ich wieder. Meine Frau hatte die Sonnencreme in ihrer Handtasche, wir sind nicht mehr die Jüngsten und vergessen schon mal etwas«, plauderte der grauhaarige Herr lachend, während Hannah seufzte.

»Also, ich möchte die Damen wirklich nicht nerven.«

Tun Sie aber, dachte Anneke.

»Aber ich glaube, dass Ihr Freund Sie sehr liebt.« Er wirkte keineswegs verlegen, sondern teilte Hannah seine ungefragte Meinung überaus fröhlich mit. So, als würden die beiden sich schon lange kennen. Nun reicht es aber! Was bildet der sich ein, hier noch als Psychologe auftreten zu wollen, dachte Anneke sichtlich erregt, traute sich aber nicht, etwas zu sagen. Ihre neue Bekannte dagegen schien jetzt sehr interessiert zu sein, schließlich war ihr jeder Hoffnungsschimmer, ihren heißgeliebten Freund zurückzuerobern, recht. Neugierig und erwartungsvoll wartete Hannah auf eine Erklärung, während Anneke immer noch ziemlich genervt über die Einmischung war. Dennoch siegte auch bei ihr das Interesse und zu dritt gingen sie, inzwischen barfuß, die Schuhe in der Hand, durch den warmen, weichen Sand, einigen größeren Steinen und Muscheln ausweichend, spazieren. Sogar Paul aus Bremen, wie sich der Deutsche inzwischen vorgestellt hatte, hatte seine Sandalen ausgezogen. Vielleicht war er ja doch nicht so spießig und eigentlich ganz nett. Seine Frau unterhielt sich angeregt mit einem anderen Paar einige Meter weiter vor ihnen.

Beide schienen schnell neue Bekanntschaften zu machen, wie Anneke etwas neidisch feststellte. Er entschuldigte sich nochmal höflich dafür, dass er das Gespräch im Bus mitbekommen hatte und sagte etwas schuldbewusst: »Wissen Sie, es ist so eine Art Berufskrankheit von mir, sobald ich etwas von Beziehungsproblemen höre, kann ich nicht anders, als helfen zu wollen.« Er tat, als wäre er verlegen, indem er verschämt zu Boden blickte.

Anneke, immer noch etwas misstrauisch, fiel auf seine geringen schauspielerischen Talente nicht herein, fand ihr Gegenüber aber wider Willen doch irgendwie ganz sympathisch. Neugierig platzte es aus ihr heraus: »Sind Sie Eheberater oder was?«

Er lachte so laut auf, dass ein jüngeres Paar vor ihnen sich kurz umdrehte, um sich danach gleich wieder verliebt in die Augen zu sehen. Nun grinste er Anneke lausbubenhaft an und sie stellte fest, dass er für sein fortgeschrittenes Alter doch ziemlich gut aussah.

»So etwas Ähnliches, ich bin Psychologe. Mein Schwerpunkt ist die Eheberatung. Wissen Sie, dass in den meisten Fällen eine Trennung vermeidbar ist?« Ohne eine Antwort abzuwarten, plauderte er fröhlich weiter. »Die meisten Paare meinen nämlich, ihr Partner verstünde sie nicht, dabei liegt es, wie so oft, an der fehlenden Kommunikation und an Missverständnissen. Ich meine damit, oft meinen wir, der andere wünscht sich das und das, nur, weil es uns selbst gefallen würde. Oder wir glauben, unser Partner würde uns nicht lieben, während der Partner wiederum nicht versteht, warum wir uns über sein oder ihr Geschenk oder einen Vorschlag so wenig freuen.«

»Das verstehe ich nicht«, kam es fast gleichzeitig von Hannah und Anneke, die gespannt mit halb geöffneten Mündern stehen geblieben waren und interessiert zuhörten.

»Na, im Grunde ist es doch ganz einfach«, erklärte Paul etwas väterlich. »Wir wollen, dass unser Liebster oder unsere Liebste uns liebt und nur mit uns zusammen sein möchte. Das ist normal und ich denke auch gut so. Das Problem ist aber, dass wir in der Regel nur von unseren eigenen Wünschen und Vorstellungen ausgehen, ohne uns in den anderen hineinzuversetzen. Ich meine, wenn wir gerne lange Ausflüge machen und für unseren Partner einen tollen Ausflug planen, sind wir eventuell enttäuscht darüber, dass unsere Freude nicht die Begeisterung findet, die wir erwartet haben. Oder ein bestimmtes Geschenk, das wir toll gefunden hätten, hätte man es uns geschenkt, der andere würde aber statt des Geschenkes viel lieber in einen bestimmten Kinofilm gehen, der uns eher langweilen würde.« Er sah die beiden erwartungsvoll an. »Ihr versteht nicht, was ich meine, oder?«

Ohne es zu merken, waren die drei neuen Bekannten zum Du übergegangen. Beide schüttelten etwas hilflos den Kopf, bis Anneke vorsichtig erwiderte: »Du meinst also, wir sollten aus Liebe auch mal etwas schenken, auch wenn es uns nicht gefallen würde?« Sie zog fragend die Augenbrauen hoch.

»Ja, genau, wenn du deinen Partner liebst und weißt, er würde sich wahnsinnig über einen Urlaub in den Bergen freuen, du würdest aber lieber ans Meer fahren, dann könnte man doch ihm zuliebe einen Kompromiss finden oder mal in die Berge fahren und das nächste Mal ans Meer. Ich meine damit, im Großen und Ganzen sollte man schon ähnliche Interessen haben, aber es gibt doch immer auch Gegensätze in einer Beziehung. Wichtig ist, dass man in den wirklich wichtigen Dingen zusammenpasst.«

»Die da wären«, fragte Hannah prompt.

»Haltet mich für altmodisch, aber wenn der eine gerne Kinder haben möchte und der andere nicht, könnte es schwierig werden. Aber, wenn der eine gerne Fußball spielt und der andere lieber ins Kino geht, sollte man doch klarkommen, oder? Es sei denn, der Fußballplatz wird wichtiger als der Partner.«

»Ich glaube, ich verstehe. Man sollte sich mehr in seinen Partner hineinversetzen und herausfinden, was ihm Freude macht, auch wenn ich es nicht mögen würde, wie zum Beispiel ein Fußballspiel.«

»Genau! Natürlich müssen wir wissen, wo unsere Grenzen liegen. Ich meine damit, wenn der Partner sich etwas wünscht, was wir absolut nicht gutheißen, dann wäre ein Kompromiss nicht ratsam.«

Hannah errötete leicht und fragte zögernd: »Und in meinem Fall?«

Anneke verdrehte bei dieser Frage leicht die Augen, wartete aber dennoch gespannt auf Pauls Antwort. Dieser holte tief Luft, überlegte kurz und sagte dann: »In deiner Situation und bei dem, was ich so zufällig mitbekommen habe, sehe ich durchaus eine Versöhnung und eine große Chance für eure Beziehung.«

Hannah hielt gespannt den Atem an und schien wieder Hoffnung zu schöpfen.

Paul fuhr fort: »Du hast gesagt, dass dein Freund dich sehr liebt und dir komplett vertraut hat. Du hast ihn enttäuscht und das hätte er wahrscheinlich nie von dir gedacht.« Schuldbewusst sah Hannah zu Boden.

»Aber sich lieben, ich meine, sich wirklich lieben, auch in schwierigen Situationen oder wenn der Partner einen Fehler macht, bedeutet, dass man dem anderen auch verzeiht. Ich sage nicht, dass das immer einfach ist. Manchmal braucht es Zeit, aber jetzt kann dein Frederik dir beweisen, wie ernst er das mit der Liebe meint. Es ist bestimmt eine harte Prüfung für ihn, aber wenn es nicht nur leere Worte waren, sondern er dich so liebt, wie du bist, dann wird er dir bestimmt vergeben. Du allerdings solltest dich ernsthaft bei ihm entschuldigen und deinem Freund die Zeit geben, die er braucht, und natürlich deinen Ausrutscher nicht wiederholen. Dränge ihn nicht, sage oder schreibe ihm aber, wie wichtig er dir ist und dass der Typ auf der Party dir absolut nichts bedeutet. Vielleicht überlegst du dir auch, wie du an der Stelle deines Freundes reagiert hättest, wenn er dein Vertrauen missbraucht hätte. Wenn ihr beide euch wirklich liebt und diese Prüfung besteht, dann wird eure Beziehung bestimmt noch fester und inniger werden, nur Mut, Hannah.« Aufmunternd sah er die verzweifelte Dänin an. Insgeheim bewunderte Anneke Paul, er hatte bestimmt keine Probleme in seiner Ehe. Als ob Paul ihre Gedanken erraten hätte, sagte er: »Was meint ihr, wie oft wir uns in unseren fast 40 Ehejahren schon trennen wollten.«

»Aber Liebling, das meinst du doch nicht im Ernst«,

erklang es gespielt entrüstet hinter ihnen. Die Drei drehten sich ruckartig um.

»Natürlich nicht mein Schatz.« Paul umarmte seine Frau, die sich fröhlich zu ihnen gesellte, und zwinkerte den beiden über die Schulter seiner Frau kurz zu und grinste.

Was für ein schöner Tag! Nach einem ausgedehnten Spaziergang entlang der Bucht, einige gingen nicht am, sondern barfuß im Wasser den Strand entlang, trafen sich die Ausflügler in der kleinen, sehr einfachen, aber umso gemütlicheren Strandbar. Bei einem Glas Wein und einem kleinen Snack wurde die Stimmung immer ausgelassener und der sehr nette Bruder des Autohändlers, Giorgos, hatte so viele lustige Geschichten über die verschiedensten Touren zu erzählen, die er schon gemacht hatte, dass es egal war, ob sie alle stimmten oder ein bisschen zu sehr ausgeschmückt waren. Da sein Englisch nicht sehr gut war, unterstrich er seine Anekdoten lebhaft mit ausschweifenden Gesten und übertriebener Mimik. Giorgos hatte das beneidenswerte Talent, einen so interessant zu unterhalten, dass die Zeit viel zu schnell verging.

Als die Sonne fast im Meer verschwunden war und es merklich kühler wurde, ging eine ausgelassene, fröhliche Truppe von Urlaubern zurück zum Bus.

Auf der Rückfahrt wurde gesungen und gelacht. Die Ausflügler unterhielten sich, als ob sie sich schon Jahre kannten. Anneke erzählte endlich auch von der Erbschaft, ihrem anfänglichen Zögern, einige Zeit auf der Insel zu verbringen und dass sie es jetzt fast bereute, die Insel in einigen Wochen schon wieder verlassen zu müssen.

»Aber du und deine Familie, ihr habt jetzt ein Ferienhaus auf Zypern. Ich würde das Haus an eurer Stelle auf keinen Fall verkaufen. Du hast es echt gut, Anneke, du kannst hier immer Urlaub im eigenen Haus mit Pool machen. Ich beneide dich schon ein bisschen. Außerdem wirst du in Zukunft vielleicht deinen Jan alle paar Wochen besuchen, oder?«

Hannah zwinkerte ihr verschmitzt zu. Natürlich hatte Anneke sich nach diesem tollen Tag nicht zurückhalten können und ihrer neuen Bekannten auf der Rückfahrt auch von ihrem Schwarm, dem attraktiven und etwas undurchsichtigen Olivenbauern erzählt. Das Glas Wein hatte ihre Zunge gelöst und schließlich hatte ihre neue Freundin ihr ja auch viel Privates anvertraut.

»Aber Hannah, es ist nicht mein Jan. Ich habe dir doch gesagt, dass er bestimmt eine Freundin hat, oder vielleicht sogar verheiratet ist.« Anneke seufzte wehmütig.

»Glaub ich nicht, Anneke. Wenn er in festen Händen ist, warum hat er dann nicht seine Frau oder Freundin mit auf sein Konzert genommen? Der ist bestimmt noch zu haben.«

»Und wer war dann die Frau bei ihm in der Taverne? Er hat seinen Arm um sie gelegt, das macht man ja auch nicht bei jedem, oder?«

Hannah zuckte unbeeindruckt die Schultern. »Das kann eine gute Bekannte gewesen sein, eine Verwandte oder wer auch immer. Haben sie sich geküsst? Nein, also, das beweist doch noch lange nicht, dass er vergeben ist. Du kannst ja

Paul mal nach seiner Meinung fragen«, lachte Hannah fröhlich.

»Bloß nicht«, kam es genauso gut gelaunt zurück. Glücklicherweise unterhielten sich Paul und seine Frau so angeregt mit dem Paar vor ihnen, dass sie nichts von ihrem kleinen Gespräch mitbekommen hatten.

Nach einer herzlichen Umarmung und dem Austausch ihrer Handynummern verabschiedete sich Anneke von der Dänin und winkte den anderen herzlich zu.

Sie war die Erste, die aus dem Bus ausstieg, Tante Inges Haus war nicht weit vom Anfang des Naturschutzgebietes entfernt. Anneke ging noch ganz kurz mit Conni vor die Tür, die sie bellend begrüßt hatte, als Anneke sie bei den netten Nachbarn abgeholt hatte. Das Glas Wein, auf das die sympathischen Engländer Anneke noch einladen wollten, lehnte sie dankend ab, auch auf ein Gespräch mit Petra verzichtete sie, ganz gegen ihre Gewohnheit. Morgen jedoch würde sie ihrer besten Freundin alles haarklein erzählen.

Vierzig Minuten später lag sie glücklich und zufrieden in dem breiten Bett, dieses Mal unter einer hellgelben Bettdecke, übersät mit vielen zart grünen, aufgedruckten Oliven. Wie passend, Oliven, murmelte sie schon halb im Schlaf und musste unwillkürlich an Jan denken, wie er im Herbst ohne sie unter blauem Himmel seine Oliven erntete. Sie saß dann wahrscheinlich bei Sturm und Regen in ihrem langweiligen Büro, hatte die Heizung aufgedreht und würde sich fragen, ob die Monate auf Zypern echt waren oder sie alles nur geträumt hatte.

15

Der Ausflug in das nahegelegene Naturschutzgebiet vor ein paar Tagen hatte Anneke und Hannah so gut gefallen, was bestimmt auch auf die nette Begegnung mit Paul zurückzuführen war, dass beide ausgemacht hatten, gemeinsam einen anderen Ausflug zu unternehmen. Hannah hatte Anneke zweimal angerufen und wenn die Gespräche auch noch nicht so vertraut waren wie mit Petra, fand Anneke ihre neue Freundin doch sehr sympathisch und bedauerte es fast, dass Hannah in nur vier Tagen wieder abreisen musste. Bei ihrem zweiten Anruf gestern hatte sie Anneke ganz aufgeregt mitgeteilt, dass sie endlich den Mut gehabt und Pauls Vorschlag aufgegriffen hatte. Sie hatte ihren Liebsten angerufen, um sich endlich mit ihm auszusprechen. Es war ein sehr, sehr langes Gespräch geworden, bei dem beide viele Tränen vergossen und sich gegenseitig gestanden hatten, dass sie ohne einander nicht mehr leben wollten. Hannah hatte sich schluchzend bei ihrem Frederik entschuldigt und kleinlaut um Verzeihung gebeten, die dieser Supermann ohne Zögern, ebenso emotional angenommen hatte. Hannah erzählte Anneke alles so ausführlich und leicht theatralisch, dass Anneke am Ende das Gefühl hatte, sie wäre bei dem ganzen Gespräch heimlich dabei gewesen. Dass die Nordlichter so sehr ihre Gefühle zeigen konnten, war ihr bis dahin nicht bewusst gewesen.

Dieses Mal hatte sie allerdings beschlossen, Conni mitzunehmen. Sie traute sich einfach nicht, ihre netten englischen Nachbarn noch mal zu fragen und als Hundesitter zu nutzen, obwohl, da war Anneke sich sicher, sie sofort eingewilligt und auf ihren kleinen Hund ein weiteres Mal aufgepasst hätten. Heute wollten Hannah und sie ganz normal mit dem Bus nach Paphos fahren. Von Paphos aus konnte man mit einem anderen Bus nach Omodos weiterfahren, ein kleines Dorf in den Bergen. Conni konnte sie in der kleinen Hundebox wunderbar im Bus auf ihren Schoß nehmen. Die Bilder im Internet hatten Anneke sofort überzeugt. Zwar wurde ihr schnell klar, dass es ein typisches Touristendorf war, aber egal. Schon alleine der Weg in die Berge musste aufregend sein und dann der Blick von oben aufs Meer. Einen Vorgeschmack darauf, wie das Meer von oben aussah, hatte sie ja bereits auf der Fahrt nach Polis mit Tony bekommen. Ach ja, Tony, seufzte sie etwas gedankenversunken. Was er wohl so machte? Es kam ihr vor, als habe sie ihn schon seit Monaten nicht mehr gesehen, dabei war ihre letzte Begegnung noch nicht lange her. Etwas beschämt musste sie sich eingestehen, dass sie kaum noch an ihn dachte. Dabei hatte er ihr die Anfangszeit auf der Insel so leicht gemacht. Ich muss ihm unbedingt etwas Schönes schenken, bevor ich wieder nach Deutschland fliege.

Und Jan? Ob sie ihn vor ihrer Abreise wohl nochmal sehen würde? Wehmütig schluckte sie den aufkommenden Kloß im Hals herunter. Bei dem Gedanken an ihr Zuhause wollte keine Freude aufkommen. Nun bloß kein Selbstmitleid, riss sie sich energisch zusammen, außerdem bist du ja noch eine Weile hier, Anneke, dachte sie in strengem Ton. Wie gut, dass sie alleine war, ihre Selbstgespräche häuften sich in letzter Zeit etwas zu sehr.

Anneke freute sich auf den Ausflug mit ihrer neuen Freundin und war auch etwas stolz darauf, dass sie das Dorf vorgeschlagen und die Busverbindungen für beide herausgesucht hatte. Überhaupt fühlte sie sich immer sicherer. Das Inselleben war ihr inzwischen so vertraut geworden. Fast vergaß sie ihren langweiligen Bürojob und den immer näher rückenden Abreisetermin. Der einzige Gedanke, der ihr täglich ein bisschen die Stimmung verdarb und den sie leider nicht ganz wegschieben konnte, war die Vorstellung daran, dass ihr gutaussehender Nachbar vielleicht Händchen haltend oder sogar verliebt mit seiner attraktiven Frau unter einem der vielen, jetzt mit kleinen gelben Blüten übersäten Olivenbäume saß.

Es war schon fast neun Uhr, als sie sich am nächsten Mittwoch, dem Tag, an dem sie und Hannah in die Berge fahren wollten, endlich entschloss, aufzustehen. Conni hatte sie vor einer knappen Stunde kurz in den Garten gelassen und sich dann nochmal gemütlich unter die warme Bettdecke gekuschelt. Jetzt aber raus aus den Federn!

Besonders viel hatte Anneke bis jetzt noch nicht von der Insel gesehen, aber das war ihr egal. Sie war auch in Deutschland am liebsten in ihrem Häuschen oder im Garten, wobei sie sich seit dem kleinen Ausflug vor ein paar Tagen ins Naturschutzgebiet auf einmal richtig abenteuerlustig vorkam. Tony hatte Anneke zwar angeboten, ihr ohne irgendwelche Hintergedanken, ganz freundschaftlich, als Chauffeur zu dienen und ihr noch mehr von der Insel zu zeigen, aber sie wollte ihn auf keinen Fall ausnutzen. Dabei hätte sie sich nicht wohl gefühlt. Außerdem war Tony sicher noch in sie verliebt und da war es ihr lieber, noch eine Weile Abstand von ihm zu halten. Vielleicht würde sie in den letzten Tagen vor ihrem Abflug etwas mit ihm unternehmen. Sie schluckte bei dem Gedanken, dass sie in weniger als fünf Wochen wieder in ihrem grauen Büro sitzen würde. Dass sie von Tony nicht mehr als Freundschaft wollte, wurde Anneke mit jedem Tag klarer.

Wegen Tony würde sie also nicht am Flughafen in Larnaka weinen, auch wenn sie ihn nach wie vor sehr gern mochte. Dann schon eher wegen... Nein Anne, reiß dich zusammen. Dein Nachbar hat eine Andere, sagte sie sich energisch, wenn auch wenig überzeugt.

Jetzt schnell ins Badezimmer, der Bus fuhr um zehn ab. Na ja, so gegen zehn. Dass die Insulaner es mit der Pünktlichkeit nicht so genau nahmen, war für Anneke seit ihrer Fahrt zur Autovermietung nicht mehr neu. Man setzte sich hier eben einfach auf die Bank an der Bushaltestelle, die fast vor Tante Inges Haus war, und wartete in der Hoffnung, dass ein Bus kam. Warum auch nicht? Bei dem schönen Wetter mit einem Buch in der Hand konnte sie auch gut auf den Bus warten. Hannah würde auf halber Strecke dazusteigen, sie wohnte in einem Hotel in der Nähe von Paphos. Voller Vorfreude auf einen wunderschönen Tag in dem beliebten Bergdorf stand sie vor dem runden Badezimmerspiegel, um sich fertigzumachen.

Nein! Was ist das denn jetzt? Sie war gerade dabei, kräftig ihre Zähne zu putzen, als etwas ins Waschbecken fiel. Leider lag der schwarze Stöpsel nicht da, wo er hingehörte, sondern neben der Seife in dem kleinen gelben Schälchen mit den blauen Punkten. Ansonsten hätte Anne sich bestimmt eine Menge Geld gespart. Meine Krone, so ein Mist. Gerade jetzt. Die war weg! Hatte sie sich zu temperamentvoll die Zähne geputzt? Egal, und jetzt? Dass sie hier eventuell einen Zahnarzt brauchen würde, daran hatte sie nicht gedacht. Ich will nicht, jammerte sie leise. Sie hatte totale Angst vor dem Zahnarzt. War bestimmt irgendein Kindheitstrauma oder so. Wobei sie sich nicht daran erinnern konnte, dass ihr mal ein Zahnarzt so richtig wehgetan hatte. Aber sie hatte so große Angst vor dem Bohren, dass sie, trotz Betäubung mindestens einen Tag vor dem Termin immer nervös auf und ab lief. Trotz ihrer sympathischen und verständnisvollen Zahnärztin, die sie zu Hause nach langer Suche endlich gefunden hatte. Und jetzt sollte sie zu einem fremden Zahnarzt in einer ihr fremden Sprache gehen? Hier auf Zypern?

Nein, nein und nochmal nein!

Aber deshalb frühzeitig nach Hause fliegen? Nein, das kam nicht in Frage!

Was sollte sie tun? Tony fragen, ob er einen guten, verständnisvollen Zahnarzt, oder lieber eine einfühlsame Zahnärztin, die Deutsch sprach, kennt? Nein. Er kennt bestimmt keine und sie wollte nicht schon wieder Tony um Hilfe bitten. Jan fragen? Nein, natürlich nicht! Eigentlich kann ich ein paar Tage warten, so eilig wird eine neue Krone nicht sein, versuchte Anneke sich zu beruhigen. Heute fahre ich mit Hannah nach Omodos und wir werden uns einen schönen Tag machen, dachte sie jetzt etwas trotzig.

Morgen oder die nächsten Tage kann ich mich immer noch um einen Zahnarzt kümmern. So richtig überzeugt klang sie nicht. Sie kannte sich und ihre Angst gut genug und wusste genau, dass sie sich nicht belügen konnte. Die Lust auf einen Ausflug war ihr plötzlich komplett vergangen. Was sollte sie tun? Zögernd nahm sie den Hörer in die Hand.

»Hannah? Ich bin's, Anneke. Du, es tut mir wahnsinnig leid, aber ich muss leider kurzfristig unseren Ausflug absagen, mir ist eben meine Krone aus dem Mund gefallen und ich bin jetzt auf der Suche nach einem Zahnarzt.«

Bevor Hannah etwas erwidern konnte, sagte Anneke hastig: »Ich weiß, es klingt echt albern, aber ich bin, wenn es um meine Zähne geht, ein richtiger Angsthase.« Dass sie sich auch in vielen anderen Dingen wie ein Angsthase vorkam, musste ihre neue Freundin ja nicht wissen.

Hannah hatte wider Erwarten großes Verständnis und sagte beruhigend: »Mach dir keine Gedanken um mich, Anneke, ich kann dich gut verstehen. Vielleicht sehen wir uns ja noch vor meiner Abreise. Oder du kommst Frederik und mich in Dänemark besuchen, wenn du wieder in Deutschland bist. Wir sollten unbedingt in Kontakt bleiben, außerdem bin ich so gespannt, wie es bei dir und...«

»Stop Hannah«, lachte Anneke etwas gequält. »Du würdest dich bestimmt gut mit meiner Freundin Petra verstehen. Die sieht mich auch schon mit einem Mann zusammen, hier auf der Insel. Aber Jan werde ich wohl irgendwie vergessen müssen«, seufzte sie.

»Abwarten«, kam es fröhlich von Hannah zurück.

»Ich sag doch, du bist Petra sehr ähnlich.« Beide verabschiedeten sich herzlich und versprachen, sich auf jeden Fall bald wiederzusehen.

»Und ich muss jetzt meine Angst überwinden und mir einen Zahnarzt suchen«, murmelte Anneke nervös in Richtung Conni, die sich wenig um die Angst ihres Frauchens kümmerte. Tief Luft holen und diese unangenehme Sache heute, jetzt gleich, in die Hand nehmen. So schlimm wird es schon nicht werden. Anneke gab ins Internet ein: »Zahnarzt Paphos und Umgebung, spricht Deutsch«. Versuchen kann man es ja mal. Wie sie es sich schon gedacht hatte, wurden ihr nur Zahnärzte mit griechischem und zwei mit englischem Namen vorgeschlagen. War ja klar, dachte sie frustriert. Aber halt! Bei einer Zahnärztin stand, dass sie sowohl Englisch als auch Deutsch spräche. Wenn das mal kein Schreibfehler war. Ihre Praxis war sogar hier in der Nähe, zwischen Pegeia, dem Nachbardorf und Paphos. Am besten rufe ich an und frage, ob die Ärztin wirklich Deutsch spricht. Immerhin sprach sie sicher Englisch und war eine Frau. Anneke bildete sich ein, dass eine Frau vielleicht mehr Verständnis für ihre Angst hätte. Dabei war ihre Schwester Tanja, wenn es um ihre Zähne ging, auch ein Angsthase, aber ihr Zahnarzt war ein Mann und ihre kleine Schwester war immer sehr begeistert, wie vorsichtig er sie behandelte.

Annekes Hand zitterte ein bisschen, als sie die Nummer wählte. In Gedanken legte sie sich auf Englisch schon mal ein paar Sätze zurecht, vielleicht war das mit dem Deutsch ja ein Schreibfehler. Sie musste nicht lange warten, als eine Frauenstimme irgendetwas auf Griechisch sagte.

»Entschuldigen Sie bitte, sprechen Sie Englisch oder vielleicht sogar Deutsch?«

»Klar, wie Sie wollen. Sie sind Deutsche, oder? Was kann ich für Sie tun?« Die nette, etwas hektisch klingende Stimme wartete Annekes Antwort, ob sie Deutsche sei oder nicht, gar nicht erst ab. War ihr Englisch so schlecht gewesen, dass sie gleich als Deutsche erkannt wurde? Egal, wenn sogar die Sprechstundenhilfe Deutsch sprach und zwar ohne Akzent, umso besser.

»Ja, ich bin Deutsche. Mir ist gerade eine Krone rausgefallen und ich hätte gerne einen Termin. Ich habe aber echt Angst vor dem Zahnarzt.«

»Vor mir müssen Sie keine Angst haben und eine Krone wieder einzusetzen tut überhaupt nicht weh. Wie lange dauert Ihr Urlaub noch? Ich frage wegen des Termins.«

Sie war also direkt mit der Zahnärztin verbunden, umso besser. »Ich wohne für drei Monate hier. Etwas mehr als die Hälfte ist schon rum. Ich bin noch fast fünf Wochen auf Zypern. Aber könnte ich nicht gleich heute kommen«, fragte Anneke etwas schüchtern.

»Tut mir echt leid, ich habe nur eine ganz kleine Praxis. Meine Sprechstundenhilfe hat sich gestern einen Arm gebrochen, also mache ich jetzt ihren Job mit. Aber, warten Sie mal, heute ist Montag. Wenn Sie Donnerstagabend nach Feierabend kommen möchten, dann würde ich etwas länger hier bleiben. Passt Ihnen Donnerstag um 19 Uhr?«

Wow, das war ja eine super nette Zahnärztin. Sie würde auf einen Teil ihres Feierabends verzichten und ihr Deutsch schien auch ziemlich gut zu sein. Die drei Tage müsste Anneke schon irgendwie herumbekommen.

Glücklich antwortete sie: »Das ist sehr, sehr nett von Ihnen. Danke, ich komme gerne am Donnerstag.«

Nachdem sie der Ärztin noch ihren Namen und ihre Telefonnummer hinterlassen hatte, war Anneke etwas beruhigter.

Erst am Donnerstagnachmittag fiel Anneke ein, dass sie ja gar keine Ahnung hatte, wie sie ohne Auto zur Zahnarztpraxis kommen sollte. Mit dem Taxi würde es ziemlich teuer werden. Sie entschloss sich also, den Bus zu nehmen und in der Nähe der Praxis auszusteigen und den Rest zu laufen. Wenn es dann noch zu weit wäre, könnte sie sich ja immer noch ein Taxi gönnen. Anneke war schon am Vormittag so aufgeregt, dass sie Petra kurz auf dem Handy anrief. Petra versuchte, sie etwas zu beruhigen, wirkte aber sehr unkonzentriert.

»Petra, was ist los, entschuldige, ich störe dich wahrscheinlich, oder? Du bist bestimmt mitten bei der Arbeit?«

»Nein, nein Anne, alles in Ordnung.« Es klang alles andere als in Ordnung. »Entschuldige bitte Anne, ich muss jetzt Schluss machen, es wird schon nicht so schlimm, dir ist schließlich nur eine Krone rausgefallen. Andere Leute haben viel größere Probleme.«

Autsch, das klang so gar nicht nach ihrer normalerweise so fröhlichen und verständnisvollen besten Freundin. Irgendetwas stimmte nicht mit Petra, aber die hatte schon wieder aufgelegt. Auch das noch, dachte Anneke, erst der Zahnarzttermin, jetzt noch Stress mit Petra und dann war da ja auch immer noch Jan, den sie nicht vergessen konnte. Warum hatte er sich eigentlich nicht mal bei ihr gemeldet? Ihr Nachbar wusste doch, wo sie wohnte. Wegen der Sache in der Taverne? Bestimmt dachte er, sie sei mit Tony zusammen, hatte Jan sie doch mit ihm zusammen gesehen. Oder Jans Freundin hatte herausgefunden, dass er mit Anneke einen netten Sonntagvormittag in Paphos verbracht hatte. Seit einigen Tagen hatte sie das Gefühl, dass sich Jan irgendwie vor ihr verstecken würde, oder zumindest eine Begegnung vermied. Das war natürlich ein völlig absurder Gedanke, aber sie müsste ihn doch mal in seinem Olivenhain sehen. Zumindest von Weitem. Schließlich gingen Conni und sie mehrmals am Tag an seinem Grundstück vorbei. Aber außer den zwei kurzen Begegnungen hatte sie ihn nur einmal in seinem alten Auto vorbeifahren sehen. Den schicken BMW sah Anneke dafür mehrere Tage hintereinander vor seinem Grundstück parken.

Vergiss ihn endlich Anne, die Blonde ist bestimmt seine Freundin oder sogar seine Frau und wenn er dich von Weitem sieht, ist er wahrscheinlich so genervt, dass er schnell ins Haus flüchtet, um nicht erkannt zu werden. Hatte sie gerade irgendwelche Minderwertigkeitskomplexe?

Der Bus kam fast zwanzig Minuten zu spät, aber das hatte sie schon mit eingeplant. Zwanzig Minuten Verspätung waren hier normal und regten keinen Einheimischen auf.

Sie war eine Viertelstunde zu früh bei der Zahnarztpraxis. Das große weiße Gebäude, in dem sich im unteren Teil eine kleine Boutique befand, sah sie schon vom Bus aus. Sehr praktisch. Sie wartete noch einige Minuten, konnte dann aber ihre Aufregung nicht mehr zurückhalten und öffnete fast zehn Minuten zu früh die kleine Eingangstür neben der Boutique, um in den zweiten Stock zum Zahnarzt zu gehen. Die Ärztin hatte ihr den Weg am Telefon wirklich sehr gut beschrieben. Anneke war etwas schwindelig vor Aufregung, als sie die ziemlich steile Treppe hochstieg. Jetzt bloß nicht hinfallen, reiß dich zusammen, Anne, versuchte sie sich selbst zu beruhigen. Es half, wie jedes Mal vor einem Zahnarztbesuch, leider herzlich wenig.

Vorsichtig machte sie endlich die Tür auf und stand schon in dem kleinen, sehr geschmackvoll eingerichteten Wartezimmer. Kein Tresen für die Anmeldung. Es sah hier auch gar nicht so aus wie in einer Zahnarztpraxis. Es fehlte sogar dieser typische Zahnarztgeruch, den sie natürlich nicht vermisste. Merkwürdig. Anneke kam sich fast so vor, als ob sie im Wohnzimmer einer fremden Wohnung stand.

Noch in Gedanken versunken hörte Anneke aus dem Nebenraum eine freundliche Stimme rufen: »Frau Anneke Hansen? Kommen Sie ruhig herein.«

Die Tür zur Praxis war nur angelehnt. Anneke knabberte nervös an ihrer Unterlippe. So nett es hier auch aussah, etwas merkwürdig kam ihr diese sogenannte Zahnarztpraxis schon vor. Hoffentlich ist das überhaupt eine echte Ärztin, nicht dass die irgendetwas mit meinen Zähnen macht und dann ist es nachher nicht mehr nur die fehlende Krone, die mir Probleme macht. Ihre Angst ließ sie nicht klar denken.

»Kommen Sie?«

»Ja«, kam es mit leicht zitternder Stimme von Anneke. Etwas zögernd schob sie nun die Tür auf, sah in den Behandlungsraum und machte instinktiv einen Schritt zurück. Ihr wurde schwindelig, sie musste sich am Türrahmen festhalten. Die Ärztin kam schnell auf Anneke zu und führte sie bestimmt und selbstbewusst auf den etwas abgewetzten großen Stuhl vor dem antiken, dunkelbraunen, mit Verzierungen geschmückten Schreibtisch. Aber dieses Mal war es nicht der Behandlungsstuhl oder ihre Angst, die Anneke blass werden ließen. Nein, es war die Zahnärztin selbst. Sie hatte sie schon mal gesehen. Vor einigen Wochen in der Taverne. Da stand sie vor ihr, die Blonde, Jans Freundin oder Frau. Nein! Das durfte nicht wahr sein.

Anneke wollte nur noch weg und zwar so schnell wie möglich.

»Wollen Sie ein Glas Wasser haben? Ich werde Ihnen ganz sicher nicht wehtun, versprochen«, hörte Anneke die sehr nette, warme Stimme sagen. Dass die fremde Blonde ihr schon wehgetan hatte, indem sie ihr Jan weggenommen hatte, konnte Anneke ihr natürlich nicht sagen. Mein Gott, Anne, was heißt denn weggenommen? Sie selbst war nie Jans Freundin gewesen. Anneke versuchte, ihre Stimme normal klingen zu lassen, was ihr nicht ganz gelang.

»Es geht schon wieder, danke. Sie sprechen perfekt Deutsch, wie ein Muttersprachler.« Sie versuchte irgendetwas Nettes zu sagen. Sollte die blonde Zahnärztin, die zugegebenermaßen sehr sympathisch wirkte, doch auf keinen Fall merken, dass Anne ein Problem mit ihr hatte.

Hatte sie etwas Falsches gesagt? Die Ärztin lachte laut auf und antwortete, ohne beleidigt zu sein: »Vielen Dank für das nette Kompliment, aber ich bin Deutsche. Da wäre es wohl komisch, wenn ich nicht wie eine Muttersprachlerin klingen würde, oder?« Sie grinste Anneke fröhlich an.

Schon wieder war Anneke in ein Fettnäpfchen getreten. Peinlich. Schnell versuchte Anneke, sich zu rechtfertigen.

»Ich dachte nur...«, stotterte sie. Die nette Blonde vollendete ihren Satz: »Sie dachten, weil mein Nachname griechisch und nicht deutsch ist? Mein Mann ist Grieche und wir sind beide etwas altmodisch, das heißt, ich habe seinen Nachnamen angenommen und auf meinen verzichtet.«

Jetzt wusste Anneke echt nicht mehr, was sie denken sollte. Hatte ihr Nachbar sie angelogen und er war in echt gar kein Deutscher, sondern einer von der Insel? Das würde natürlich erklären, warum er hier einen Olivenhain hatte und sich mit den Oliven so gut auskannte. So ein Unsinn, natürlich kam er aus Deutschland. Warum hätte Jan sie anlügen sollen? Außerdem war sein Deutsch viel zu perfekt für einen Zyprer. Obwohl, vielleicht war er ja zweisprachig aufgewachsen? Mist, sie kannte nur seinen Vornamen.

»Alles okay mit Ihnen? Darf ich mir den Zahn ansehen, von dem die Krone abgefallen ist?«

»Ja sicher.« Anneke war jetzt so verwirrt wegen der Sache mit Jans Frau, der sie behandelnden Ärztin und ihrem Nachnamen, dass sie ihre Angst vor der Behandlung so gut wie vergessen hatte. Glück im Unglück nennt man das wohl. Unter anderen Umständen wäre Anne superfroh gewesen, hier auf dem Land eine so nette deutschsprechende Zahnärztin gefunden zu haben, aber ihr war jetzt schon klar, dass es natürlich ein großer Fehler gewesen war, zu Jans Frau zu gehen. Hätte sie das vorher gewusst, hätte sie sich tausendmal lieber einen englischsprachigen Zahnarzt gesucht. Aber sie konnte ja nicht einfach die Praxis verlassen. Was hätte sie der Ärztin sagen sollen und wenn die Blonde dann Jan erzählen würde, wie fluchtartig ihre neue Patientin den Raum verlassen hatte und wenn Jans Frau ihrem Mann Anne beschrieben hätte und er hätte schließlich gewusst, wer sie war? Nicht auszudenken! Jan würde sie bei ihrer nächsten Begegnung bestimmt auslachen. Annekes Kopfkino lief auf Hochtouren.

»So, das war's. Danke, dass Sie so still gehalten haben. Und? Hat es wehgetan?«, fragte die Zahnärztin sehr freundlich.

»Was, das war's schon? Ich habe fast nichts gespürt, Sie sind echt klasse, vielen, vielen Dank!« Es rutschte Anneke einfach so heraus. So was Blödes, ihr war Jans Frau echt super sympathisch. Mist! Nun konnte sie Petra gar nichts Schlechtes über seine Frau sagen.

»Gern geschehen, ansonsten sehen Ihre Zähne prima aus. Übrigens, so ängstlich wirkten Sie gar nicht, Kompliment.«

Vielleicht waren es die freundlichen Worte oder die Erleichterung, so glimpflich mit dem Einsetzen der Krone davongekommen zu sein. Anne wusste es später nicht mehr, aber sie wollte jetzt ganz genau wissen, war ihr Mann Jan oder nicht und was hatte es mit dem griechischen Nachnamen auf sich. Sie zögerte kurz und wagte dann zu sagen: »Wir sind übrigens Nachbarn. Allerdings habe ich bis jetzt immer nur Ihren Mann«, bei den letzten zwei Worten schluckte sie leicht, »vor Ihrem Haus gesehen. Aber, ich weiß nicht, ob Sie sich erinnern, vor ein paar Wochen saßen Sie und Ihr Mann in derselben Taverne wie ich und mein Bekannter.« Sie redete etwas zu hastig und spürte, wie ihr dabei die Wärme ins Gesicht stieg. Verwundert schien die Ärztin zu überlegen. »Ich kann mich nicht daran erinnern, Sie schon mal gesehen zu haben. Mein Mann ist seit vier Wochen auf Geschäftsreise, vielleicht haben Sie uns davor in Paphos gesehen, da gehen wir ab und zu essen. Wohnen Sie zurzeit in Paphos?« Sie zog leicht ihre Augenbrauen hoch und blickte Anneke fragend an. Anne hatte Mühe, dem Blick der Blonden standzuhalten.

Dennoch schaffte sie es, ziemlich ruhig und betont teilnahmslos zu erwidern: »Ach, entschuldigen Sie bitte, dann muss ich Sie verwechselt haben. Da sah Ihnen wohl jemand sehr ähnlich.« Anneke wusste aber genau, dass sie Jans Frau nicht verwechselt hatte. Was war hier nur los? »Ich wohne für drei Monate in der Nähe von Pegeia und mein Nachbar hat einen Olivenhain. Ich dachte, ich hätte Sie beide in der Taverne gesehen. War wohl schon zu dunkel, entschuldigen Sie bitte. Ich werde dann mal gehen.« Anneke wollte nur noch weg. Sie wusste genau, dass sie Jan mit dieser Frau gesehen hatte, warum belog diese nette Ärztin sie?

»Ach, Sie meinen Jan?«

Ja, wen denn sonst, dachte Anne erschreckt. Mit dieser Antwort hatte sie nicht gerechnet. Sie konnte ihre Verwirrung nicht verbergen.

»Jan ist mein kleiner Bruder.«

Wie bitte? Hatte sie sich verhört? »Ihr Bruder?« Anneke sah wohl etwas zu erstaunt aus, denn nun kam es leicht ironisch zurück.

»Na ja, es soll Leute geben, die haben sogar einen Bruder.« Sie lächelte dabei aber freundlich.

»Ja, natürlich, entschuldigen Sie bitte.«

Auf einmal schien der Ärztin ein Licht aufzugehen und sie erwiderte sehr direkt mit einem aufmunternden Lächeln: »Sie mögen meinen Bruder, oder?«

Nun konnte Anneke nicht anders. Sie wurde knallrot,

dunkelrot und konnte dem Blick ihres Gegenübers nicht mehr standhalten. Sie stammelte nur: »Na ja, er ist ganz nett, glaube ich. Ich kenne ihn ja kaum. Er hat mich einmal zum Frühstück nach Paphos eingeladen, vorher waren wir zusammen bei seinem Konzert. Ich gehe dann wohl mal.« Wie peinlich, nur raus hier, dachte sie ziemlich durcheinander.

»Ach, Sie sind das«, kam es nun sehr herzlich und hocherfreut von der Ärztin. »Was halten Sie davon, wenn wir zusammen ein Glas Wein trinken gehen? Schließlich habe ich jetzt Feierabend und vielleicht wollen Sie, dass ich Ihnen etwas von meinem Brüderchen erzähle?« Es klang ein bisschen spitzbübisch und irgendwie vertraut. Fast so, als wären die Blonde und sie auf einmal etwas befreundet. »Ich heiße übrigens Sylvia. Ist das okay, wenn wir uns duzen?«

»Ja klar, warum nicht«, antwortete die immer noch leicht errötete Anneke verblüfft. Irgendwie ging ihr das alles etwas zu schnell. Sylvia schien ihre Gedanken erraten zu haben.

»Ich weiß, in Deutschland würde ein Arzt wahrscheinlich nicht mit einem fremden Patienten etwas trinken gehen und ihm oder ihr so schnell das Du anbieten. Aber wir sind hier nicht in Deutschland. Musste ich auch erst lernen, dass es hier etwas lockerer zugeht. Außerdem ist die Insel klein. Irgendwann kennt hier fast jeder jeden. Hat Vorteile und Nachteile. Na, was ist jetzt?« Fragend zog Sylvia ihre dunkelblonden Augenbrauen hoch.

»Klar, gerne.« Anneke war echt neugierig. Conni war seit ungefähr einer Stunde alleine, da konnte sie guten Gewissens noch ein Stündchen oder so etwas über Jan erfahren. Seine Schwester schien ja irgendwie erfreut darüber zu sein, ihr ein wenig über ihren Bruder erzählen zu können und Anneke war natürlich super neugierig. Auf dem Weg zur kleinen Bar, schräg gegenüber der Praxis, kamen ihr doch einige Gewissensbisse. War es nicht etwas unfair, wenn seine Schwester ihr so hinter seinem Rücken etwas über ihn erzählte? Auf der anderen Seite kannte sie ihren Bruder wohl gut genug. Wie schön, dass die wirklich sehr sympathische Frau nur Jans Schwester war, dachte Anneke nun erleichtert, als sich beide an einen kleinen Tisch in die hintere Ecke setzten.

»Hier haben wir etwas Ruhe, hoffe ich«, grinste Sylvia, die nun gar nicht mehr so formell war wie eben noch in ihrem weißen Kittel. »Du bist also die neue Besitzerin von Tante Inges und Kostas Haus?«

So langsam wunderte sich Anneke über gar nichts mehr. Das wusste Jans Schwester also auch schon? Was er seiner Schwester wohl noch so über sie erzählt hatte? Interessierte er sich vielleicht doch etwas für sie oder war er schon so genervt von ihr, dass er sich bei seiner Schwester über seine neue Nachbarin beschwert hatte?

»Also das Haus haben meine Eltern geerbt, genauer gesagt meine Mutter und ich.« Nun zögerte Anne etwas. Zu viel wollte sie Sylvia nicht erzählen. Wer weiß, was sie davon ihrem Bruder erzählen würde? »Ich hatte mal Lust auf einen Tapetenwechsel und habe mir einige Monate freigenommen. Ich wollte mal raus aus dem Alltag. Außerdem bin ich hier, um das Haus für meine Eltern zu verkaufen.« Der letzte Satz schien Jans Schwester merklich zu erschrecken.

»Anneke, nein! Du darfst das Haus auf keinen Fall verkaufen. Es stecken so viele Erinnerungen darin. Außerdem kommst du doch in den nächsten Jahren bestimmt öfter nach Zypern, oder?«

»Eigentlich hatte ich nicht geplant, öfter hierher zu kommen. Aber ich gebe zu, mir fällt es auch irgendwie schwer, das Haus an irgendwelche Fremden zu verkaufen. Ich habe mich jetzt schon so sehr daran gewöhnt.«

»Na also«, kam es sichtlich erleichtert von Sylvia. »Wollen denn deine Eltern das Haus unbedingt verkaufen?«

»Nein, im Gegenteil. Wenn meine Schwester und ich es als Ferienhaus nutzen würden, dann...«

»Na, ist doch super«, freute sich Jans Schwester. »Außerdem«, kam es jetzt verschmitzt und vertraulich, Sylvia beugte sich leicht über den Tisch und dämpfte ihre tiefe Stimme etwas, bevor sie fortfuhr. »Außerdem hast du ja jetzt einen Grund, ganz oft auf die Insel zu kommen, oder?«

Das »oder« zog sie mit hochgezogenen Brauen grinsend in die Länge.

»Ich verstehe nicht ganz.« Sie verstand die Andeutung sehr gut und errötete wieder leicht.

»Ich dachte, du möchtest meinen Bruder näher kennenlernen? Das braucht doch Zeit, das geht nicht in ein paar

Wochen. Du musst wiederkommen, Anneke.«

Es klang fast flehend. So ganz verstand sie Sylvia nicht. Seine Schwester wusste doch kaum, wer sie war und außerdem, Jan schien ja auch kein echtes Interesse an ihr zu haben. Deshalb antwortete Anneke etwas abwehrend: »Ich glaube, dein Bruder sieht das ganz anders. Er scheint mich wohl nicht so nett zu finden. Leider«, rutschte es Anneke noch leise heraus.

Sylvia lachte plötzlich so laut auf, dass sich die zwei jungen Touristen am übernächsten Tisch neugierig zu ihnen umdrehten.

»Was ist? Habe ich etwas Falsches gesagt?« Anneke wirkte etwas beleidigt.

»Nein, nein, überhaupt nicht. Entschuldige bitte. Aber du kennst meinen lieben Bruder nicht. Ich war in den vergangenen Wochen ein paar Mal bei ihm, um ihm bei seiner Steuererklärung zu helfen, in diesen Dingen ist er echt eine Null. Aber Geld für einen Steuerberater will er natürlich nicht ausgeben. Die paar Male, die ich bei ihm war, hat er mir so viel von dir vorgeschwärmt. Und ich dachte schon, der weiß gar nicht mehr, was es heißt, sich wieder zu verlieben, und nun hat es ihn doch noch voll erwischt. Anne, mein Bruder ist in Sachen Frauen immer dann mutig und selbstbewusst, wenn es ums Geschäft geht oder er absolut kein privates Interesse an einer Frau hat. Ansonsten ist Jan ein echter Feigling, glaub mir. Sag ihm das aber bloß nicht. Mein Brüderchen verliebt sich höchst selten und wenn, dann zieht er sich zurück und die Frau muss denken, er findet sie abscheulich. Er ist ein Schatz, aber in Sachen Flirten ein echter Anfänger.«

Das musste Anneke erstmal verdauen. Konnte sie Sylvia glauben? Bildete sich seine Schwester das alles vielleicht nur ein oder übertrieb sie eventuell etwas? Es wäre zu schön, um wahr zu sein.

»Anneke, hat er dir erzählt, warum er nach Zypern gezogen ist? Da er dich mehr als nett findet, gehe ich davon aus, dass er zwar höflich zu dir war, aber nichts Privates erzählt hat, richtig?« Die kennt ihren Bruder ja echt gut, wunderte sich Anneke insgeheim. So gut kannte sie ihre Schwester Tanja nicht.

Laut sagte sie: »Stimmt ganz genau und deshalb dachte ich, dass er mich alles andere als sympathisch fände. Und warum ist er hier auf der Insel?« Sie war etwas nervös, wollte aber unbedingt alles über ihn wissen.

»Okay, ich sage es dir, auch wenn er es dir eigentlich selber sagen sollte. Ich habe vor elf Jahren Stavros geheiratet. Wir hatten uns ein Jahr vorher hier ganz kitschig in einer Bar kennengelernt und uns ineinander verliebt. Wir versprachen uns damals sehr romantisch, wenn wir ein Jahr Fernbeziehung schaffen, dann ziehe ich zu ihm nach Zypern. Ich wollte schon immer gerne im Ausland leben. Du kannst dir vorstellen, wie entsetzt meine Freunde und unsere Eltern reagiert haben. Aber wir haben geheiratet und Stavros ist für mich der beste Mann, den ich mir vorstellen kann. Ich glaube, bei Tante Inge und Kostas war es ähnlich. Sie hatten sich in Deutschland kennengelernt, als

Kostas dort in einem Restaurant arbeitete, oder?«

»Stimmt«, Anneke nickte zustimmend. Aber was hatte denn Sylvias Liebesgeschichte mit Jan zu tun? Sie bekam sofort die Antwort.

»Als ich nach Zypern zog, war Jan noch mit seiner Jugendfreundin Jutta zusammen. Die beiden kannten sich schon ewig.«

Anneke spürte, wie sie etwas eifersüchtig wurde. So ein Unsinn. Jan lebte doch jetzt alleine und das war entscheidend.

»Jan und Jutta hatten einen kleinen Laden in Berlin. Sie verkauften Produkte aus dem Süden: Olivenöl, Wein, getrocknete Tomaten und solche Dinge. Jan kümmerte sich um den Bürokram und den Einkauf der Produkte, die fast alle aus Italien kamen, und Jutta stand die meiste Zeit im Laden. Das konnte sie sehr gut, ihr gefiel es sehr, sich mit der Berliner Oberschicht zu unterhalten. Für Jan war das nichts. Er war mindestens fünfmal im Jahr in Italien, um mit den dortigen Bauern zu verhandeln und die verschiedensten Produkte zu testen. Am Anfang begleitete ihn Jutta, aber irgendwie waren das einfache Landleben und der Süden nicht ihr Ding. Sie war ein Großstadtmensch, was auch soweit kein Problem war. Jeder hatte seine Aufgaben und Jan liebte es, auf dem Land mit den Olivenbauern und den Weinhändlern zu verhandeln oder einfach mit ihnen ein Glas guten Wein zu trinken. Er dehnte seine Geschäftsreisen immer länger aus. Mein Bruder spricht übrigens nahezu perfekt Italienisch.«

»Echt?« Anneke schaute erfreut auf. Gespannt hörte sie weiter zu. Jan gefiel ihr immer besser. Insgeheim hoffte sie nur, dass Jan wirklich nicht mehr mit dieser Jutta zusammen war und ihr auch nicht mehr hinterher trauerte.

»Am Anfang störte Jutta das wenig«, fuhr Sylvia fort, »sie genoss das Großstadtleben und die Kontakte in ihrem kleinen Delikatessenlädchen. Als ich dann Stavros kennenlernte und die beiden zu unserer Hochzeit kamen...«

Nun fühlte Anneke wieder einen leisen Stich der Eifersucht. Seine Ex war also auch schon mal auf Zypern gewesen.

»...da war mir sofort klar, dass die Beiden sich nicht mehr viel zu sagen hatten. Mein Brüderchen ist eigentlich eher etwas introvertiert und still, Jutta das ganze Gegenteil. Sie macht gerne auf große Dame. Wir verstanden uns immer ganz gut, ich kann nichts Schlechtes über sie sagen, nur Jan und sie sind viel zu unterschiedlich.

Stavros hatte Jan dann verschiedenen Bauern aus der Gegend vorgestellt. Irgendwie kennt mein Mann hier fast jeden, denke ich manchmal.«

Sylvia grinste vergnügt. Sie wurde Anneke immer sympathischer. Ein bisschen erinnerte sie Sylvia an ihre Wiesbadener Freundin Petra, wenngleich Anneke den Eindruck hatte, dass Sylvia Arbeit und Karriere nicht ganz so wichtig waren wie Petra. Wahrscheinlich lag es an dem schönen Wetter hier, dass man nicht ganz so viel an die Arbeit dachte wie in Deutschland. Oder war es nur ein Vorurteil? So viele Leute kannte sie ja noch nicht auf dieser Insel.

»Also«, fuhr Sylvia redselig fort. »Jan kam in immer kürzeren Abständen hierher und blieb immer ein paar Tage länger als vorgesehen. Er hatte bei seiner großen Schwester und seinem Schwager ein kostenloses Hotel«, fügte sie lachend hinzu.

Toll, wie gut die beiden sich verstanden, dachte Anneke etwas neidisch. »Jutta kam am Anfang noch einmal mit, langweilte sich aber nach zwei Tagen so sehr, dass sie frühzeitig wieder nach Berlin zurückflog. Jan vertraute mir dann an, dass die Beiden schon seit fast zwei Jahren ein eher freundschaftliches Verhältnis miteinander hatten, mehr nicht. Als ich ihn fragte, ob sie an Heirat dachten, wirkte er fast erschreckt und sagte sehr bestimmt: 'Nein, Sylvia, natürlich nicht.' Ich glaube, ihm wurde nach unserem Gespräch erst so richtig bewusst, dass sie nicht mehr zusammen passten. Wahrscheinlich hatte sich im Laufe der Jahre eine Bequemlichkeit eingeschlichen und die Beiden blieben aus Gewohnheit zusammen. Dann war da ja noch das Geschäft, das wirklich gut lief. Also unser Gespräch unter Geschwistern muss Jan wohl doch wachgerüttelt haben. Männer haben manchmal eine echt lange Leitung.«

Sie verdrehte gespielt genervt die Augen. »Wieder zu Hause in Berlin angekommen, haben sich die Beiden ausgesprochen. Jutta war auch sehr erleichtert, zumal sie schon seit einiger Zeit ein Auge auf einen reichen Stammkunden geworfen hatte. Jan und Jutta sind nun schon fast acht Jahre getrennt. Eigentlich waren sie die Jahre davor auch schon nicht mehr richtig zusammen. Was ich bewundere, ist, dass sie sich im Guten getrennt haben. Jutta hat den Laden übernommen, sie hat Jan seinen Anteil ausgezahlt und führt das kleine Delikatessengeschäft jetzt alleine weiter. Ich glaube, sie ist inzwischen mit diesem Stammkunden verheiratet. So genau weiß ich das aber nicht und es interessiert mich auch nicht. Wir haben keinen Kontakt mehr. Jan hat sich dann erstmal eine Auszeit gegönnt und war zwei Monate hier bei uns. Er vertraute mir in dieser Zeit seinen heimlichen Wunsch an, ähnlich wie seine Lieferanten in Italien zu leben und einen eigenen Olivenhain zu besitzen. Stavros fand die Idee gar nicht so schlecht. Die beiden haben sich in dieser Zeit mit einigen Freunden meines Mannes unterhalten. Und als mir mein Mann und Jan, eine Woche bevor er wieder nach Berlin fliegen musste, wie zwei kleine Kinder stolz mitteilten, dass Jan sich von seinem Anteil aus dem Verkauf seiner Ladenhälfte einen kleinen Olivenhain, auf dem schon ein Häuschen stünde, kaufen wolle, war ich nicht sehr überrascht. Jan musste noch einen kleinen Kredit aufnehmen, aber ich habe den Eindruck, dass er gut zurechtkommt. Er beliefert verschiedene Delikatessengeschäfte in Deutschland, unter anderem seinen ehemaligen Laden.« Als Sylvia Annekes Gesicht sah, sagte sie hastig: »Die beiden verstehen sich gut, aber wirklich nur geschäftlich. Sie sehen sich kaum und ihr Kontakt ist wirklich nur auf das Geschäftliche beschränkt.«

Anneke war nun mal nicht so selbstbewusst, nickte aber tapfer. »Und«, wagte sie zu fragen, »was hat er so über mich erzählt?« Sie schaute verlegen zur Seite. Sylvia grinste.

»Am Anfang gar nichts. Aber als er dann zum dritten Mal in zwei Stunden sagte, dass er nur schnell mit Perla eine Runde gehen wolle, normalerweise ist sein Hund fast immer irgendwo zwischen den Olivenbäumen, wurde ich stutzig. Jan geht meistens morgens eine größere und abends eine kleine Runde mit ihr, aber nicht drei kleine Runden am Nachmittag. Da merkte ich schon, dass etwas los war. Irgendwann, ich war gerade dabei, seine Rechnungen zu sortieren, sagte er mir beiläufig, dass Tante Inges Haus verkauft wird. Es sei eine aus Norddeutschland gekommen, die wohl das Haus geerbt habe und jetzt erstmal einige Wochen darin wohnen würde. Als ich ihn fragte, ob er diese Person schon kennengelernt hatte, war mir alles klar.«

Anneke sah sie fragend an. Was meinte Sylvia?

»Mein Bruder konnte noch nie gut lügen. Er wurde sofort nervös und guckte verlegen zur Seite. Und ich habe ihn direkt gefragt, ob er seine Nachbarin auf Zeit schon näher kannte und ob er sie mehr als nur nett fände. Ich kann in diesen Dingen ziemlich neugierig und direkt sein.«

Das glaubte Anneke ihr sofort. Jans Schwester schien kein Blatt vor den Mund zu nehmen. Bestimmt hatte es ihr Bruder als Kind nicht immer leicht mit seiner energischen und etwas dominant wirkenden Schwester gehabt.

»Mein Bruder ist nicht wirklich schüchtern und konnte sich auch früher immer gut durchsetzen. Nur kein falsches Mitleid, Anneke«, lachte Sylvia. Sie schien ihre Gedanken schon wieder erraten zu haben.

»Oh, das wollte ich auch nicht sagen. Ich hätte gerne etwas von deinem Selbstbewusstsein«, antwortete sie schüchtern. Aber Sylvia redete schon weiter. »Er hat mir dann von eurem netten Vormittag in Paphos erzählt und dass du sogar mit ihm im Konzert warst. Er sagte, dass er sich seit langem nicht mehr so gut amüsiert habe und er hatte den Eindruck, dass dir die gemeinsamen Stunden auch gefielen. ›Sylvia, Mist, aber ich glaube, ich habe mich verliebt und das Schlimme ist, dass ich irgendwie den Eindruck habe, dass meine nette und gutaussehende Nachbarin mich auch ganz gerne hat.‹ Das waren exakt seine Worte.«

Anne glaubte zu träumen, meinte der attraktive Olivenbauer mit »gutaussehender Nachbarin« etwa sie, Anne? Als gut aussehend würde sie sich nun wirklich nicht beschreiben. Sie fühlte sich mit ihren hellblonden, halblangen Haaren, ihrer eher blassen, norddeutschen Haut und den Sommersprossen auf der Nase, die sie eine Spur zu rund fand – die Nase, nicht die Sommersprossen – zwar nicht gerade hässlich, aber gut aussehend nun auch nicht gerade. Wie gut, dass Geschmäcker verschieden sind und dass Jan eine ganz andere Meinung über ihr Äußeres zu haben schien, als sie selbst. Aber eines fand Anne dann doch merkwürdig.

»Sylvia, wieso hat dein Bruder ›Mist‹ gesagt, als er gemerkt hatte, dass er«, sie räusperte sich kurz, »mich mehr als nur nett findet. Das verstehe ich nicht.« Die Zahnärztin nickte verständnisvoll.

»Ist auch schwer zu verstehen, aber Jan hat Angst, verletzt

zu werden, und da er weiß, dass du in einigen Wochen ja schon wieder in Deutschland sein wirst, will er dich lieber gar nicht erst näher kennenlernen, um später, wenn du wieder weg bist, nicht enttäuscht zu werden. Ich glaube, er ist ein bisschen einsam hier so alleine in seinem Häuschen und wenn du nach ein paar schönen Wochen mit ihm wieder weg bist, wird er sich vielleicht noch mehr alleine fühlen als jetzt. In Sachen Liebe ist Jan seit Jutta ein Pessimist, glaube ich. Aber, wenn du das Haus nicht verkaufen würdest, könntest du ja öfter kommen und...« Weiter kam Sylvia nicht. In der Beziehung war Anneke Jan sehr ähnlich.

»Ach Sylvia, ich glaube, dein Bruder hat recht. Er lebt hier und ich habe mein Leben, meinen Beruf, meine Eltern und mein Haus in Deutschland. Wie soll das denn gehen, auf die Entfernung?«

»Bei mir ging es auch und wenn ihr euch erstmal näher kennenlernen würdet und dann merkt, dass ihr zusammenbleiben wollt, dann gibt es auch eine Lösung. Jetzt solltet ihr die letzten Wochen nutzen und euch endlich kennenlernen und etwas gemeinsam unternehmen, finde ich. Immerhin ist schon über die Hälfte deines Urlaubs rum. Ihr solltet nicht noch mehr Zeit vertrödeln.«

Klar, Anneke gab ihr recht, aber das war einfacher gesagt als getan. Schließlich konnte sie ja nicht einfach zu Jan gehen und ihm sagen, dass sie seine Schwester kennengelernt hatte und dass sie der Meinung war, Jan und Anneke sollten sich jetzt mal näher kennenlernen. Sie sagte deshalb: »Und wie stellst du dir das vor, Sylvia? Ich kann doch nicht einfach zu ihm gehen, klingeln und sagen...«

»Er hat gar keine Klingel.« Sylvia zwinkerte ihr verschmitzt zu. »Ich habe schon eine Idee. Was machst du am Samstagabend?«

»Wieso, was hast du vor«, klingelten bei Anneke die Alarmglocken.

16

Anneke stand halb versteckt hinter Sylvias Rücken, als diese mit ihrer Faust kräftig an die Tür des weißen Hauses klopfte. Es war nicht einfach gewesen, Anneke davon zu überzeugen, dass sie sozusagen als Überraschungspaket zu Jans Geburtstag mitkam. Auch wenn er sie ganz nett fand, war es nicht ein bisschen zu aufdringlich, so uneingeladen mit zu seinem Geburtstag zu kommen? Aber gegen Sylvia hatte sie keine Chance und schließlich wollte Anneke ihn ja auch näher kennenlernen. Wenn es ganz besonders peinlich sein würde, könnte sie ja immer noch am nächsten oder übernächsten Tag spontan nach Deutschland zurückfliegen und die beiden würden sich nie wiedersehen.

»Oh! Hallo! Ich wusste nicht, dass du auch kommen würdest«, war die etwas überraschte und gar nicht so erfreute Begrüßung.

»Hi Tony, hat mein Bruder dich angestellt, um seinen Gästen die Tür zu öffnen?« Sylvia und Tony umarmten sich kurz.

»Ich dachte, ihr seid nicht so eng befreundet. Also ich wusste nicht, dass du zum Geburtstag kommen würdest, sonst...«, stammelte Anneke verlegen.

»Stimmt, ihr kennt euch ja! Dann brauche ich euch nicht mehr vorzustellen«, unterbrach Sylvia die peinliche Stille. »Ihr beide wart ja zusammen in der Taverne, damals, vor ein paar Wochen. Jetzt erinnere ich mich.« Sylvia schlug sich mit der flachen Hand an ihre Stirn. »Wo ist denn mein Brüderchen? Er hatte mich gebeten, etwas früher zu kommen, um ihm zu helfen, bevor alle Gäste da sind.«

»Jan ist hinten im Garten«, Tonys ausgestreckte Hand zeigte vage in Richtung Ende des Olivenhains.

»Komm Anneke«, Sylvia zog die immer unsicherer werdende Anneke mit sich fort. Auf dem Weg durch die Olivenbäume, als sie wieder alleine waren, legte Sylvia ihr beruhigend die Hand auf die Schulter und sagte: »Du brauchst mir nichts zu erklären Anneke, ich habe sofort gesehen, dass Tony in dich verliebt ist und dass es dir unangenehm ist, ihn auch hier zu treffen. Er ist ein lieber Kerl. Jan und er sind nicht die besten Freunde, verstehen sich aber eigentlich ganz gut. Sie haben sich mal durch Tante Inge und Kostas kennengelernt. Jan ist nicht der Typ, der sich gerne mit vielen Leuten trifft, daher lädt er einmal im Jahr alle Bekannten und Nachbarn ein. Schließlich will man sich auf so einer kleinen Insel mit den Leuten gut verstehen. Tony wird auch noch die Richtige finden. Mach dir um ihn keine Sorgen, soviel ich weiß, bist du nicht die erste Frau hier, in die er sich verliebt hat. Ich meine damit, dass er sich ziemlich schnell verliebt, ganz im Gegensatz zu Jan.«

Ehe die erstaunte Anneke etwas erwidern konnte, sah sie Perla bellend auf Sylvia zulaufen.

»Hey Perla, wirf mich nicht um«, lachte Sylvia den Hund an, der sie stürmisch begrüßte, was Anneke schmunzelnd beobachtete.

»Schön, dass Sylvia dich mitgebracht hat.« Huch! Wo kam der denn so plötzlich her?

»Jan«, weiter kam sie nicht. Es war ihr ziemlich unangenehm, so uneingeladen auf seinem Privatgrundstück zu stehen und von Sylvia kam gerade so gar keine Hilfe, war sie doch mit Perla beschäftigt. Anneke wollte gerade entschuldigend verschwinden, als er sie ohne Vorwarnung in den Arm nahm und an sich zog.

»Du willst doch nicht wieder gehen, bevor du mir zum Geburtstag gratuliert hast, oder«, flüsterte er ihr zärtlich ins Ohr.

Träumte sie? War das hier der zurückhaltende Jan, von dem ihr Sylvia erzählt hatte? Wo war seine Schwester überhaupt? Es war plötzlich merkwürdig still, außer dem leisen Rascheln der Olivenzweige und ein paar zwitschernden Vögeln über ihnen, war sie mit ihrem Prinzen allein unter tiefgrünen Olivenbäumen. Sie konnte keinen klaren Gedanken fassen. Jan fing an, sie zärtlich erst auf die Stirn und dann ganz ganz vorsichtig auf den Mund zu küssen, dabei murmelte er leise: »Was wir zwei nicht schaffen, schafft meine Schwester. Eigentlich sollte ich ihr den Hals umdrehen, für ihre Heimlichkeiten. Aber in diesem Fall bin ich ihr mehr als dankbar.«

»Ich auch«, hauchte Anneke atemlos zwischen seinen Küssen in sein sonnengebräuntes Gesicht.

Sie glaubte immer noch zu träumen, als Jan mit ihr, Arm in Arm, langsam in den hintersten Bereich des Olivenfeldes spazierte. Anneke staunte. Zwischen den Olivenbäumen standen mehrere Bänke mit Tischen. Sylvia winkte ihnen fröhlich zu.

»Nun kommt schon, oder muss ich alles alleine machen? Hier, die Salatschüsseln müssen noch verteilt werden und Tony und Stavros kommen gleich mit ein paar Kisten Bier.«

Die ersten Gäste standen unter den wunderschönen Bäumen. Jetzt sah Anneke auch ihre direkten Nachbarn mit einer Flasche Wein und einem kleinen Geschenk unter dem Arm ankommen. Ihre Nachbarin begrüßte sie herzlich und sagte leise in Annekes Ohr, die immer noch Händchen haltend mit Jan da stand: »Da hast du nicht die schlechteste Wahl getroffen, aber mir hättest du es ja ruhig erzählen können.«

Sie wirkte aber nicht beleidigt. Dass Anne gerade erst dabei war, ihren Jan näher kennenzulernen, konnte die nette Nachbarin ja nicht wissen. Einige der Eingeladenen hatte Anneke schon flüchtig bei einem ihrer zahlreichen Spaziergänge mit Conni gesehen. Die meisten sah sie aber zum ersten Mal. Es waren einige zyprische Olivenbauern dabei, die ihr durch ihre herzliche Art sofort gefielen. Aber dennoch, was machte sie nur hier? Das alles war doch irgendwie wie in einem Märchen oder wie in einem ihrer unwirklichen, romantischen Liebesfilme, die sie so oft an einsamen, dunklen und kalten Winterabenden gesehen hatte. Stand sie wirklich hier, Hand in Hand mit dem tollsten Mann der Welt unter dunkelgrünen Olivenbäumen, über ihr der noch strahlend blaue Himmel, der sich bald in ein tiefes Blau verwandeln würde? So langsam wurde ihr klar, dass es kein Traum war. Danke Sylvia, sagte sie in Gedanken. Doch sogleich kam ihr etwas wehmütig in den Sinn: Schade, dass ich in knapp fünf Wochen schon wieder abfliege und dass das alles dann vorbei sein wird. Aber an den besten Urlaub ihres Lebens würde sie immer denken, da war sie sich sicher.

»Du bleibst jetzt für immer bei mir, nicht wahr?« Seine raue Stimme klang etwas ängstlich. Also schien auch Jan sich so seine Gedanken zu machen, was aus ihnen werden sollte.

»Ich kann nicht, Jan, so gerne ich auch möchte. Ich habe meine Arbeit, mein Haus und meine Eltern in Deutschland. So schön es hier auch ist, aber ich kann doch nicht einfach alles aufgeben und auf einer fremden Insel mit...« Sie zögerte etwas. »Mit einem mir fast unbekannten Mann leben.«

»Du kannst schon, aber du willst nicht, Anne. Das ist ein großer Unterschied«, sagte er etwas traurig, aber sehr zärtlich.

»Aber Jan, wir kennen uns doch kaum.«

»Das können wir nur ändern, wenn du ganz oft zu mir

kommst. Wenn du nicht ganz herkommen möchtest, dann kannst du vielleicht alle paar Wochen hierherfliegen. Vielleicht kannst du einen Teil deiner Arbeit online erledigen? Und ich komme so oft es möglich ist zu dir nach Deutschland, okay?« Er sah sie flehend an.

Anneke konnte nicht anders, als ihm zu Tränen gerührt um den Hals zu fallen. Kurz darauf sagte sie aber einigermaßen gefasst: »Jan, mir geht das alles gerade etwas zu schnell. Ich bin keine zwanzig mehr, und auch wenn es vielleicht nicht gerade spannend klingt, aber ich lebe schon sehr lange alleine. Außerdem bin ich nicht so abenteuerlustig und mutig. Ich brauche ein gewisses Maß an Sicherheit und Alltag, und den habe ich mit meinem Haus und Job in Deutschland. Da weiß ich einfach, was ich habe. Jan, versteh bitte, aber ich glaube, ich kann nicht. Es ist so schön bei dir hier, aber ich habe Angst, aus diesem schönen Traum aufzuwachen, und deshalb...« Sie schluckte die aufkommenden Tränen tapfer herunter, bevor sie zitternd und wenig überzeugend weitersprach: »Und deshalb belassen wir es bei einem schönen kleinen Flirt und gehen dann wieder getrennte Wege.«

Sie konnte ihm nicht mehr in die Augen gucken.

»Anne«, er zeigte seine Enttäuschung nicht. »Anne, ich verstehe deine Ängste, wir sind beide nicht mehr die Jüngsten, aber immer noch jung genug, um ein Leben zu zweit zu riskieren. Wir sind doch beide nicht so ganz zufrieden mit unserem Leben alleine, oder? Ich werde dich nicht drängen, aber ich verspreche dir, ich werde immer ehrlich zu dir

sein. Angst habe ich auch etwas. Bevor ich dich kennenlernte, war ich fest davon überzeugt, den Rest meines
Lebens alleine, also ohne eine Frau an meiner Seite, zu verbringen. Aber jetzt...«

Die letzten Worte flüsterte er fast. Anne war verwundert,
er schien genauso unsicher zu sein wie sie. Im Gegensatz zu
ihr wollte er aber mehr riskieren.

»Anneke, eine Garantie auf Glück im Leben werden wir
nie haben. Aber weglaufen vor seinem Glück sollte man
auch nicht, oder?«

Bevor sie antworten konnte, kam Sylvia grinsend ange-
laufen und rief: »Kommt ihr endlich? Jan, wir wollen auf deinen Geburtstag anstoßen.«

Sie kam genau im richtigen Moment. Anne verscheuchte
ihre wehmütigen Gedanken und fing an, den wunderschönen Abend zu genießen.

»Wenn wir alleine wären, würde ich jetzt mit dir ans Meer
gehen, wir könnten im Sand sitzen und uns den Sonnenun-
tergang anschauen. Aber dazu haben wir ja bestimmt noch
viele andere Tage Zeit«, zwinkerte er ihr nun schon wieder
relativ vergnügt und optimistisch zu. Anne sah ihn jetzt
schmunzelnd an. Er war also ein romantischer Mann, wie
schön.

»Du, Jan, wie alt bist du eigentlich geworden?« Ihr fiel auf,
dass sie gar nicht wusste, wie alt ihr neuer Freund war. Insgeheim hoffte sie, dass er nicht oder zumindest nicht viel
jünger war als sie. Sie wusste, dass der Gedanke mit dem
Alter albern war, aber sie würde sich alt vorkommen, wenn

ihr neuer Freund viel jünger wäre als sie selbst. Sie schätzte ihn ungefähr auf ihr Alter, aber man konnte es nie wissen.

»Ich bin heute Morgen um zehn nach acht deutsche Zeit 52 geworden.« Er wirkte etwas beunruhigt. »Ich hoffe, ich bin dir nicht zu alt? Mir ist das Alter nicht so wichtig, aber ich schätze dich auf so 45.« Es klang echt.

Anne war erleichtert, zwei Jahre älter als sie, das war perfekt.

»Ich werde in drei Wochen und sechs Tagen 50«, sagte sie geschmeichelt, dass er sie so jung geschätzt hatte.

»Anne, ein runder Geburtstag, und das noch in deiner Zeit auf Zypern. Super! Wir werden hier bei mir eine Party veranstalten, okay? Und ab nächstem Jahr können wir unseren Geburtstag dann immer zusammen feiern. Ich feiere in Zukunft einfach nach.«

»Halt, Jan, ich kenne hier doch fast niemanden.«

»Dann feiern wir eben nur zu zweit oder in ganz kleiner Runde.«

Das beruhigte sie. Nun erklang zwischen den letzten Bäumen links hinten am Ende des Feldes leise romantische griechische Musik. Die ersten zwei Paare fingen an zu tanzen. Sylvia hatte bunte Girlanden zwischen die Olivenbäume gehängt. Es sah ein bisschen aus wie ein lustiger Kindergeburtstag, aber Anne gefiel die Kulisse sehr. Die geschmückten Olivenbäume, die Abenddämmerung, die langen Tische voll mit Salatschüsseln, Oliven, Fladenbrot und vielen leckeren Dingen, die für Anneke neu waren. Tony und ein anderer Mann, den sie nicht kannte, standen mit ernsthafter Miene am Grill und kümmerten sich verantwortungsvoll um das Fleisch. Tony winkte ihr tapfer zu. Er war schon ein toller Typ und Anne hoffte auf einmal, ihn nicht als Freund zu verlieren. Hoffentlich findet er auch bald die Richtige, dachte Anne, während Jan sie zu einem anderen Paar zog, um sie miteinander bekannt zu machen. Wenn Petra mich so sehen könnte und erst meine Eltern, dachte Anne nicht zum ersten Mal an diesem vielleicht schönsten Abend ihres Lebens. Ich werde sie morgen anrufen, nahm sie sich fest vor.

Es war fast drei Uhr morgens, als Anneke hundemüde, aber total glücklich die Haustür von Tante Inges ehemaligem Haus aufschloss und fünf Minuten später zufrieden auf das weiche Kissen fiel. Conni hatte sie, nachdem sie zwei Stunden unter den Olivenbäumen gefeiert hatte und es klar war, dass der Abend länger dauern würde, dazugeholt. Nach einer kurzen Zeit des Beschnupperns beider Hunde verstanden sich die kleine Conni und die ziemlich große Perla so gut, dass sie zusammen einige freilaufende Katzen im Olivenhain leidenschaftlich anbellten. Annekes vierbeinige Freundin durfte seit einigen Tagen am Fußende schlafen, was ihr sichtlich gefiel. Schon halb am Schlafen murmelte sie noch: »Danke Tante Inge und Kostas, danke Mama und Papa, dass ihr mich hierher geschickt habt. Und danke lieber Gott für das alles.«

Die nächsten drei Wochen vergingen viel zu schnell. Auf einmal waren all die trübsinnigen, unsicheren Gedanken aus Annekes Kopf verschwunden. Zwei Tage nach dem tollen Geburtstag trafen Hannah und Anneke sich noch mal zum Abschied in einem kleinen Café in der Nähe von Paphos. Jan hatte dort etwas zu erledigen und sie nahm gerne sein Angebot an, mit ihm in die Stadt zu fahren, um sich mit Hannah zu treffen. Als Jan seine Anneke auf dem kleinen, staubigen Parkplatz, der nichts anderes als ein etwas vernachlässigter Sandplatz war, rauslassen wollte, sah sie ihre nordische Freundin ein paar Meter vor sich stehen. Anneke stellte die beiden kurz vor und kaum war ihr Traummann wieder im Auto verschwunden, platzte es aus Hannah heraus: »Wow, der würde mir auch gefallen. So ein charmanter, gutaussehender Mann.«

»Hannah!« Anneke spielte die Empörte.

»Aber natürlich ist er nicht so toll wie mein Frederik«, grinste die neue Freundin sie fröhlich an. »Mensch Anneke, ich freu mich so sehr für dich und vielen, vielen Dank, dass du mich zu deinem Geburtstag eingeladen hast. Das weiß ich echt zu schätzen. Aber ich bin in Gedanken schon wieder in Dänemark. Ich hoffe, du verstehst, dass ich meinen Urlaub nicht verlängern möchte, obwohl ich super gerne auf eure Party gekommen wäre.«

»Hannah, das verstehe ich total, es ist so schön, dass du dich mit deinem Frederik wieder versöhnt hast.«

»Aber«, fuhr Hannah verschmitzt fort, »zu eurer Hochzeit kommen Frederik und ich bestimmt gerne.«

»Na, ich denke, da steht wohl erst eine Hochzeit in Dänemark an, oder«, konterte Anneke fröhlich zurück. Beide kicherten beschwingt und freuten sich nun auf das leckere

Frühstück, das sie bestellt hatten. Zum Abschied umarmten die beiden sich herzlich und versprachen sich noch einmal, auf jeden Fall in Kontakt zu bleiben.

Als Anneke zwei Stunden später wieder bei Jan im Auto saß und beide in Richtung Tante Inges Haus und Olivenhain fuhren, das blaue Meer zu ihrer Linken, den weiten, blauen Himmel über sich, sagte Jan auf einmal bewundernd: »Wie schnell du neue Leute kennenlernst. Ich glaube, du bist viel selbstbewusster als ich.«

Anneke grinste leise und freute sich insgeheim, dass sie so sicher auf ihn wirkte.

»Anne, in drei Tagen ist dein Geburtstag. Es bleibt also dabei, dass wir uns einen gemütlichen Abend mit Sylvia und Stavros machen? Oder möchtest du doch noch ein paar Leute einladen?« Er schluckte, er wollte nicht weitersprechen. »Immerhin bist du bald wieder in Deutschland und vielleicht möchtest du einige Leute, die du bei meinem Geburtstag kennengelernt hast und natürlich deine netten Nachbarn aus Ungarn einladen? Es ist ja irgendwie, so leid es mir auch tut, ein bisschen auch eine Abschiedsparty. Es sei denn, du hast dich doch entschlossen, zu mir zu ziehen. Mein Haus ist nicht riesig, aber für uns zwei und unsere Hunde ist es auf jeden Fall groß genug. Perla und Conni haben den ganzen Olivenhain zum Toben.« Jan versuchte sie zum x-ten Mal zu überzeugen.

»Schatz, es klingt so schön, aber mein Job und mein Haus in Deutschland. Ich käme mir so abhängig von dir vor, wenn ich alles aufgeben würde. Außerdem, wie sollte ich das meinen Eltern erklären?«

»Du kannst dein Haus ja verkaufen oder vermieten, wenn es dir unangenehm ist, von meinem Geld zu leben. Du könntest mir aber auch bei all dem Bürokram helfen, wenn du Lust hast. Dann müsste Sylvia nicht alles machen. Ich habe in diesen Dingen zwei linke Hände und deine Eltern freuen sich doch sicher, wenn ihre fast fünfzigjährige Tochter glücklich ist, oder? Außerdem ist da ja auch noch das Haus von Tante Inge und Kostas, das du ja nicht verkaufen möchtest. Deine Familie könnte doch so oft sie wollte zu Besuch kommen und hätte ein ganzes Haus für sich alleine. Oder, wenn es dir zu früh ist, jetzt schon bei mir zu wohnen, dann kannst du doch später zu mir ziehen.«

Anneke wusste, dass das alles toll und ziemlich einfach klang. Wahrscheinlich hätten andere Frauen in ihrer Situation nicht lange überlegt. Aber sie war nicht ganz so optimistisch. Was, wenn Jan und sie nach einiger Zeit merkten, dass sie doch nicht zusammenpassten? Ihr Haus wäre dann vielleicht verkauft oder vermietet und den sicheren Job in Deutschland wäre sie dann auch los.

»Bitte Jan, dräng mich nicht. Ich brauche Zeit, bitte.« Sie sah ihn flehend und etwas verzweifelt an. Anneke wollte doch so gerne einfach nur bei ihm sein, aber diese Angst vor Veränderungen fraß sie förmlich auf.

»Ist schon gut, Liebling. Ich warte so lange du willst und werde dich so oft es geht in Deutschland besuchen.« Er war aber auch zu nett.

Jan wechselte das Thema. »Ich fände es fair, wenn du auch Tony zu deinem Geburtstag einladen würdest, immerhin hat er dir gerade in den ersten Wochen sehr viel geholfen.«

Anneke staunte. Da zeigte Jan echt Größe und sie wusste, dass er recht hatte. »In Ordnung, dann sollten wir aber doch auch ein paar andere Bekannte einladen, sonst fühlt sich Tony vielleicht etwas unwohl, wenn er hier nur mit uns und deiner Schwester und ihrem Mann zusammen ist.«

»Du hast recht, lass mich das mal übernehmen. Ich verspreche dir, es wird einer der besten Geburtstage werden, die du je erlebt hast. Du brauchst dich um nichts zu kümmern, wir feiern wieder hier unter den Olivenbäumen, okay?«

Er war ja so süß! Anne war jetzt schon davon überzeugt, dass es der beste und schönste und gleichzeitig der traurigste Geburtstag werden würde, den sie je gefeiert hatte.

»Einverstanden. Aber bitte, mach dir nicht so viele Umstände, du hast genug zu tun und mein Geburtstag ist mir wirklich nicht so wichtig. Und bitte, ich möchte keine fremden Leute dabei haben, nur ein, zwei Bekannte, vielleicht meine Nachbarn, damit Tony sich nicht unwohl fühlt, ja?« Sie lachte und fiel ihrem Jan um den Hals.

»Lass mich nur machen«, war seine etwas geheimnisvoll klingende Antwort.

17

»Du bist so dumm, Anne.« Petra schien ernsthaft wütend auf ihre beste Freundin zu sein. Anneke schluckte und erwiderte nichts. So empört kannte sie Petra nur, wenn sie über ihren Ex sprach. Sie wollte sich auf keinen Fall mit Petra streiten, außerdem wusste sie innerlich, dass ihre engste Freundin mit allem, was sie ihr gerade an den Kopf geworfen hatte, recht hatte.

Petra war nun etwas ruhiger: »Da ziehst du den absoluten Hauptgewinn, einen Traummann in echt, wenn nur die Hälfte von dem stimmt, was du mir erzählt hast. Ein romantisches Haus mitten im Olivenhain im Süden, fast am Meer. Ihr liebt euch, dich kotzt dein Job zu Hause an und du wolltest schon lange auswandern und nun machst du einen Rückzieher? Echt, Anne! Wenn du jetzt nicht endlich mal dein Glück in die Hand nimmst, ist dir absolut nicht mehr zu helfen. So, das musste mal raus, du bist meine beste Freundin und ich will dich vor der größten Dummheit deines Lebens bewahren, nämlich in ein Leben zurückzukehren, aus dem du raus wolltest. Anne, das ist deine Chance!«

Anneke wusste nur zu gut, dass Petra recht hatte, dennoch konnte sie sich nicht so einfach auf Knopfdruck ändern. Deshalb erwiderte Anneke etwas kleinlaut: »Ich weiß doch, dass du recht hast. Und ich weiß, dass Jan es ernst mit mir meint und ich will auch mit ihm zusammenbleiben.« Sie zögerte kurz. »Aber du kennst mich doch,

Petra. Ich brauche etwas Zeit für eine so große Entscheidung wie einen Umzug zu ihm nach Zypern. Ich habe auch Angst, verletzt zu werden.« Und trotzig fügte sie hinzu: »Wenn er mich wirklich liebt, wird er auf mich warten. Er hat es versprochen und ich glaube ihm.«

Petra hatte sich beruhigt und antwortete verständnisvoll: »Das mit der Angst, verletzt zu werden, verstehe ich sehr gut. Vielleicht ist es richtig, eine so wichtige Entscheidung nicht zu überstürzen. Schließlich ist es auch ein Liebesbeweis von ihm, wenn er auf dich wartet. Nur zögere nicht zu lange.«

»Du willst mich wohl loswerden, was?« Anne musste lachen.

Schlagfertig antwortete Petra: »Ganz im Gegenteil, ich freue mich auf eine kostenlose Unterkunft bei euch auf Zypern.«

Wie schön es doch ist, eine beste Freundin zu haben.

Das Telefon klingelte. »Ich bin es, Liebling. Jan. Wie lange brauchst du noch? Sylvia und Stavros sind schon da.«

Anneke wollte sich heute besonders schön machen, dazu brauchte sie Ruhe. Schließlich wird man nicht jeden Tag fünfzig und schon gar nicht auf Zypern. Sie wollte sich ganz in Ruhe und ohne gedrängt zu werden in Tante Inges Haus schick machen. Heute würde sie endlich ihr elegantes, dunkelrotes Kleid anziehen. Sie hatte schon befürchtet, es ungetragen wieder mit nach Hause nehmen zu müssen.

Nach Hause? Seit einigen Tagen wusste Anneke nicht mehr, wo ihr Zuhause eigentlich war. Trotz der Vorfreude auf ihre kleine Geburtstagsparty war sie etwas traurig, weil sie in ein paar Tagen wieder abreisen würde. Der Gedanke daran, dass Jan sie in ein paar Wochen besuchen wollte, beruhigte Anneke etwas. Sie würde wohl so schnell keinen Urlaub bekommen, nachdem sie drei Monate nicht im Büro gewesen war. Zu schade. Jetzt, da hier der Sommer anfing.

Aber im November zur Olivenernte werde ich spätestens wieder auf Zypern sein. Egal, was mein Chef sagt. Zur Not kündige ich und ziehe dann im November zu Jan, dachte Anneke nun etwas trotzig. Vor ihrem inneren Auge sah sie ihren dominanten Chef, wie er ihr für den Rest des Jahres keinen Urlaub mehr bewilligen wollte. Immer dieses Kopfkino. Ich will hier bleiben, hier bei meinem Jan. Aber konnte das gut gehen? Anneke wollte erstmal wieder in ihr gewohntes, altes Leben zurück. Zurück ins Büro und in Ruhe nachdenken. Aber heute, an ihrem Geburtstag, wollte sie so gut aussehen wie noch nie. Sie wollte Jan so stark beeindrucken, dass er sie nie mehr vergessen würde.

Diese Angst schon wieder. Er liebt dich auch in ganz normalen Jeans. Dennoch, heute war ihr Tag und da wollte sie sich eben ganz besonders schön machen.

»Jetzt schon? Oh, tut mir leid, Liebling, da habe ich wohl

etwas die Zeit vergessen. Und die anderen? Tony und meine Nachbarn?«

Merkwürdigerweise zögerte Jan kurz und sagte dann: »Deine Nachbarn und Tony sind noch nicht da, also bis gleich, meine Süße.«

Sie stutzte. Hatte Jan noch andere Leute eingeladen? Sie hatten sich doch darauf geeinigt, dass außer seiner Schwester und ihrem Mann nur noch Annekes direkte Nachbarn und Tony kommen sollten. Anne kannte die anderen Leute von Jans Geburtstag zu wenig, als dass sie mit ihnen hätte feiern wollen. Am liebsten wäre sie an ihrem Geburtstag sowieso ganz alleine mit ihm geblieben, aber das wäre unhöflich den anderen gegenüber gewesen, die ihr hier so viel geholfen hatten. Besonders Tony und Sylvia hatte sie sehr viel zu verdanken.

Zwanzig Minuten später schlenderte Anneke mit Conni in Richtung Olivenhain und hörte, kaum angekommen, Musik und einige Personen, die sich angeregt und fröhlich zu unterhalten schienen. Einzelne Wörter konnte sie nicht verstehen, noch nicht einmal, ob sie sich auf Englisch oder Griechisch unterhielten, konnte sie heraushören.

Das gab es doch nicht, hatte Jan etwa ohne sie zu fragen doch noch irgendwelche Freunde von sich eingeladen? Na, dem werde ich was erzählen. Schließlich ist das mein Geburtstag, dachte sie wütend und enttäuscht darüber, dass er über ihren Kopf hinweg entschieden hatte. Das hätte ich nicht von ihm gedacht.

Das waren eindeutig mehrere Leute, auch die Musik

wurde immer lauter. Gut, dass ich bald wieder in Deutschland bin, dachte Anneke, jetzt den Tränen nahe. Am liebsten wäre sie direkt wieder umgekehrt. Sie wollte nicht mit diesen fremden Leuten einen ihrer letzten Tage auf Zypern verbringen. Aufgeregt steckte Anne den Kopf in ihre kleine schwarze Handtasche und suchte ein Taschentuch, mit dem sie sich schnell die aufkommenden Tränen abwischen konnte, als Conni an der Leine zog und laut zu bellen anfing.

»Ach Conni, hör auf. Jetzt fängst du auch noch an, mich zu ärg...« Weiter kam sie nicht. Als Anneke den Grund dafür sah, warum ihr kleines Hündchen so stark an der Leine zog, blieb ihr vor Überraschung das Wort im Hals stecken.

»Das gibt's doch nicht«, schrie sie laut und ließ vor Schreck Connis Leine los. Dann rannte sie auf die Person vor ihr zu und fiel ihr in die Arme. »Petra, wie, wie kommst du denn hierher?« Jetzt weinte sie wirklich, diesmal aber vor Freude. »Du hast doch gesagt, dass du an meinem Geburtstag arbeiten musst.«

»Und das hast du geglaubt? Wunderbar, es hat also geklappt«, amüsierte sich Petra und wollte Anne nicht mehr loslassen. »Du hast echt geglaubt, dass ich dich an deinem fünfzigsten Geburtstag alleine lasse? Anne, da kennst du mich aber schlecht.«

»Ja, aber wie bist du denn vom Flughafen hierher gekommen und woher wusstest du, wo Jan wohnt«, fragte Anne Petra verwundert, während sie sich ihre Lachtränen mit dem Handrücken abwischte. Bevor ihr Petra antworten konnte, kamen die anderen Leute an, die Jan ohne ihre Erlaubnis eingeladen hatte. Das gab es doch nicht. Von wegen irgendwelche Nachbarn oder Freunde. Ihre Schwester Tanja fiel ihr um den Hals, dann ihre Nichte und ihr Neffe. Zum Schluss klopfte ihr ihr Schwager wohlwollend auf die Schulter.

»Das gibt's doch nicht! Ihr seid alle hier? Wenn das Mama und Papa sehen könnten.«

»Schwesterherz, sie sehen es. Guck mal, wer noch da ist.« Da kam doch wirklich Jan mit ihrer Mutter Arm in Arm angeschlendert. Neben ihnen ging vor Freude strahlend darüber, dass ihnen die Überraschung gelungen war, Annes Papa. Die drei schienen sich prächtig zu verstehen. Anneke wurde schwindelig. In welchem Film war sie gerade? Hatte das etwa alles Jan, ihr Jan, der beste Mann der Welt, organisiert, ohne dass sie etwas davon erfahren hatte? Wahnsinn.

»Mama, Papa!« Anne kam aus dem Heulen nicht mehr heraus, aber es waren dicke Freudentränen, die ihr jetzt über ihre erhitzten Wangen kullerten.

Jan freute sich, dass ihm seine Überraschung so gut gelungen war. »Ich hoffe, du nimmst mir diese kleine Heimlichkeit nicht übel«, grinste er überglücklich.

»Wie könnte ich? Aber wie hast du das alles organisiert? Du hattest doch weder von Petra noch von meiner Familie eine Telefonnummer oder die Adresse«, wunderte sich Anneke.

»Ich nicht, aber jemand anders.«

»Wer?« Sie zog fragend und neugierig ihre hellen Augenbrauen hoch. Jan drehte sich um und nun sah Anne, mit wem sich Jan verbündet hatte, um ihr diese große Freude zu machen. Tony kam langsam mit Sylvia und ihrem Mann zwischen den Bäumen hervor. Anneke konnte nicht anders, als auf Tony zuzulaufen und ihm einen dankbaren Kuss auf seine rechte Wange zu geben.

»Tony, danke. Und es tut mir echt leid, wenn ich dich verletzt habe. Du bist ein wunderbarer Mann, aber...«

»Ist schon gut, Anne. Wahrscheinlich passt du auch viel besser zu Jan. Ich hoffe aber dennoch, dass wir befreundet bleiben?« Er sah sie etwas verlegen und gleichzeitig fragend an.

»Ja klar, auf jeden Fall, Tony«, rief Anneke erleichtert. Sie hakte sich freundschaftlich bei ihm unter und sagte strahlend: »Komm, ich muss dir jetzt unbedingt meine beste Freundin Petra vorstellen. Sie lebt übrigens alleine.« Anne zwinkerte ihm grinsend zu.

Es wurde ein herrlicher Abend. Anneke und Jan vergaßen fast, dass sie sich in einigen Tagen wieder trennen würden, aber Anneke wurde sich insgeheim immer sicherer, dass sie mit Jan zusammenbleiben wollte, und sie spürte, dass sie keine Fernbeziehung haben wollte. Ihre Mutter hatte Anneke vorgeschwärmt, was für ein netter Mann ihr neuer Freund doch sei, den könne sie sich als Schwiegersohn vorstellen und Papa auch. Wie gut, dass Jan nicht in der Nähe war und die Heiratswünsche ihrer Eltern mitbekam.

Anne wurde verlegen: »Aber Mama, wir kennen uns doch

erst seit ein paar Wochen.«

»Papa hat mir schon nach fünf Wochen einen Heiratsantrag gemacht und wir sind immer noch glücklich zusammen, oder mein Lieber?« Sie drehte sich Zustimmung heischend zu ihrem Mann um, der sich gerade mit Annekes Nachbarn unterhielt. »Was hast du gesagt, Liebling?«, fragte er zerstreut seine Frau, die daraufhin abwinkend lachte: »Männer.«

Später saßen Anneke und Jan Arm in Arm auf der kleinen, hellblauen Bank vor seinem Haus und beobachteten schweigend die anderen, die sich vergnügt unterhielten. Anneke war glücklich, dass es Petra und ihrer Familie hier so gut gefiel. Das machte ihr die Entscheidung noch leichter. Sie überlegte gerade, ob sie Jan ihre Gedanken jetzt mitteilen oder lieber noch einen Tag warten sollte, als sie breit grinsen musste. Anneke stupste Jan an.

»Schau mal, Liebster, die beiden scheinen sich aber sehr gut zu verstehen, oder was meinst du?« Vor ihnen standen Tony und Petra sehr eng nebeneinander und schienen sich angeregt zu unterhalten. »Wer weiß, vielleicht kommt Petra in den kommenden Jahren nicht nur meinetwegen nach Zypern«, sagte Anneke leise und schaute Jan dabei tief in die Augen. Der verstand nicht gleich.

»Wie meinst du das, hast du...«

»Ja, ich werde mein Haus vermieten oder verkaufen und zu dir ziehen. Ich bin in dem Alter, wo ich endlich mal was wagen möchte und auswandern wollte ich schon länger. Nur einen Jan hatte ich nicht mit eingeplant. Aber manchmal ist das echte Leben eben viel schöner als der aufregendste Traum.«

Jan standen die Tränen vor Freude in den Augen. Er konnte nichts sagen und nahm seine Anneke ganz fest in den Arm, um sie innig zu küssen und nie wieder loszulassen. Es war das erste Mal, dass Anneke unter einem mit Sternen übersäten Himmel den besten Mann, den sie je kennengelernt hatte, küsste. Aber bestimmt nicht das letzte Mal!

Bonus!

Dir hat Annekes Geschichte gefallen und du möchtest gerne mehr lesen? Dann hole dir über den QR-Code ein nicht veröffentlichtes Bonuskapitel (natürlich kostenlos...)

Printed in Poland
by Amazon Fulfillment
Poland Sp. z o.o., Wrocław